collection
« PLUME »

NOTES D'UNE MUSIQUE ANCIENNE

Éditions de la Pleine Lune
223, 34ᵉ Avenue
Lachine (Québec)
H8T 1Z4

www.pleinelune.qc.ca

Maquette de la couverture
Nicole Lafond

Mise en pages
Jean Yves Collette

Diffusion pour le Québec et le Canada
Diffusion Dimedia
539, boulevard Lebeau
Montréal (Québec)
H4N 1S2

Téléphone : 514- 336-3941
www.dimedia.com

Distribution pour la France
Distribution du Nouveau-Monde
30, rue Gay-Lussac
75005 Paris

Téléphone : (01) 43-54-49-02
Courriel : liquebec@noos.fr

Salah Benlabed

NOTES
D'UNE MUSIQUE
ANCIENNE

roman

Pleine lune

La Pleine Lune remercie le Conseil des Arts du Canada ainsi que la Société de développement des entreprises culturelles (SODEC), pour leur soutien financier, et reconnaît l'aide financière du Canada par l'entremise du Programme d'aide au développement de l'industrie de l'édition (PADIÉ) pour ses activités d'édition.

ISBN 2-89024-182-4

À mon petit fils

À toutes les victimes de l'ignorance

*Tout diffère entre les orientaux et nous :
religion, mœurs, police, gouvernement,
nourriture, vêtements, manière d'écrire et
de penser. La plus grande ressemblance
que nous ayons avec eux, est cet esprit
de guerre, de meurtre et de destruction
qui a toujours dépeuplé la terre...*

VOLTAIRE

Prologue

Un soir, peut-être de pleine lune – je devais avoir treize ans – au bord d'une crique d'une côte méditerranéenne, j'ai vu surgir sur le plan immobile de la mer éclairée par la lune naissante une masse noire, comme née de l'eau dans un clapotis sinistre. Je n'ai pas appelé, ne me suis pas inquiété : j'ai simplement regardé en silence cette forme fantomatique jusqu'à ce que, dans le même bruit tragique, elle replonge de nouveau. Depuis, cette question me torture : qu'est-ce que c'était ?

Nous sommes ainsi les uns pour les autres : un mystère à peine digne d'une attention éphémère, une curiosité malsaine à travers un regard sur soi, égoïstement retenu, puis nous replongeons dans les profondeurs de notre oubli mutuel et tournons la tête vers d'autres criques pour y rechercher d'autres mystères.

Le temps bouillonne et s'efface mais ces apparitions nous font mesurer son avance, meublent sa trajectoire en nous accompagnant vers notre propre oubli. Car le temps qui passe alourdit la mémoire puis l'amène à se perdre et, s'il s'écoule dans le lit de l'exil, nous prive de parents, d'amis, de liens et de lieux.

Pour lutter contre l'oubli, cette solitude de l'absence, et préserver de l'inutilité quelques-uns de nos jours anciens, il nous faut plonger dans son cours et le remonter jusqu'à faire ressurgir à sa surface assagie quelques êtres humains qui, sauvés de la noyade inéluctable, continueront à nous accompagner.

Notre temps passé aura ainsi servi...

1999

Quatre ans après la mort du figuier, quatre années d'hésitations confuses, je suis enfin entré chez le Chinois silencieux ; j'ai acheté le calepin vert bronze de sa vitrine. Cette fois je suis décidé ! Je m'étais promis dès notre arrivée d'écrire ce best-seller : l'histoire, peu ordinaire mais si fréquente, d'un déplacé qui redécouvrirait l'Amérique !

Dans ma jeunesse, nous ne pensions pas *exilé, expatrié* ou *banni* et je n'imaginais pas l'être un jour pour avoir à le raconter. En ce temps-là pourtant nous jalousions les *globe-trotters ;* nous attendions les pigeons voyageurs porteurs des nouvelles de ces Sindbad qui avaient préféré l'aventure à la douillette quotidienneté, mais rien ne nous poussait à renoncer à la nôtre !

Peut-être ai-je trop retardé cet achat : aujour-d'hui ma conscience est bien trop chargée, assiégée de peines et de regrets, alourdie de trop de découvertes... Mon *trip* a été une défaite, et l'exilé de mon histoire aimerait bien rentrer chez lui après le film. Mais ce qui lui reste là-bas est perdu pour toujours ! Je crains donc que cet ouvrage ne soit une longue pleurnicherie ou la litanie des présages qui auraient dû me prévenir.

C'est la perte de cet arbre fétiche qui m'a convaincu de l'existence de messages dont nous ne connaissons ni le messager ni l'expéditeur, mais dont nous devrions pourtant tenter de saisir le sens. Le premier avertissement, un mois environ après notre exil, ma fille et moi, avait de quoi laisser songeur ; il concernait justement la mort de ce figuier, cadeau de ma mère lorsque nous avons occupé notre maison de jeunes mariés. Dans sa lettre, l'ami qui s'en occupait précisait, un peu gêné, que tout de suite après notre départ, son tronc avait commencé à pencher lentement avant de s'affaisser au lendemain d'une nuit de tempête. *« Le plus étrange est que ses racines étaient desséchées, pourtant je l'arrosais régulièrement, comme tous les autres arbres qui, eux, se portent bien. »*

J'avais compté les jours : quarante s'étaient évanouis depuis notre départ ! Quarante jours, chiffre sacré, magique : le nouveau-né cesse de pleurer, l'isolement est levé, le calme revient après le déluge et nous finissons de pleurer les morts, les noyés, les exilés, les...

Depuis, d'autres messages me sont parvenus... J'ai cru lire le second sur une ligne aérienne, dans mon incapacité à rejoindre mes parents où je les avais abandonnés : la première fois que j'avais tenté de retourner au pays, après deux ans – une vie – d'absence, un détournement d'avion avait provoqué le mien et j'étais revenu sur mes pas, lourds d'inquiétude, vers ce qui était devenu *chez moi* sans que j'y habite.

De renoncements en annulations, de prétextes fallacieux en lâchetés imbéciles, de contraintes professionnelles en difficultés financières, j'arriverai peut-être trop tard! Dans ses dernières lettres, mon père a multiplié les menaces : « Ta mère est en train de t'effacer de sa mémoire », m'a-t-il prévenu... Elle efface mes traces au moment où j'ai besoin d'elle pour me guider dans notre passé, deviner mon avenir!

C'est la peur, je l'avoue – ni le courage ni le désœuvrement –, qui me lance tardivement dans cette œuvre solitaire et donc ennuyeuse : ma mère a trop tôt perdu sa mémoire, mon père a commencé trop tard à me livrer la sienne et je sens depuis peu la mienne éclater, s'émietter, s'éparpiller, à force de se butter au mur de mes absences.

« Il te faut léguer les silences qu'il te reste, car tu n'accumules plus aucun nouveau souvenir », m'ordonne une petite voix intérieure. Je vais donc lui raconter ce dont je me souviens ; je le ferai aussi fidèlement que le permettront les effets du temps. Je tenterai de rapporter tels que j'imagine les avoir vécus ces faits anodins qui font une vie, comme ferait le petit journaliste que je suis en quête d'un sujet étranger et lointain dans lequel il ne serait pas impliqué, même si je suis bien placé pour savoir que les écrits ne disent rien : ils ne sont que les cris de souffrance, de n'être pas écouté.

❧

Dans mon ancienne vie, j'ai toujours tenté de n'être personne, rester invisible pour ceux qui tuaient au nom de Dieu, du Diable ou de l'Argent. Mais déjà, bien avant ceux-là, avant qu'ils n'apparaissent, qu'ils ne sortent de terre et ne prennent toute la place, je haïssais la célébrité. J'étais un homme discret : la discrétion est une qualité dans mon éducation.

« Peut-être voulais-tu simplement ressembler à Dieu, grand mais invisible, tendre mais insensible, ou encore devenir une légende de ton vivant ? »

Le fait est que du temps de mes anciennes gloires, je me suis toujours caché près de la chaleur des cancres et des humbles, ceux qui n'ont pas d'identité. J'y ai appris tant de choses que je suis devenu expert en invisibilité ! Et si cette discrétion n'avait été qu'un subterfuge destiné à améliorer la brillance de mon blason, alors j'aurais tout raté : nul ne raconte mes aventures le soir à des enfants ensommeillés. Là-bas, on ne parle plus de moi, ici je ne suis personne, et cette solitude me pèse un peu, même si je m'y suis habitué, même si j'y ai toujours habité.

Déjà, dans le petit village de mon père, sa fonction d'avocat nous a très tôt isolés des deux communautés : trop riches pour les pauvres, trop bruns pour les riches ! L'éducation par trop occidentale de ma mère m'a éloigné de mes semblables, et notre nom, des Français qui ne m'ont pas adopté. Plus tard, partout, on ne m'a pas plus accepté, du fait de mon faciès, mon accent, mon métier... ou ma célébrité ! Ici, j'ai rejoint la grande famille *Personne* à qui chaque voiture rappelle ce dont elle doit se souvenir : traverser sur les clous...

Bien sûr, j'aurais aimé que l'on me voie, un petit bonjour, un sourire timide, n'importe quoi pour me faire douter de mon absence. Mais ici au moins nul n'attente à ma vie ; je mourrai peut-être sans avoir existé !

« Est-ce la raison de tes pertes de mémoire ? Quelqu'un, tapi en toi, effacerait consciencieusement, comme sur un tableau d'école, le souvenir de tes ratées ? Tu serais devenu un exclu, n'ayant plus rien à apprendre et qui mériterait sa place au fond, là où il fait froid ! »

Ici, je suis personne ; pour être quelqu'un, il me faudrait être Dieu : imperturbable devant sa création, déçu mais entêté au point de refuser d'en corriger les fautes ! Est-ce pour être que je me décide à m'écrire ?

Personne ! *Personne* était la plus fidèle des héroïnes des histoires de ma plus jeune tante, ma préférée. Je dis histoires car l'héroïne de ces contes avait disparu depuis longtemps quand elle me narrait encore ses aventures. *Personne* était spéciale ! C'était une voleuse, genre Robin des Bois ou Arsène Lupin, peu généreuse certes, mais qui ne détroussait que les méchants, les mauvais, les pingres, comme pour appliquer une certaine justice sociale ; celle que je réclamais chaque soir pour panser mon ressentiment de n'être pas riche... Son nom lui fut très utile, car elle s'en servait pour signer ses larcins. Allez donc courir après un larron en interrogeant les passants : « Avez-vous vu *Personne* ? » Ses cibles potentielles sont encore très nombreuses et nombreux aussi sont les enfants qui doivent la regretter car cette furie, malgré sa longévité, a conservé intacte sa réputation. Sa disparition lui a même apporté le pardon de toutes ses mauvaises actions ! Dieu fera le reste...

Ici, je suis comme *Personne*, je fais peur aux gens, mais pas aux enfants. Ceux-là tirent sur leur laisse pour s'approcher de mon chien, mais leurs parents résistent. Les nantis des mille et une nuits avaient la même crainte de *Personne*, à cause de leur argent, de leur situation, pour leurs enfants aussi, parce que « ce chien, on ne le connaît pas ; viens, je t'en achèterai un, plus beau » ! Je dois dire qu'ils sont tout de même un peu gênés car bien vite ils ramassent leurs enfants et sourient à mon chien : « Le chien, c'est un caniche, mais l'autre, celui à l'autre bout de la laisse, on ne sait pas de quelle race il est, il n'a pas de nom ! »

Je n'ai donc pas choisi ce pseudonyme, mais ne regrette pas son anonymat. Il ne me dessert pas. Il est plus rassurant que mon patronyme officiel qui reste si difficile à prononcer. Je déplore simplement qu'il m'ait été imposé pour la visibilité : c'est par *Personne* que je signe mes articles !

❧

« Tu n'écriras rien à propos de ta fille ; tu n'en parleras pas. Il ne faut pas qu'elle sache un jour combien sa survie a affecté les divagations de l'âme de son père. Toi, tu n'as jamais rien deviné de la détresse de ton père ! »

Mais lorsque un jour ma fille ressentira dans la sienne l'empreinte tiède de la petite main de son enfant, pareille à celle que j'ai laissée dans la paume de Papa, et qu'il lui faudra le guider dans la longue chaîne de nos aïeux, je n'aimerais pas qu'elle se perde à rechercher son père dans la mémoire truquée des autres.

J'ai transporté jusqu'ici la sécheresse des pères de là-bas avec leurs filles, mais elle a fondu dans notre solitude. Avec elle, je plaisante beaucoup ; nous échangeons quelques conseils d'ordre culinaire ou journalier. D'autres sujets la submergeraient de mon ressentiment, lui feraient découvrir mon côté détraqué, celui qui cherche sans cesse un secours, celui que je lui cache. Je ne veux pas ! Elle s'est fait une vie – n'est-elle pas là pour cela ? – avec ses nombreux amis tapageurs qui peuplent nos solitudes. Quelques-uns parmi eux, parmi elles, ceux qui viennent des mêmes contrées que nous, restent plus longtemps pour que je leur raconte des histoires de *Personne*. C'est aussi à leur attention que je noterai les faits qui ne se sont pas encore effacés de ma mémoire tragique. Pour elle, pour eux et pour d'autres raisons... Pour plus tard !

Lorsqu'elle sort avec eux, je discute en cachette avec le petit chien qui nous a accompagné ici malgré lui. Mais quand je commence à lui parler, il dresse une oreille, lève le museau puis la tête et se rendort vite lorsqu'il devine que ce que je ressasse ne fait pas son repas. Deux fois par semaine, avant de signer *« Personne »* mes articles critiques dans ce journal du soir, je les lis pour lui. Il ne fait aucun commentaire ! Mais les quelques lecteurs qui ont pris le temps de chercher ma rubrique cachée en dernière page, en dessous de celle des animaux perdus, disent la trouver intéressante. Je constate leurs commentaires puis me rendort ; comme cet animal.

Aux autres qui m'écrivent « si tu n'es pas content, rentre chez toi », je réponds : « Comment ?

Vous ne savez pas : chez moi, c'est la prison ou l'assassinat ! » Mais ceux-là ne lisent jamais la page internationale.

C'est qui Personne ? Un humain que l'on ne voit pas, même quand il est assis à la même terrasse de café ; un invisible que les regards traversent ou – c'est un extrême – accrochent le temps d'une question : « Mais qu'est-ce qu'il fait là, celui-là ? »

« C'était déjà comme cela en France pour ceux de ton pays ! »

❧

Ma mère est un peu sorcière. J'avais quatorze ans quand elle m'a prédit : « Pour toi, chaque décennie sera une vie nouvelle... Dix ans, c'est le mètre étalon de ton destin ! Laisse-le courir, ne t'y oppose jamais, tu mourrais de dépit ! » Depuis, ma vie est ensaucissonnée comme la grappe de merguez d'un mauvais boucher, organisée comme un train en wagons de classes différentes, comme mes semaines en jours identiques mais aux noms changeants. Les parties bien nettes qui la constituent se mesurent en dizaines d'années qui se suivent sans se ressembler.

Pour confirmer cette mathématique rigoureuse, il faut d'abord exclure les cinq premières années de ma vie ; elles n'en furent que la locomotive. Cette période fut la plus riche de ma famille, car nous l'avons vécue dans un petit village au milieu d'un immense jardin de figuiers et d'abricotiers où se multipliaient de nombreux lapins qui vivaient dans les murs comme d'autres dans les chapeaux. C'est tout ce dont je me souviens. Lorsque j'y suis retourné trente années plus tard, Suzanne n'était plus à son bar et le bureau de mon père avait été transformé en gargote ! Je ne le lui ai jamais avoué...

Tout le reste – du moins à ce jour – confirme la règle implacable des visions de ma mère.

Au début de la guerre, en 1955, nous avons dû quitter précipitamment cet Éden pour aller vivre pendant dix années en ville, dans des quartiers sordides parce qu'arabes, dans la maison de ma grand-mère paternelle, de peu ou de rien ; en tout cas de misère. Ma mère a été celle qui a le plus souffert de ce retour dans une famille qui la jalousait, mais moi, j'y ai été heureux... Ou aveugle ?

En 1965, peu après la fin de la guerre qui s'est terminée par une sorte d'indépendance brève, nous avons refait nos bagages pour aller habiter la capitale où mon père retrouvait la fonction dont l'avait privé le colonialisme.

Au seuil de ma troisième décennie, en 1975, j'ai croisé une fille et nous nous sommes mariés. J'ai quitté mes parents, l'insouciance aussi. Dix années de calme constructif durant lesquelles notre fille est née, mais qui se sont terminées par le décès de sa mère. C'est alors que j'ai quitté la fonction d'État pour aller au journalisme.

Après un répit à la longueur augurée, en 1995, au changement de ma nouvelle décennie, une seconde guerre me valait l'exil, un enfant dans les bras. J'ai sauté le pas, un pas immense, décisif, tragique et peu réfléchi ; une mort avant terme, un avortement consenti, froidement perpétré par un fœtus abandonnant la matrice tiède et nourrissante. Nous avons quitté notre pays, comme ces chiens que les enfants chassaient à coups de pierres des abords du village parce qu'ils les accusaient de rage.

Papa aimait réciter ce poème où Victor Hugo chantait ce pays où il ne faisait que passer ; ce poème retrouvé un soir d'ennui à la bibliothèque municipale : « *J'aime de ces contrées les doux parfums brûlants, sur les vitres dorées les feuillages tremblants, l'eau que la source épanche sous le palmier qui penche et la cigogne blanche sur les minarets blancs...* » Victor Hugo n'a rien vu ! Moi, j'aimais son goût de clou de girofle sur mes rages de dents ; son odeur aussi, celle de la cannelle des gâteaux de fête, les couleurs de ses couchers de soleil droit devant sur sa mer... Toutes ces petites pierres qui jalonnent un chemin qui ne remonte nulle part, sinon vers sa fin. Tout ce que nous retenons une fois traversé le pont, une fois déserté le port !

❧

Mais il y avait aussi les bruits : le marchand de pastèques à qui j'aurais fendu la sienne quand il venait hurler sous ma fenêtre très tôt les jours de congé ; les cris du bébé de la voisine qu'elle laissait pleurer pour qu'il s'habitue à la vie... Les « *il y est ! Il y est* » que hurlaient les marmots de la Coupe du monde dans la cour de l'école ; et puis celui, permanent, régulier comme la respiration d'un sportif, de la mer apaisée après le départ des nageurs.

Là-bas, je connaissais mes voisins. Ils me connaissaient autant, et cela aussi faisait du bruit, ou plutôt une chanson, dont les échos me parvenaient en même temps que la fraîcheur matinale de la petite fenêtre qui donnait sur le toit de la boutique du bijoutier, comme la chanson enfantine des vaches qui vont aux prés en faisant tinter leurs cloches : « salam*, salam, salam, sala... sal... sssss » Le ssss, c'était le bruit des balais des commerçants qui nettoyaient devant leurs portes ; celui qui siffle aujourd'hui à l'oreille du saumon égaré dans son errance. Loin dans le temps, il y avait aussi l'appel du muezzin, tellement doux qu'il me faisait pleurer. Mais ça, c'était avant, avant qu'il ne soit doté de cet instrument satanique et moderne qu'est le porte-voix et qui fait qu'il ne chante plus l'invitation des fidèles à la prière, mais semble donner des ordres aux impies que nous serions devenus. Et partout, jusque dans la mer – ce pays de ma mère dont les humeurs m'imprègnent encore –, mes amis nageaient autour de moi pour m'empêcher de me noyer. Ils étaient là aussi lorsque je m'enfonçais dans le désert – la patrie de mon père – pour m'indiquer le droit chemin.

La mer et le Sahara qui ont fait de ce pays une île, qui l'ont écartelé entre soif et noyade, sont les images que j'en garde : deux immensités dangereuses de rêves et d'espérances, deux mondes opposés, mais si semblables par ces mouvements impétueux qui les ont laissés inchangés malgré la tempête des siècles impitoyables.

❧

---

* Bonjour, bonjour...

Il y a cinq ans, je vivais sur un autre continent au summum de mes capacités, de mes amitiés, de mes amours. Sans vanité, j'avançais et donnais plus que ne recevais. J'attendais avec impatience le soleil pour me lancer à corps perdu dans ce que je croyais bien faire... Je voyageais beaucoup, jamais fixé, toujours en éveil. Ma plume dressée et mon arc tendu m'ont d'ailleurs valu de nombreuses récompenses : ce prix des journalistes de Londres, cet autre d'un prince Albert de je sais quel pays.

C'étaient mes heures de gloire et je ne m'appelais pas *Personne!*

En ce temps-là, je voyais la vie comme une grande dame éblouissante, dans une robe d'or flamboyant, qui aurait descendu vers moi un large escalier rouge de cinéma, avec dans le regard une immense tendresse et aux lèvres, un sourire prometteur! Mais elle s'est arrêtée en chemin, m'a tourné le dos et je suis resté au bas des marches, stupéfait par le ciel qui venait de se refermer derrière elle.

Une nouvelle guerre, sanglante et fratricide, éclatait... Le Canada était tout juste une circonstance ouverte et le Québec, la plus atténuante. Ni choix ni rêve... Je ne cherchais qu'un refuge provisoire. J'avais connu ce pays grâce à mon travail de journaliste, toujours pendant ses étés : calme, propre, agréable, mais rien, ni le silence ni le net, ni le clinquant, ne m'aurait décidé à échanger le mien! Pourtant, dans l'œil de l'ouragan, j'ai écrit pour demander une permission, une trêve, une suspension d'hostilités, un court repos pour le guerrier.

Un jour fatidique, leur réponse attendue est arrivée : une discrète enveloppe jaune sans mention de son expéditeur. Le cachet de la poste en indiquait toutefois le pays d'origine : un pays lointain et convoité en ces temps de guerre pernicieuse. Pendant quelques jours, elle était restée tranquille – fermée mais menaçante, prometteuse mais angoissante – où je l'avais déposée : sur mon bureau, appuyée au petit parapluie de cuivre où je rangeais mes stylos. Où a-t-il disparu, celui-là ? Chaque matin, je feignais de l'ignorer, l'examinais en oubliant de penser à l'ouvrir : cette intrusion m'aurait obligé à des calculs que je ne voulais pas faire, à des choix qui n'en étaient pas, à une lâche décision impossible à prendre, inhumaine : changer de mer, abandonner le navire !

❧

Nous étions occupés, regardions au ciel et n'avons rien vu venir ! Nous n'avons pas vu arriver ceux qui avaient appris à se battre dans une contrée lointaine – l'Afghanistan inconnu –, dans une guerre étrangère qui ne nous concernait pas ! Ils n'étaient pas seuls : ils traînaient derrière eux les vilains en colère, les va-nu-pieds, les serfs qui vivaient sous terre, ceux qui avaient fait notre guerre pour rien, les blessés du mépris, les morts-vivants et les morts-morts de reconnaissance. Les oubliés de l'espérance, les victimes du grand Mensonge national. Les déçus de la paix ! Les promis au paradis...

Ils avaient secrètement appris les leçons d'un dieu inquisiteur avide de sacrifices et assoiffé de sang qui leur avait, semble-t-il, confié la mission d'accomplir en son nom la revanche qu'ils attendaient de leurs pauvres vies au destin de brouillon. Leurs écritoires n'étaient pas celles de nos écoles coraniques et ils voulaient nous enseigner comment faire de la terre un enfer... et mériter ainsi le paradis !

Si un paradis entre en guerre avec lui-même du jour au lendemain, sans l'avoir déclarée, sans même avoir laissé deviner sa colère, alors cet Éden devient terre de terreur, un enfer ! Une peur insomniaque, aux airs de cauchemar, y cohabite avec la haine : les gorges ouvertes, sciées, les têtes coupées, le bruit de la hache affairée qui cogne la dernière vertèbre ou la pierre du bord du trottoir, le son creux du crâne éclaté d'un bébé, de tous les bébés d'un village... Dans les cœurs, peu à peu, s'insinue la frayeur du mardi, celle du vendredi, puis celle de tous les jours qui obscurcissent les matins quand il vous faut sortir, vous mettre en pleine lumière ; les soirs aussi, au moment de rentrer. La crainte pour le voisin, pour ses enfants, celle de la foule ou de l'isolement, d'un inconnu qui passe dans votre rue, de celui qui remonte le même escalier ou vous suit en plein midi flamboyant ; celle d'une voiture qui s'arrête dans la nuit, les aboiements angoissants d'un chien dans le lointain, le silence lourd et menaçant de la lune.

La peur sournoise m'habitait comme la guerre inavouée cette ville. Et dehors, il y avait les barrages !

Comme des balles dans une ville assiégée, les mauvaises nouvelles rebondissaient de maison en maison, en traversaient les murs pour rapporter les conditions tragiques de l'assassinant du cousin de la mère d'un ancien voisin. Mais, petit à petit, gouttes à ruisseaux de sang, les victimes se rapprochaient du centre du cercle de nos connaissances jusqu'à devenir frère du voisin, père de son épouse. Après n'avoir été que des ouïdire, les morts en venaient à peupler notre proche quotidien. La mort elle-même, se rapprochant de nous, nous devenait parente qui bientôt viendrait habiter en nous. Une mort pour rien, gratuite, incompréhensible ! La mort pour un air de chanson, la beauté d'un texte, la hauteur d'un front. Nul ne savait pourquoi ; l'assassin d'ailleurs non plus !

La peur est un serpent qui fait son nid dans le cœur des corps menacés. Elle y irradie son venin jusqu'à raidir, figer les muscles les plus secrets du corps et momifier le cerveau en y gélifiant l'entendement. Alors, partout, à chaque instant, la vie devient attente de la mort, sa cousine germaine. Partout, à chaque instant qui reste avant sa fin, on s'imagine tâtant du doigt les boursouflures sanguinolentes d'une plaie ouverte dans sa chair vivante par la balle assassine du pistolet ennemi d'un tueur dont on croit, partout et toujours, voir se tendre la main. On sent le sang fuser ; il brûle ! L'os fracassé, son clac ! La Mort victorieuse ! Alors, on meurt.

C'est à ce moment là que j'ai renoncé aux nouvelles, d'où qu'elles venaient, tant elles me laissaient abattu, sans volonté sinon celle de l'invisibilité. Je n'en donnais même plus ! J'avais abandonné, avec la télévision et les journaux, toute relation avec le monde. Les informations qui me parvenaient du dehors de ma bulle, de ma cuirasse, me faisaient haïr les humains. Ils avaient perdu cette appellation ! Ils ne m'apparaissaient plus qu'en meute de loups affamés ou en troupeau bêlant, suppliant un peu de pitié. Et dire que dans ma naïveté j'attribuais la grisaille du ciel à un trou quelque part... Très loin !

C'est alors que moi aussi j'ai changé. Pas d'aspect, mais de l'intérieur. D'une déchirure au fond de mes tripes s'écoulait une part de mon humanité, celle de l'âme où se tient la paix. Certes, je restais un bon gars, aimable et simple ; je riais et faisais encore rire pour cacher ma frayeur aux amis qui disparaissaient d'un coup de couteau ou de feu, d'un choc du cœur, d'une lâcheté ou plus simplement, d'anxiété. Ceux qui me restaient ne parlaient plus, ne riaient pas, n'écoutaient même plus, prostrés qu'ils étaient face à la mort imminente.

Je m'étais réfugié dans la compagnie de quelques fantômes, des spectres de gens simples disparus, qui avaient traversé leurs vies à la limite de la misère, mais qui étaient restés fiers, courageux devant l'adversité de la colonisation. Plus sûrs en l'avenir, en ces temps anciens d'injustice, que moi, libéré. Tous ceux qui avaient disparu avec mon innocence...

J'ai renoncé à mon métier de mauvais augure, de comptable mortuaire, de pleureuse patentée ; les forces invisibles, anonymes, celles d'en face, de partout, étaient si fortes, si dures, si inhumaines qu'il n'y avait rien à en dire. Ce n'étaient qu'égorgements, explosions, suffisance et mépris ! Elles écrivaient d'autres histoires.

Les tenants du pouvoir s'étaient mis sous protection divine ou militaire... Le reste, le Grand Peuple Révolutionnaire Accompli, devait se débrouiller, comme autrefois, pour survivre, se protéger par le déguisement, comme ces joyeux lurons, bons buveurs et tapageurs qui s'étaient transformés en pieux prieurs de première ligne, ou comme d'autres, comme moi, dans l'enfermement! Plus rares, plus courageux, ceux qui ont ignoré le danger et ont été conduits à la mort par la lâcheté!

Je n'avais plus qu'une mission : défendre mon enfant, survivre pour elle.

❧

La mémoire décidément ne charrie pas que de beaux souvenirs! Elle provoque même parfois de furieuses rages de dents. Comme une petite braise oubliée sous la cendre du brasero et dont le souffle du souvenir rallume la brûlure au fond du cœur presque éteint, la mienne vient se ranimer à l'évocation du ridicule et incessant balai de chaises musicales des hommes politiques apparaissant brusquement dans l'univers télévisuel, puis disparaissant aussi vite, happés par le trou noir que crée le sentiment d'invincibilité. Dans l'unité officielle des points de vue de bassesse, la guerre sourde que se livraient ces nombreux courtisans les attirait irrémédiablement dans le gouffre de l'oubli, malgré les preuves incontestables de leur adhésion indéfectible aux rêveries des présidents. Mais, leur duplicité ayant fait d'eux des funambules, ils retrouvaient souplement leur position, grâce à quelques grimaces et contorsions de fous du roi... Le filet des complicités, des services rendus, les remettait alors en selle pour un nouveau tour de singes savants !

Sur le modèle tribal ancien, chacun, jusqu'au plus bas de l'échelle, au prix de quelques avantages glanés plus haut, bénéficiait de l'appui de ses sbires. Les plus élevés dans la hiérarchie pouvaient ainsi compter sur l'appui et la connivence d'une pyramide qui, pour se stabiliser, a fini par plonger ses griffes vénéneuses jusqu'au cœur du peuple. Mais cette base n'était pas militante, son appui n'allait à aucune cause juste ou commune : cet appui, silence de lâches face à l'iniquité, s'échangeait contre le regard détourné du responsable, sa protection abusive et le partage du fruit de la rapine nationale. Et ce calcul s'appuyait sur le refus, le combat, la négation de l'intelligence. Ce ministre de la Construction ne considérait-il pas que les architectes n'étaient que des vendeurs de papier et que des ânes auraient mieux dessiné le tracé des routes que ces urbanistes dont il était le chef !

C'est ainsi qu'ils ont fait ce monde où ne pouvaient survivre que des monstres, et ceux-là se sont levés pour devenir réalité. Ce pays n'était plus un pays... C'était un drame !

❧

Les jours qui passent ne font pas une vie, ils sont un gaspillage du temps. Un moment plus un moment, ça n'en fait pas deux, mais un seul plus long qui s'assemble au suivant pour s'appeler la vie...

L'absence de ma fille qui a repris ses cours et les journées qui s'écourtent ont fait venir l'automne. Septembre s'en va, novembre suivra... Drôle de manie, cette rime de poète arabe qui me vient de Ronsard ! Mais c'est ainsi que je commence, en ce samedi de mois d'automne venteux et grisâtre, simple messager de l'hiver, à me raconter sur le cahier ouvert. C'est en octobre que commençait l'école...

Depuis un certain novembre, octobre, là-bas, est devenu rougeâtre. C'était le mois de la peur : la terre tremblait, les vivants chaviraient et la révolte grondait. Dans l'obscurité du ciel brillaient des feux nouveaux qui amorçaient l'hiver telle une bombe. Il avançait, balle au canon, pour faire éclater les derniers fruits... Les insectes affolés mouraient en plein vol et, si durant l'été, la terre avait souffert de sécheresse, les humains tombaient comme des mouches tandis que les tyrans volaient comme les feuilles de la saison par manque de substance ! La presse l'a rapporté bien mieux que moi :

— *5 octobre 1961 : Le préfet Papon instaure un couvre-feu aux Français musulmans d'Algérie qui conduira à la ratonnade du 17 octobre 1961 et fera 140 morts à Paris... Ma fille n'a jamais su cela...*

— *10 octobre 1980 : Un tremblement de terre de magnitude 7,2 sur l'échelle de Richter fait 3 000 victimes à E.*

— *5 octobre 1988 : Le bilan officiel des émeutes est de 110 morts, alors que des sources médicales algériennes donnent le chiffre de 500, auxquels s'ajoutent plusieurs milliers de blessés...*

Et plus tard, mais nous n'y étions plus :

— 5 octobre 1997 : Seize personnes sont massa-crées à S. par des hommes armés... Dix personnes sont massacrées à O. par un groupe armé... Dix-sept per-sonnes, dont seize écoliers circulant à bord d'un bus, sont tués à un barrage dressé sur la route par un groupe armé... Etc.

Pourtant!

Pourtant, les octobres de ma jeunesse faisaient revivre les prés en vert. Renaître aussi dans la déprime des rentrées de classe, de naïves espé-rances : une maîtresse plus jolie, un maître plus gentil, une bonne année scolaire... Dans les champs de blé chauves, les nomades repliaient leurs tentes et chargeaient leurs caravanes; le silence de leurs chiens redonnait aux siestes leur goût apaisant malgré les cigales qui semblaient pleurer leur départ. Les mûriers dénudés ne protégeant plus leurs amours, les oiseaux s'en allaient suivre les dromadaires, et nous, contrai-rement aux feuilles arrachées par l'automne, sentions notre sève monter. Nous allions fouiller dans les traces blanchâtres des tentes disparues pour y rechercher quelques mystères, quelques objets oubliés. Dans ces endroits, les éteules exha-laient des parfums d'interdits : les effluves encore brûlants des filles brunes dont nous avions rêvé durant les chaudes soirées d'été.

❧

Cette chanson ancienne me revient de si loin que j'ai éteint la radio...

À l'euphorie des premiers jours d'exil, s'était ajoutée une rencontre fabuleuse : celle d'une idole de ma jeunesse, oubliée aujourd'hui. Les premiers jours de notre arrivée à Montréal, dans un café où les pas de l'ennui m'avaient conduit, j'avais demandé au barman si le nom de la rue avait une relation avec ce célèbre chanteur, il avait souri et, du doigt pointé à travers sa vitrine, m'avait m'indiqué une maison : « Il habite là... La rue porte le nom d'un homme politique qui n'a aucune parenté avec lui. »

Protégé par l'obscurité, j'avais grimpé les cinq marches pour lire la plaque éclairée sous le porche... et la porte s'était ouverte. Sa fille – je l'ai su plus tard – s'envolait après lui avoir arraché une grosse somme pour un petit achat. Quand elle m'avait surpris sous le porche, elle avait hélé quelqu'un là-haut : « *Dad ! There is someone for you* » puis, laissant la porte ouverte, elle avait disparu dans la nuit. J'avais levé la tête vers le bruit d'un pas : en haut de l'escalier – un de ces escaliers de bois qui filent droit vers le ciel du Québec – étaient apparues les jambes d'un pyjama à rayures vertes et jaunes, puis la tête blanche et chenue d'un vieillard penché pour m'inviter à monter. Debout, à mi-chemin de l'étage, j'avais dû raconter une première fois mon histoire. Il m'avait alors invité à monter, à entrer, m'avait conduit dans un petit salon où il m'avait laissé seul pour aller répondre à une sonnerie lointaine.

En l'attendant, debout parce qu'il ne m'avait pas invité à m'asseoir, j'ai examiné les peintures et les objets accrochés aux murs ou jetés pêle-mêle sur le plancher de bois recouvert de tapis. Je crois avoir reconnu l'origine du bleu et rose : l'Ouest de mon pays. À portée de main, sur la petite table, un paquet de cigarettes affichait, en noir sur fond rouge, cette sentence : *«Fumer peut vous tuer»,* un avertissement cynique destiné seulement au chanteur.

Longtemps après, il était revenu me faire répéter mes explications. Je lui avais alors raconté l'amour perdu de mes vingt ans et confié que sa musique était celle de ma nostalgie de ces moments heureux. Pourtant, son regard effaré ne semblait pas me croire, croire que des gens, vivant dans des contrées qu'il croyait sauvages, dont il ne soupçonnait même pas l'existence, aient pu s'aimer sur sa musique ! Ses questions : *«Écoutiez-vous ces chansons à la maison ?»* *«Vos chanteurs reprennent-ils encore mes chansons ?»* ou *«Dansiez-vous sur mes musiques ?»* démontraient une ignorance impertinente de mon monde.

Je suis retourné le voir quelques fois, après lui avoir téléphoné pour l'avertir de ma visite ; il semblait toujours prêt à me recevoir, mais son regard avait conservé cet étonnement lointain, l'intérêt que l'on porte à quelque chose par désœuvrement ou par ennui.

Bien que mon pays fût alors sorti de son tranquille anonymat – radios et journaux trouvaient encore à vendre sa tragédie – il me demandait systématiquement de lui en rappeler le nom, s'étonnant ensuite qu'il soit situé en Afrique ! Cette ignorance était proche de la mienne à l'école primaire, lorsque son pays n'était pour moi qu'une tache blanche sur le curieux *patchwork* de la mappemonde de mon livre de géographie, une immense tache qui me faisait moins rêver que les îles Galápagos, pourtant invisibles sur cette carte ! Mais en ce temps-là, je ne connaissais ni sa musique ni l'amour.

Nous nous sommes revus quelques fois et puis j'ai décidé de ne plus rencontrer ma star, nous n'avions rien à nous dire.

❧

Quand ma fille sort, les samedis de Montréal deviennent pluvieux d'ennui. Dans la maison, aussi vide que la coupole sombre du ciel, le silence, écho de la solitude urbaine, est peuplé par les tic-tac nonchalants d'une collection d'horloges et par le clapotis des grosses larmes sur la vitre, gargouillis onctueux de la ville submergée. Au loin, le ronronnement énervant des ultimes machines infernales qui s'acharnent sur les derniers brins d'herbe, et plus près, la radio que j'ai oublié d'éteindre. Les nouvelles insipides et grossières servent donc de décor à mes fins de semaine.

Mais le samedi est aussi le jour des copains ; avec eux, le matin, je partage un moment d'amitié sur la terrasse du café qui donne sur la plus large rue du quartier. C'est l'endroit idéal pour observer en silence les flots d'anonymes matinaux car nous avons les mêmes souvenirs des cafés tapageurs de là-bas, et qu'il est donc inutile de les échanger.

Nous arrivons toujours très tôt pour réserver la place au premier rang. À cette heure, la foule n'a pas encore envahi l'arène que deviendra tout à l'heure la rue et nous pouvons scruter pour les comprendre ceux dont nous traversons les vies ; à cette heure, ce sont surtout les papas séparés qui viennent de récupérer leurs enfants à moitié orphelins pour un week-end légalement octroyé, organisé par entente tacite ou judiciaire. Nous savons les reconnaître : leurs prunelles éteintes et leurs bras fatigués supportent seuls un poids partagé normalement par deux. Des regards de cancres punis à une retenue de fin de semaine ! Des pères de mauvais matin, déjà harassés, qui traînent par la main des enfants bougons, parce que dérangés dans leur innocence. Une progéniture peu tentée par le jeu qui ne vaut pas la chandelle que fera le père dans la détresse du McDonald's du bas de la côte, là où il ira, là où ils vont tous échanger avec leurs pairs abandonnés, leurs expériences douloureuses, leurs plaintes d'innocents, et quelques idées loufoques pour occuper les enfants inconscients qui jouent dans des labyrinthes de plastique. En attendant ceux de la vie...

L'humanité est divisée en de si multiples solitudes. Moi, le samedi matin, je laisse dormir ma fille.

Là-bas, le samedi était le premier jour de la semaine, mais conservait un relent de congé. Ce n'était pas un jour important... Le vendredi, jour de prière, lui l'était ! Les vendredis se couvraient d'une chape religieuse de silences angoissés, violés par les prêches descendus des haut-parleurs ; pour leur échapper, nous augmentions le son des chaînes de télé européennes.

❧

Les derniers jours de notre précédente vie, ma mère avait commencé à vieillir et mon père à se taire, mais j'étais aveugle à ces bouleversements : je ne pensais qu'à sauver ma fille, lui éviter d'enjamber d'autres ruisseaux de sang, de se faire narguer sur la route par des têtes qu'elle ne connaissait même pas.

Les derniers jours de notre ancienne identité avaient été venteux et sombres comme des nuits d'hiver. « Le mois de mars est celui des fous », insinuait ma mère tandis que mon père opinait... Les derniers jours furent un cauchemar dont je ne me suis pas réveillé !

Un matin vers sept heures, une semaine environ avant que nous quittions la maison et le pays, le téléphone avait sonné... C'est Salim qui m'appelait de sa ville saharienne...

Salim et moi avons fait nos études ensemble, du secondaire à l'université ; beaucoup de pistes aussi dans le désert... Et dans la vie. Mais il a fait son chemin personnel sur des sentiers battus et rebattus par la conformité, pas à pas, au jour le jour, sur le fil des ans, dans des ornières creusées par l'habitude, balisées par la nécessité de la sécurité ; il a fait sa vie comme on suit une route mille fois empruntée, avec pourtant la crainte de s'y perdre. En fait, il avait peur de la vie !

Salim pleurait ! À l'autre bout du fil, mon plus vieil ami pleurait ! C'est une torture plus douloureuse d'écouter pleurer un ami que de voir ses larmes. Il m'informait comme dans un message d'adieu qu'il venait de recevoir son troisième coup de fil : *« Tu meurs aujourd'hui ! »* lui avait annoncé la voix anonyme et lâche. Et lui, le con, me demandait ce qu'il devait faire ; et cela m'énervait...

J'imaginais ses assassins le guettant dans le parking de la misérable cité où il avait accepté de vivre au service de l'État. J'ai songé un instant à aller le chercher, mais quatre cents kilomètres, six heures de route criminelle et retour demain : trop tard, ou jamais ! Pas question bien sûr de voyager de nuit : la nuit est un barrage dans le domaine des fous du Diable ! Alors j'ai trouvé cette lâche échappatoire : *« Salim, écoute-moi ! Quatre-vingt-dix pour cent des gens qui ont été prévenus de leur condamnation sont encore en vie, quatre-vingt-dix pour cent de ceux qui sont morts n'ont pas été avertis. Ça te laisse cinquante chances sur cent. Mais tu as un handicap : tu es un con ! Un con précis avec des horaires réguliers et des habitudes de fonctionnaire. Écoute-moi bien : passe par le balcon de la voisine, descends par l'autre cage d'escalier et va voir tes patrons. Parle-leur de tout ça, demande une mutation quelque part, une ville où tu n'es pas connu. Mieux encore, demande à rejoindre la capitale ! Tu es depuis si longtemps à ce poste ! Va maintenant et rappelle-moi ! »*

Je suis resté à pleurer, mais de rage, d'inquiétude et de honte, à trembler aussi, devant un téléphone, et cela est devenu une habitude !

Deux heures plus tard, il m'a rappelé : *« Je les ai vus ; le préfet m'a tapé sur l'épaule en me disant de ne pas m'inquiéter ; il pense qu'ils cherchent seulement à m'intimider. »* Alors moi, j'ai hurlé : *« T'a-t-il expliqué pourquoi il y a quatre gardes pour son corps de pourri ! Viens ! Tu te fous du reste ! »*

Il a rejoint la capitale mais a perdu son emploi : pour l'administration, c'était une trahison ; un abandon de poste avancé dans l'autre Monde !

Quelques jours avant notre départ, j'ai accompagné ma fille pour son dernier jour d'école là-bas. Une belle et radieuse journée de printemps ! Tout près de la maison, nous avions traversé le torrent furieux du sang d'un jeune homme pourtant sympathique qu'on venait d'assassiner. Elle n'a rien vu. Je crois me souvenir qu'elle était enjouée et quand elle me l'a demandé, j'ai chanté « Le bon petit diable ». Plus loin dans les virages, j'ai aperçu, avant elle heureusement, deux têtes aux yeux brillants d'étonnement de s'être perdues dans leur sang au milieu de la route. Pour détourner son regard, je lui ai crié « As-tu vu ce soleil qui se lève sur la mer ! N'est-ce pas magnifique ! » Il n'y avait pas de soleil mais elle n'a rien vu. Alors j'ai repris la chanson...

Je n'ai pas pris le temps de dévisager ces victimes ni de leur dire combien je compatissais, mais je les ai remerciés de l'argument supplémentaire qu'ils fournissaient à ma prochaine trahison. J'ai remercié aussi ce jeune fou dans sa voiture neuve qui, ce même jour, a failli nous jeter dans le fossé. J'ai remercié le gendarme agressif de la route encombrée et même le douanier tatillon de notre départ sur la pointe des pieds. Trop d'au revoir pour de si mauvais jours !

Dahmane El Harrachi* pouvait toujours chanter ; moi, j'ai ouvert la lettre !

---

*   Chanteur populaire, auteur d'un succès maintenant mondial sur les errements de l'exil.

J'ai ouvert la lettre et me suis résolu à l'exil. Une fenêtre s'était entrouverte et nous nous sommes infiltrés dans son obscurité. À la porte de notre départ, personne n'a jeté l'eau de l'adieu. Ce jour-là pourtant, la pluie qui tombait aurait pu remplacer la main de l'espérance, elle eut l'effet inverse.

Déjà j'écrivais mon premier poème d'exil : *« Ces quelques larmes sur le pas de votre huis resteront accrochées à mes yeux pour la vie. Je coule mon quotidien dans ces flots de chagrin au cours indifférent qui charrie mon destin. Excédent de bagage alourdissant mes yeux, source intarissable, océan de feu, vos larmes pour cet adieu abruptent le chemin que je parcours aveuglé, une pierre dans le soulier. Vos larmes à la porte sont ces eaux de l'adieu espérant des marins depuis longtemps noyés ! Elles inondent le souffle qu'il me reste désormais comme une soif à porter sur la route des étrangers... »*

Je suis parti honteux, ma fille sous le manteau, clandestin ! Tous étaient occupés à prévenir leur fin, se chercher un avenir. Seul Saïd a su et a encouragé ma désertion et je lui demande pardon de l'avoir fait pleurer.

Le destin répéta ses ratures : comme mon arrière-grand-père, mon grand-père puis mon père, je n'ai rien emporté dans mon exil, sinon quelques souvenirs qui, loin de m'aider sur la route, allaient au contraire m'alourdir.

Nous fîmes donc le grand écart, l'écartèlement de la vie, sa déchirure par-dessus l'océan ; nous prîmes le chemin lisse mais instable d'un monde s'imaginant être le seul, être la Chine, la perfection, l'unique voie pour l'espèce humaine !

Au commencement est la fin... Mais ça, je l'ignorais...

❧

La veille du départ, au soir, des gens étaient venus nous saluer malgré le couvre-feu. Il y en avait plein la maison. Parmi eux, certains que je ne reconnaissais pas avaient les mines tristes de frères accablés par la mort de l'un des leurs. Puis il y a eu l'explosion : le lustre a éclaté ! Au plafond du salon, trois morceaux de pâte de verre ocre sont lamentablement restés pendus à leurs chaînes de cuivre entrelacées. Avec sa montre, ce lustre était le seul héritage que je tenais de mon grand-père ; quelque chose de plus que je n'allais pas emporter dans mon paradis !

Tous ces gens sont partis peu avant le couvre-feu, j'ignorais alors que je ne devais plus jamais revoir la plupart de ceux qui ont plongé dans cette nuit, je n'ai dit adieu à personne... Les morts sont silencieux au seuil de leur enfer !

Après leur départ, je suis sorti dans le jardin et me suis assis sur la bordure de pierre, juste sous le figuier. Il faisait presque nuit et j'entendais au loin comme les appels de gens disparus, mais ce n'était que la triste musique des premiers moustiques affamés. Je suis resté longtemps à regarder les étoiles bâiller et assombrir le ciel, en tentant d'y déchiffrer le message qui m'aurait fait renoncer au départ, mais elles ne me disaient rien. Alors, comme on relit son testament, un pied dans la tombe, j'ai revu mon histoire pour être bien sûr de m'en souvenir et j'ai éteint les lumières pour la dernière fois de cette vie.

Aux premiers cris du muezzin, je suis allé m'allonger en attendant de réveiller ma fille.

❧

« Tu n'as pas encore dit le nom de ta mère. »

Elle s'appelait Petite Étoile. Quand j'ai commencé mes voyages sahariens, dans l'autre désert, je n'allumais jamais de feu aux bivouacs, de peur de ne plus la voir dans le ciel sombre d'où elle me veillait. Sauf une fois !

« Mais tu pensais alors à un autre nom que le sien ! »

❧

Le dernier jour, je me souviens, il faisait vingt-trois degrés et le ramadan commençait. Le ciel était pur : pas un nuage n'empêcherait notre avion de partir ; pas le moindre vent ne s'opposerait à notre fuite. En fait, je ne me rappelle pas le dernier jour ! J'écris *dernier jour* comme s'il avait été celui de ma vie...

« *Profitant de la nuit, j'ai baissé les rideaux ; j'ai éteint les lumières et coupé le courant... J'ai fait taire mon cœur, mis mes rêves au rancart... Il y avait bien là-haut quelqu'un qui s'obstinait, n'arrêtant pas de sonner, mais je ne suis pas monté... Trop tard ! On est fermé ! Je ne prends plus de messages !*

« *J'ai ouvert la cage et libéré l'oiseau, puis remis ma cuirasse... La cendre sur ma face m'a donné cette teinte. J'ai posé les scellés, effacé mes empreintes ; le cri me était parfait, et cuisante la défaite...* »

Ce poème m'est venu dans les airs lorsque j'ai repris conscience dans les rugissements du monstre qui venait de nous avaler, cet avion qui nous emportait vers le sommet du monde! Je pressentais déjà que l'autre versant serait une descente et que je ne contrôlerais plus rien. Je me suis donc laissé guider par l'inconnu qui pilotait ma vie. Les hublots indiquaient des perspectives brumeuses, les moteurs ressassaient des reproches et la voix de l'hôtesse a plusieurs fois dénoncé ma lâcheté dans ses haut-parleurs.

Qu'il a été long, ce voyage! Qu'il était lourd, cet avion de malheur, lesté des poids du dépit et de l'incertitude. Cet avion ne bougeait pas : je le portais, avançant sur les genoux en gladiateur vaincu, plié sous le joug de la défaite. Mais je le croyais sans retour, sans regrets. Presque serein! Je ne savais pas que dans un coin secret de mon âme se tenait le serpent qui m'interdirait le paradis : la mémoire, cette malédiction!

À moi, le douanier canadien a dit : « Vous avez gagné un pays », mais je n'ai pas répondu. Aurais-je dû lui faire le compte de mes pertes? Je ne l'ai pas fait, il n'y est pour rien. Mais j'aurais pu dire : j'ai perdu mon figuier, mon jardin, mes oiseaux du matin, ma maison, ma chaise et mon bureau, le chemin ombragé de l'école de ma fille, les eucalyptus géants qui nous y accompagnaient, les champs verts d'alentour, les pommes de la plage sous la forêt des pins, la mer à perte de vue, la blancheur de ses voiles! J'aurais pu, reprenant mon souffle et refrénant quelques sanglots, ajouter : là-haut, le soleil fou de l'éternité d'été, celui caressant de mes printemps, et même le plus distant, celui qui revenait pour l'hiver. Encore une pause, et d'une traite mal payée : j'ai perdu ma mère, mon père, la tombe de mon épouse, quelques amis aussi et la femme aux yeux mouillés que je n'ai pas voulu revoir, mes voisins, les collègues de moins en moins nombreux, le vieux jardinier et Bachir, le marchand de légumes qui rêvait d'un casque de moto. Et puis encore : j'ai renoncé à quelques plaisirs ; celui de manger avec les doigts, de traverser loin des clous. Puis, devant son regard atterré, j'aurais pu conclure : mes réflexes, le goût, l'intérêt, l'envie, mes habitudes de guerre, l'autoroute de la pagaille et... même votre collègue sévère qui n'aurait pas laissé passer tout ce qui se cache dans mon cœur.

L'inspectrice de l'émigration m'a demandé pourquoi j'avais choisi de m'installer ici : « Je n'ai pas choisi, madame ! J'ai seulement fui les assassins de mon pays et le Canada était ouvert. » Je sais qu'ici il faut toujours dire la vérité aux autorités.

À notre arrivée, la douanière avait caressé les cheveux de ma fille et lui avait demandé où se trouvait sa mère, mais c'est moi, un peu rudement, je l'avoue, qui ai répondu : « Elle a préféré rester dans les sables brûlants. »

Personne n'a rien demandé au petit chien que nous ramenions avec nous. Pas besoin de visa pour les chiens ! Mais des chiens, pour ceux qui n'en ont pas !

❧

Il est temps que je parle d'elle : j'aimais cette femme et le désert aussi ; je les ai épousés et puis les ai fait se rencontrer. Pour l'éternité...

Nous avions confié le bébé à ma mère et avions démarré à l'aurore, avec déjà dans mon œil le paysage de l'arrivée, celui par lequel je comptais l'enflammer.

Il faut tout juste vingt heures pour atteindre le bout du chemin quand on ne l'appréhende pas : il faut quitter la mer, s'arracher à son éblouissement, traverser la plaine côtière humide et verdoyante, glisser le long des gorges profondes que le soleil n'a pas encore léchées pour atteindre les sommets enneigés et commencer la descente vers les hauts plateaux. Alors seulement, on peut reposer son regard sur des étendues à l'ocre infini, à l'horizon inatteignable. À partir de là, la solitude devient réelle. Alors seulement, on atteint l'éternité !

Le silence sifflait par la vitre ouverte. Près des ruines de l'ancien caravansérail, nous avons fait taire le moteur juste au bord du ruisseau certainement tari aujourd'hui... Il y a de cela quinze ans...

Le soleil était maintenant derrière nous comme pour éclairer notre route. Devant, l'ombre, celle de la voiture, s'allongeait lentement jusqu'à disparaître lorsqu'il m'a fallu allumer les phares. La ville suivante était à deux cent cinquante kilomètres, une centaine encore avant l'endroit – deuxième halte – où nous avons passé la nuit et où les premières rougeurs du matin nous ont fait surprendre des voisins tout aussi amoureux : un couple de chacals.

Cent soixante-dix autres kilomètres pour étancher nos soifs à la station d'essence, et la ville s'est présentée enfin pour m'ouvrir ses bras, comme elle dès la porte de la chambre refermée. L'hôtel était paisible et la fraîcheur du bar revigorante... Aujourd'hui le vide de ma vie, ceux de toutes les chambres et de leurs lits, me ramène systématiquement à ce passé dramatique. Elle et moi pensions que l'amour a besoin de transports, que les yeux s'usent à ne pas s'en servir, que le moteur du cœur se fatigue si l'on fait du sur-place... Nous avions cru l'aventure éternelle, le voyage sans fin, la route interminable et les sentiments impérissables! Il a fallu que nous allions sur la piste incertaine du destin.

Au petit matin, le soleil avait pris appui sur les montagnes là-bas, puis s'était élancé brusquement, devenant aveuglant et très vite infernal. J'avais ouvert la vitre pour laisser entrer sa chaleur, le goût de la terre brûlée et le parfum de pain d'épices des dunes qui se mêlait au sien!

Elle chantait, insouciante, les cheveux au vent...

Cinq cents kilomètres à nous promettre encore cette longue histoire pourtant si vite terminée, puis nous avons passé les troisième et quatrième nuits chez un vieux couple qui avait eu pitié de notre tente plantée sans le savoir tout près de leur jardin.

Pendant deux jours, nous les avions observés et en avions retenu les mêmes souvenirs, échangés avant l'accident. C'étaient des gestes simples, quotidiens et coordonnés qui faisaient leur vie. Ils avaient de longs silences et quelques prières, quelques mots jamais doux, mais qui faisaient des dialogues sans conséquences. Parfois, quand il s'absentait dans ses pensées d'homme, elle se levait pour aller chercher le pain ou le sel. «*Autrefois, il aurait sorti son violon*», nous avait-elle dit, sans savoir *qu'en ce temps-là* nous n'étions pas nés.

Le matin, ils se disaient bonjour et leur journée reprenait comme un film éternellement repassé : elle allumait le feu tandis qu'il allait chercher de l'eau au puits voisin ; le charbon rougeoyait dans le brasero quand il revenait. Quand il réapparaissait, elle tournait la tête vers lui sans cesser le mouvement de l'éventail qui éparpillait la fumée. À quoi pensait-elle ? Elle posait la table basse dans la minuscule cour pendant qu'il préparait le thé. Alors ils nous appelaient. Le murmure du liquide coulant dans les petits verres brûlants, une quinte de toux retenue, des mots chuchotés pour se souhaiter une bonne santé, et le silence reprenait sa place, le même que celui dans lequel nos corps s'étaient mêlés dans la nuit et qui persistait jusqu'aux premiers mouvements annonçant son départ : il s'en allait vers sa journée de labeur.

Nous avions noté que leurs regards ne se croisaient jamais, sauf s'ils contenaient un message qui nous concernait et devait donc rester discret. Comme il ne revenait pas à midi, leur dialogue reprenait le soir après qu'ils eurent fait, chacun dans son coin, ablutions et prières. Une autre nuit venait alors dans le calme de cette vie d'un seul jour.

La nuit qui les rapprochait leur apportait assez d'intimité pour une vraie discussion. Nous entendions longtemps leurs voix chuchotantes qui nous parvenaient de leur chambre située au-dessus de celle qu'ils nous avaient offerte ; leur maison en comptait deux. Parlaient-ils de la récolte prochaine, des problèmes des voisins, d'une guerre ancienne ou de celle qui s'annonçait, sourde, mais déjà prévisible? Lui racontait-il son travail et elle, ses souvenirs? Nous ne comprenions pas : ils avaient une langue bien à eux; secrète. Seuls les mots qu'ils disaient haut nous étaient destinés.

Puis nous avons repris la route sans pitié. Ce nuage là-bas, criquets ou vent de sable? Qu'importe! Nous n'avions aucune crainte des obstacles divins! Nous traversions les tempêtes et en ressortions plus sûrs de nous-mêmes... La route était sans fin!

Après un grand virage et le pont au-dessus de l'oued à sec, nous avons écrit des promesses sur deux immenses rochers, les mêmes vœux galvaudés par tous les amoureux sereins, des promesses que la vie n'allait pas tenir.

Dans les méandres dessinés par les dunes, nous avions ramassé deux enfants nomades... Deux frères qui savaient le nom des habitants de tous les campements aperçus, celui aussi des propriétaires de chaque animal croisé; deux enfants qui allaient d'un pas sûr vers un pensionnat nomade, sans crainte de ne pas retrouver à leur retour la caravane mouvante de leurs parents. Retrouverais-je la sienne?

La stupéfaction de ces enfants lorsque j'ai arrêté la voiture sur le bas-côté : «Nous nous arrêtons ici... Notre tente est derrière cette dune.»

Prochaine ville, disaient les panneaux, trois cent soixante dix kilomètres, que nous n'avons pas faits : après deux heures, cette route allait nous conduire à son cimetière.

J'ai refait cette route quarante jours plus tard, avec comme seules passagères la solitude des lignes droites, la compagnie de l'absente, la permanence des regrets, l'éternité de la désespérance... Je comptais les bornes et n'entendais plus le vent... Nous avions fait le voyage en un clin d'œil, j'ai mis cent ans à le refaire! Il est vrai que les larmes brouillaient ma route, que je n'en reconnaissais plus le tracé.

Au bout de ma peine, je devais découvrir que le sable avait commencé à faire fondre sa tombe : cette femme n'était plus mon épouse, elle était mon désert!

Au retour de ce pèlerinage, la vie ayant fait disparaître la plus importante preuve d'un rêve, j'ai déchiré tout ce qu'il me restait d'elle. Je n'ai plus aucun témoin de ce que je raconte. Sauf peut-être cette cicatrice juste sous le cœur : le trou qu'avait fait sa côte cassée d'où ne s'est pas écoulée ma vie. Une côte cassée! Un brouillon du bon Dieu tentant de me donner une femme. Un gribouillage vite effacé par un mauvais élève éhonté!

Elle ne m'a laissé que cette fille...

❧

On porte toujours en soi ou au fond d'une valise, en ce lointain exil pour que sur le chemin il soit une balise, ce petit coquillage venu d'une autre île que celle d'où on s'en va... Je l'avais mis au rancart, au fond d'une vieille armoire, rassurant comme ami, comme en-cas, comme chandelle, garde-fou ou chien fidèle, comme on ne sait jamais ce très vieux parapluie... J'avais cru le laisser où il ne servirait plus ce méchant souvenir qui maintenant revient, sautant dessus les murs qui murent ma solitude, bousculer mon présent, m'imposer sa servitude, me laissant anéanti, abêti, comme en plein naufrage, rugissant de la rage d'avoir manqué du courage enfin d'abandonner mes pauvres habitudes.

Et voilà ! Je me traîne, hors de toi, hors de nous, hors de moi, hors de tout !

J'aurais dû le laisser, ce petit coquillage, conque de merveille, qui tire sur mon oreille pour me montrer ma mère, la mer de mon jeune âge, et me faire ressentir la force de leurs vagues qui vaguent et se faufilent, se glissent sur mon rivage, quand les matins tranquillent.

Mais dans la brèche ouverte, comme esquilles sous les ongles, peines dans la pénombre, ennemis dans le noir, d'autres souvenirs viennent alors s'engouffrer...

Celui de son haleine... Du temps où je perdais la mienne à tenter de remettre à demain, à plus tard, le soleil ou la lune qui faisaient ses départs. Et l'autre, ce souvenir de sa peau d'enclume, soyeuse comme sable de dune, sur laquelle j'ai tant résonné, tant écrit avec emphase, de mots, de lettres, de phrases et de romans d'amour, comme ceux que les enfants du bout des pieds bêtisent et à petites touches, sur le sable mouillé, avant que le soleil sur la plage ne se couche, juste au bord, où trop vite, avant qu'on ne les lise, la mer les efface sans en laisser de traces...

Et celui, encore brûlant de cette couleur de fièvre que prenaient ces soirs-là, ses mains, ses yeux, ses lèvres, celui de la folie, de l'amour, de ce lit, celui des au revoir, des adieux à ma vie. Car c'en était une, en ce temps-là, ma vie.

Il suffit d'un rien pour que je refasse une millième fois cet autre voyage douloureux, cet immense plongeon dans des eaux mortes à jamais... Il suffit d'un bruit, d'une odeur, et me voici ramené, comme Proust par sa Madeleine, dans le giron de ma grand-mère...

Le patio éclate encore de la blancheur de son revêtement de marbre craquelé par tant de passages de vies, ou de la neige qui le recouvrait parfois. Aujourd'hui c'est celle, drue et grasse, de Montréal qui me fait revenir chez elle.

Ma grand-mère est toujours, et pour l'éternité, assise dans son coin, semblant diriger par son silence l'activité des autres membres de la famille. À son cou est pendue la petite main de Fatma dont le santal exhalait un parfum de tendresse et qui ne sent plus rien depuis qu'elle traîne sur ma table des nuits américaines... J'entends les bruits étouffés et discrets d'une de mes tantes s'affairant dans la cuisine obscure, à peine éclairée par l'ouverture de la porte basse et par le feu de charbon. Je perçois l'odeur de savon de Marseille que transportent partout les efforts de l'autre tante, la plus jeune, ma préférée, qui lave notre linge dans le grand baquet de cuivre rouge dans lequel elle me faisait prendre mon bain.

Ce patio, désormais siège, cœur et vie de mes souvenirs, a été le centre de mon éveil au monde. Ce lieu des fastes et tumultueuses fêtes des changements de saison, des mariages ou des circoncisions, que des femmes, venues d'ailleurs pour prêter main bonne, emplissaient de leurs chants. Il était aussi celui des souffrances et des pleurs amers de celles et ceux venus accompagner les départs définitifs ; des exils quelquefois...

« Il faut pourtant que tu y retournes... Allez, une dernière cigarette, la dernière d'une longue fumerie, et tu devras sortir pour chercher un travail sérieux. N'oublie pas : taper aux portes, prendre l'air naïf mais intelligent, demander sans quémander, convaincre l'incrédulité... »

A beau mentir, qui vient de loin, m'a-t-on dit un jour... Il faut que j'y aille !

◆

Dans l'histoire secrète de ma famille, je n'ai pas été le premier exilé : deux taches me sont longtemps restées cachées, dont la redécouverte n'a pas soigné ma mauvaise conscience : des trois frères de mon père, deux avaient déjà choisi l'ailleurs inqualifiable.

L'aîné que l'on ne devait revoir qu'après l'Indépendance était, selon la saga familiale, un si grand inventeur que les Allemands l'avaient *réquisitionné* durant cette guerre qu'ils avaient failli gagner grâce à son génie ! On a les légendes qu'on peut pour se soigner de l'absence... À son retour, cet oncle d'Europe – nous étions loin de l'Amérique – m'avait offert une guitare, me faisant découvrir l'absence scandaleuse de tout instrument de musique dans notre univers désuet, à part bien sûr ce très vieux tambourin que ressortaient parfois les femmes pour accompagner leurs chants et faire passer l'ennui des longues après-midi d'été. Ce revenant recherchait-il par ce cadeau l'affection du plus âgé de ses neveux ? Il me devint sympathique. Je crois même que j'aurais pu l'aimer si son odeur de trahison ne m'avait rendu méfiant. J'étais assez grand pour ne pas être dupe : cette gâterie n'avait qu'un but : faire oublier les manques de son absence ! Son crime l'a condamné à l'isolement : il a disparu un jour pour aller vivre dans une autre région et depuis, je n'ai eu de son épouse et de lui que la nouvelle de leur décès dans un incendie. Je n'ai jamais appris à jouer de la guitare ni d'aucun autre instrument. Je ne sais même pas ce qu'il est advenu du mien. Dommage, mon propre exil m'aurait certainement fait accepter ce présent.

L'histoire du plus jeune est plus classique : à la fin de ses études dans la capitale, d'où mon père allait ramener ma mère, il avait rencontré son épouse et s'y était fixé.

Chez ma grand-mère, nul ne parlait de ces deux renégats ; la seule évocation de leur trahison rendait les regards vagues et les mines déconfites ; arrêtait le tambourin...

❧

Voilà que je tends l'oreille, reconnais le tempo et retrouve quelques paroles intraduisibles... Alors dans les tréfonds de ma mémoire, s'agite le tragique de ces chansons d'un temps désormais révolu que je n'avais jamais appréciées avant cet exil. Là-bas, la jeunesse écoutait déjà les sirènes des radios françaises et dansait sur leurs airs de summum de plaisir et de modernité. Ici je me suis mis à acheter ces vieux disques défunts, dix fois plus cher, pour en faire ma musicologie quotidienne, la musique du film de ma mémoire.

Je suis même remonté au temps où durant les longs ennuis des siestes imposées, ma mère ouvrait le grand tiroir pour faire jouer les airs de sa jeunesse.

« Même ta musique n'est plus la même : tu nourris ta nostalgie par les airs de ton enfance ! »

Pourquoi n'ai-je jamais apprécié ces sons si étranges pour les mélomanes d'ici ? Parce qu'ils étaient ceux imposés par le pouvoir ? Notre langue effacée par la colonisation nous les rendait-elle hermétiques ; le complexe de misé-rabilisme instillé en nous les rendait-il désuets ?

J'ai appuyé sur le bouton *« repeat »* de mon appareil et une chanson particulière ressasse en permanence ses plaintes qui meublent mes soirées solitaires, m'arrache le cœur et quelques larmes : *'Ya Rayeh'*, la très vieille chanson de l'exilé, deve-nue de nos jours un tub international.

Normal, la planète est devenue le chemin des naufragés de l'errance, des insectes attirés par la chimérique brillance de l'Occident... Du Sud au Nord, nos ancêtres ont toujours été les nomades du pain !

❧

Les premiers jours, tout était naturel, proche de l'euphorie, si simple que nos vies semblaient se jouer dans un péplum américain : une fille en survêtement rouge, un bandeau rose retenant ses cheveux blonds, sautillait sur le bord du trottoir en attendant le feu vert, ou l'appel d'un metteur en scène. Une famille campait en plein milieu du désert d'un parc verdoyant où des amoureux exagéraient leurs ébats face à la tolérance sociale. Les étals prometteurs étaient accessibles... Mais la confiture d'orange ne valait pas celle de ma mère. Rien ne ressemblait au pays que nous avions laissé ! Même pas les policiers ! Il a même neigé le premier jour de mai, qui n'était pas congé !

Pour ne pas nous désorienter, pour nous convaincre que nous n'avions pas fini de gravir la pente, d'être loin encore d'avoir découvert l'autre versant, les premiers jours prenaient parfois des airs de là-bas. Les événements nous rattrapaient : un marchand de chaussures voisin mourait sous des balles montréalaises, les Hells Angels assassinaient un enfant, la mafia russe coupait des têtes et une alerte à la bombe stoppait le métro. L'explosion d'une voiture sur l'autoroute, l'attaque sanglante d'une banque et tous ces viols d'enfants nous ramenaient à nos terreurs préhistoriques. Mais nous n'osions pas aborder ces sujets qui auraient réveillé nos peurs et appelé le désenchantement.

Le logement, quelques meubles, l'école de ma fille : tout avait été si simple... Mais après ces vacances, le temps d'un été, la réalité nous a rattrapés : il me fallait trouver un emploi et cette quête a assombri mon esprit, blanchi mes nuits, éclairci mes cheveux et dessemelé mes chaussures ! J'ai mieux connu Montréal que ses habitants séculaires qui sont gens sédentaires et qui, s'ils déménagent, demeurent tout de même dans leurs quartiers.

Habit d'emprunt ne tient pas chaud...

Ici, j'ai retrouvé la misère, mais sans générosité, sans visibilité, sans pitié. De la misère pourtant je connaissais le bout ; j'avais vécu pire ! Dans la maison de mon grand-père, il n'y avait qu'un point d'eau et pas de salle de bains ; les toilettes étaient un réduit avec un trou au-dessus duquel j'ai appris l'équilibre de la matière !

Ici, j'ai rencontré la prostitution gratuite de l'esprit, des philosophes pour quelques sous, des médecins qui essuyaient les plâtres, des architectes qui faisaient des rêves et des historiens qui se racontaient des légendes ; tous ces mauvais élèves, renvoyés de chez eux, traînaient comme des punis, au coin ou à la porte ; exclus du système ! Dans les galeries de cette ville, ils étaient diamants mal équarris et nul n'a pensé les mettre au soleil pour qu'ils acquièrent une quelconque valeur. Ils faisaient l'Amérique mais l'Amérique n'était pas pour eux !

« Remerciez-nous au moins d'avoir soigné la conscience de votre curé, et nous vous serons reconnaissants de nous avoir promis le paradis ! » avait écrit Galima sur sa porte.

Mais enfin, j'ai rencontré, parfois, tout de même, un peu d'humanité. Mais l'humanité d'ici me faisait pleurer. Elle se cachait si bien ! D'ailleurs, j'ai fini par trouver un boulot ; je dis boulot, car ce n'était pas un travail : des reportages sur des gens écrasés pour un journal de quartier pauvre. Peu de mes articles parvenaient à mes modèles. Ceux qui distribuent ou ramassent ces papiers vivent mieux leur vie sans les lire !

Ils m'ont recruté pour une période d'essai, du bout de leurs lèvres peu convaincues. Ils ne m'ont rencontré que pour répondre à la sollicitation du député qui les avait appelés après l'intervention de la directrice de la bibliothèque où je passais mes journées lorsque ma fille était en classe. Ils m'ont tout de même fait passer un test : le lendemain matin, à neuf heures, je devais leur apporter un texte de deux cent cinquante mots sur ce quartier d'immigrants. « Une rédaction ! Heureusement tu avais encore en tête celles que vous demandait monsieur Halimi, ton instituteur de fin d'école primaire. »

J'ai remis un texte qui ne répondait visiblement pas à leur attente. J'ai expliqué que j'avais voulu voir ce monde étrange à travers un regard étranger – ne le suis-je pas ? Ils ont biffé quelques mots, m'ont demandé de refaire le texte, mais ne l'ont jamais publié.

Grâce à mon métier, j'ai continué à vivre dans le Tiers-Monde, dans les mêmes quartiers miséreux que ceux de ma jeunesse. Mais il y avait de jolies filles et pas de grands magasins aux vitrines débordantes pour tenter ma fille à l'approche de Noël.

❧

Si dans l'apnée de l'exil, j'ai mesuré la profondeur de l'âme humaine, sa complexité, sa diversité, le spectre intense de ses couleurs, l'uniformité aussi du caractère humain et son ignorance, c'est ici que j'ai découvert mon identité et exploré mon pays : dans les bibliothèques où j'ai relu son histoire occultée par les chirurgiens des trépanations de sa mémoire, les assassins de ses vérités ; que je me suis réconcilié avec quelques personnages que l'on m'avait dit traîtres et mis à jour de fausses gloires.

Ma fille venait parfois m'y tenir compagnie et je découvrais chez elle les effets et l'ampleur du travail des falsificateurs : elle en savait bien moins que moi sur notre histoire, elle qui l'avait pourtant étudiée dans son pays enfin libre ; une histoire retaillée à la pointure des arracheurs d'âmes, des colporteurs du mensonge !

Mais j'ai découvert aussi l'autre fourberie, celle des possédants de la Terre, et constaté les alliances contre nature qui sont la raison de ma présence dans les temples du silence et de l'oubli.

Par mon métier, je savais que de grands chefs terroristes avaient fui la réaction tardive mais musclée du pouvoir mis en danger, pour s'envoler vers les pays démocratiques où ces trépanés de l'amour et de la miséricorde sont considérés comme des réfugiés politiques ; personne n'y a vu un quelconque danger : ils baignaient encore dans l'aura de leur victoire sur le communisme et l'éclat de leurs médailles ne s'était pas terni. Ils prenaient des forces en s'acharnant sur des pays lointains, dits comme eux, musulmans. Qu'ils se battent entre eux, ricanaient les agneaux ! Eux, attendaient la Grande Bataille !

Sans éveiller aucune sensibilité chez les défenseurs des droits de l'homme, depuis Berlin, Londres ou Washington, ils s'étaient félicités des attentats de Ain Boucif, de Guerara, Miliana ou d'ailleurs, qu'ils revendiquaient comme des actes de courage, comme leur pieuse allégeance à la volonté d'un dieu sanguinaire. Mais n'étaient-ils pas les victimes de pouvoirs honnis ?

À Montréal, j'ai retrouvé leurs troupes : tous ceux dont la révolte contre la tyrannie avait été détournée au profit d'une cause plus sacrée, plus expéditive, plus finale! Otages, menace, monnaie d'échange ou bénéficiaires de la grande générosité occidentale envers les âmes perdues ailleurs?

J'ai posé le disque de Alla* sur le plateau vide et il pleurniche sans arrêt sa chanson, comme la pluie harassante depuis ce matin. Je le rejoins sur la longue piste noire du macadam à perte de vue qui s'enfonce vers le cœur de l'Afrique, droite comme la voie de la conscience ou la cicatrice d'une vieille blessure tracée sur le tapis ocre de la plaine infinie; une route éternelle, sans fin, incongrue dans la permanence des sables... Elle ne semble mener nulle part et n'être là que pour donner une direction, un sens à la marche, une raison au mouvement. C'est un chemin perdu venu déconstruire l'ordre millénaire des choses, une impertinence, la promesse d'un Éden impossible dans cet enfer jaunâtre et accablant, l'espérance d'une oasis qui attendrait mon retour dans sa conque de verdure...

Je suis seul sur le ruban infini de cette musique, enfermé dans un bolide nerveux qui glisse en cadence, fougueux comme un étalon – animal incongru au pays du dromadaire – dont j'aurais lâché la bride. Et ce météore sans vitesse limitée, pou dans l'immense solitude, semble pourtant immobile! Comme moi dans la chambre et les traits continus de la pluie dehors.

* Musicien et chanteur saharien.

Maman aimait cette musique ; elle y retrouvait peut-être le goût de mon père...

Autour, tout autour, il n'y a rien à voir ; rien, sinon au loin quelques petites *hamada* qui parsèment la platitude morne comme des tables rases posées par la nature ; des petits riens qui prennent dans cette immensité la valeur d'un Everest, la dimension d'un Himalaya, accroissent ce sentiment de mystère et viennent égailler l'uniformité comme les notes de musique fraîches de Alla dans une nuit de chaleur ; des notes arythmiques qui s'immiscent dans la litanie monocorde et répétitive de ce mouvement illusoire...

Tous les chemins mènent quelque part et c'est pourquoi nous allons...

❧

Les premiers jours, quand finissait un jour pareil aux autres et que la fatigue des hommes et de leurs machines apaisaient l'haleine phtisique du soleil, quand le soleil mourait pour faire prendre au ciel les teintes de là-bas et que ce calme excitait ma nostalgie, je sortais sur le balcon pour attendre ma fille, penser à elle lorsqu'elle était petite. Je restais là, perdu je ne sais où jusqu'à la voir arriver au coin de la ruelle. C'est à un de ces moments-là que je me suis aperçu combien elle avait grandi dans cet avion d'exil ! Elle m'avait quitté à sa descente...

« Oui, Monsieur le douanier, ce pays a pris aussi son enfant : elle est devenue une femme qu'il sait déjà rêver d'autres amours. »

Elle, me sachant là, empruntait l'escalier à l'arrière pour venir me rejoindre et s'asseoir près de ma chaise, presque à mes pieds ; elle prenait ma main pour la poser sur sa tête et je fouillais sa chevelure, comme je le faisais pour l'endormir lorsqu'elle était un bébé noctambule. Je retrouvais dans cette caresse la même chaude et soyeuse sensation du contact du sable fin de mes dunes. Alors le monde alentour disparaissait...

Je n'ai plus jamais connu de moments d'une aussi intense sérénité... Les seuls qui m'aient permis de croire ma mission accomplie, mes sacrifices récompensés, et mon père fier de moi. Je le voyais enfin porter sur moi un regard moins sévère, avec sous le menton cette petite ride qui n'apparaissait qu'à la réception de bons bulletins.

Avant de me coucher, j'ouvrais silencieusement la porte de sa chambre pour la regarder dormir, puis rassuré qu'elle ne soit pas simplement un rêve, j'allais à mon lit pour un sommeil simulé.

❧

À vivre comme j'ai passé mon enfance, coincé entre deux oncles, trois tantes et leurs nombreux enfants, parfois aussi de lointains parents recherchant gîte et couvert dans cette petite maison de la ruelle arabe, où le seul regard extérieur possible est celui que l'on peut hisser au ciel du patio, j'ai été marqué par la nécessité de la proximité d'autrui. À avoir dû me faire une place à la table basse et ronde sur laquelle on posait un seul plat pour tous, je ne sais plus apprécier l'amitié ni l'amour sans le contact physique de la poignée de main qui scelle le contrat, de la tape dans le dos qui encourage l'ami, du gros baiser de tendresse sur sa joue humide et rugueuse. À avoir tant crié pour me faire entendre dans l'agitation permanente – ces gesticulations destinées à retenir l'attention de l'interlocuteur, si sollicité par ailleurs – je n'aime plus le silence et lui préfère le brouhaha des conversations animées et la cacophonie folle des soirées de là-bas ; ce charivari dont l'opposé est ce seul souvenir d'un film, vu à cette époque lointaine : une baronne et son baron y mangeaient seuls, chacun à un bout d'une table silencieuse et sans fin, sans faim aussi !

Les hirondelles, par milliers, participaient à ce vacarme depuis leurs nids construits sous la galerie, mais des légendes religieuses interdisaient qu'on les dérange. Comme pour accentuer cette cacophonie, on élevait des canaris dans d'immenses cages qui occupaient une grande partie du sol et des murs du patio. Sur la terrasse, dans une petite remise, vivaient en liberté des pigeons qu'un chat domestique indépendant guette probablement encore depuis le coin le plus ensoleillé où il avait élu domicile.

Malgré toute cette ménagerie que l'on nourrissait en se privant peut-être un peu, la maison était calme et aucun bruit ne nous parvenait de l'extérieur. Si ! Nous pouvions entendre le chant agréable du muezzin mais bizarrement, aucun son des tempêtes qui devaient parfois éclater dans les chambres ne parvenait au patio ; à moins qu'une espèce de consensus nous ait empêchés de les entendre ?

Plus tard, bien plus tard, lorsque j'ai découvert que cela se passait de la même manière dans toutes ces maisons identiques, si serrées les unes contre les autres qu'elles se maintiennent encore mutuellement debout, j'ai compris l'absence d'égoïsme de ces gens. Et si, par comparaison hâtive, il m'est arrivé de critiquer les haussements de voix, le fourmillement permanent, la promiscuité poisseuse, le désordre des foules, je n'avais pas encore compris que c'était là la rançon de la solidarité, du soutien mutuel, de la générosité, de l'hospitalité, toutes vertus qu'annonçait le banc construit près de la porte d'entrée et sur lequel prenaient place les mendiants, attendant le repas qu'on leur servirait sûrement en buvant l'eau de l'outre accrochée là à l'intention de tous.

Cette solidarité, appuyée en ce temps-là par une religion bien comprise et renforcée par le colonialisme aveugle, a certainement permis d'éviter que l'histoire, si cruelle en ces régions, ne plonge cette société dans le même gouffre que l'Atlantide. L'exiguïté des espaces a quant a elle probablement participé à aiguiser notre sentiment d'appartenance à la communauté.

Ce comportement social poussé à l'extrême – par opposition à celui si individuel des gens du Nord – a désormais disparu avec tous les autres remparts érigés contre l'adversité, et lorsque je pense maintenant à l'état de mon pays, aux crimes abominables qui l'ont rendu si tristement célèbre, à cet équilibre si ancien qui a été définitivement brisé, je suis heureux que ma mère ait perdu sa mémoire !

❧

Je relis les lignes précédentes qui disent le temps qui passe et repense encore à ma grand-mère paternelle. Elle ne savait pas son âge ! Comme toute fille de princesse, elle ne savait pas compter, du moins pas au-delà de cent. Après la dizaine, commençait déjà pour elle l'éternité. Pour ce qui est de l'argent, c'était pire : elle ne connaissait même pas le nom des pièces de monnaie. Mais, deux ans avant son décès, elle avait encore un teint de jeune fille, une peau lisse et douce aux odeurs de bébé. Devait-elle ce miracle à son ignorance du calcul froid de la mathématique ou à ce regard qui semblait suspendu dans un univers parallèle à notre temps couailleur ?

Elle ne savait rien du monde qui mourait à sa porte, mais elle connaissait les torrents qui vont jusqu'à la source et remontent si loin, elle savait les noms des plantes pour les sourires blessés et des chansons douces pour endormir nos peines, des histoires aussi qui mentaient pour nous réconforter...

L'unique souci de sa vie était la couleur de ces manches de dentelle amovibles qu'elle portait avec ses lourdes robes de satin. Chaque matin, dans son coin réservé, elle débutait sa journée par les mêmes et longues jérémiades : la couleur de ses manches ne seyait pas assez avec sa robe du jour ! Elle savait qu'elle nous faisait rire. Et lorsque nous nous moquions de l'un de ses nombreux tics, de son regard humide et perdu pour nous, ma mère – dont c'était là une rare occasion de montrer ses colères – nous intimait : « Allez-vous cesser vos gamineries ? Si un diable venait à passer, il vous ferait devenir comme elle ! »

J'ai dû le croiser, ce diable vengeur – ils étaient si nombreux à peupler mon enfance – car j'ai désormais ses yeux de vague à l'âme, de chien perdu, ses rots tonitruants de mendiant mal nourri et ses silences éternels comme les regrets d'une grandeur ancienne qui chercherait à oublier la misère présente.

❧

Les anciens étaient gens besogneux pour qui seul comptait le souvenir qu'ils laisseraient sur terre. Le paradis ? Nous verrons plus tard ; là-haut quelqu'un décidera dont nous ne connaissons ni les critères ni l'appréciation. Alors, ils ne faisaient pas le bien, ils tâchaient de *bien* faire, avec conscience, sans calculer le prix, le bénéfice ou le rendement. Si l'on n'attend rien, tout ce qui vient est béni ! Ils allaient dans la vie comme dans leur quartier, sans crainte du Maître, avec des airs d'enfants studieux seulement guidés par la conscience d'avoir à faire bien et juste. Puis ils quittaient la vie, satisfaits d'avoir été utiles, d'avoir transmis à leurs enfants un très vieil héritage, sans valeur monétaire ; de n'avoir pas rompu la chaîne ; d'avoir nagé dans le courant de ce mouvement commun qui mène à la rive salutaire.

Bien sûr, diront les maîtres du monde : ils étaient petites gens, primitifs, sans intérêt, qui n'ont inventé ni la bombe ni le bombardier, n'ont pas offert l'opium aux peuples, ni la coke ou l'extasis à leurs rejetons. Mais ils étaient bons !

La Terre leur était prêtée, ils ne la possédaient pas. Ils ne s'en plaignaient d'ailleurs pas. Les objectifs lointains, toujours renouvelés, ne les intéressaient pas. Qui regarde toujours trop loin n'arrive jamais à rien ! Acheter un avion, une île au large du monde, se payer de la compagnie, à quoi cela leur aurait-il servi ? Quelle insulte pour la pauvreté et la misère qui régnaient autour d'eux...

Tant qu'ils ont vécu sous le joug, isolés, éparpillés sur des terres stériles ou dans des quartiers sordides, ils ont résisté ensemble à l'adversité et la désespérance, non pas seulement par les armes mais par la sagesse des pauvres qui luttent contre l'envie. Ils ont ainsi traversé les siècles obscurs, les guerres ravageuses, survécu aux maladies et aux famines, le front haut, le verbe simple et l'hospitalité légendaire.

❧

Lorsque plus tard, rançon du modernisme des fins de guerre, nous avons habité les HLM, *« ces cages à lapins où plusieurs familles accèdent par la même porte »*, les bruits des enfants de voisins courant sur les dalles de béton étaient rassurants, presque agréables. Le besoin de silence des gens du Nord et la nécessité de sentir la vie autour de soi chez ceux du Sud, sont bien les caractères qui les différencient le plus et les rendent même antagonistes.

Je me souviens, en arrivant dans ce nouvel univers de béton surpeuplé, avoir interrogé ma mère sur le nombre incalculable de matelas dont disposait la maison de mon grand-père. Il y en avait tant que nous en couvrions le sol de la plus grande des pièces pour amuser nos colonies en vacances. Elle m'avait expliqué que l'on devait toujours prévoir des invités inattendus, étrangers porteurs de nouvelles ou cousins poursuivis par la guerre.

Étrange coïncidence ! Aïssa, qui revient d'un pays d'Afrique noire où il a vécu dans une famille, me racontait que les femmes se réveillaient très tôt pour nettoyer la cour ou donnait sa fenêtre avant de retourner à leurs lits. Comme il s'énervait de cette étrange habitude, elles lui avaient expliqué que la cour devait être tenue propre pour le cas où un invité surviendrait. « Si tôt le matin ? — À toute heure ! »

« Mais tout a changé, ricane en toi le vieillard gâteux ; lorsqu'ils ont retrouvé la Liberté, ils se sont dispersés tels des abeilles affolées dont la ruche prend feu, projetées les unes contre les autres par le vent de l'avidité... Aujourd'hui, ils ont perdu le goût du miel, le chemin de la ruche, la générosité et le sens commun. »

❧

Je découvre de plus en plus de stupéfiantes similitudes entre les mutations qui se sont opérées chez les humains d'ici et celles que j'avais vues apparaître *là-bas*... vers la fin. Des mutations seulement visibles pour l'observateur en équilibre sur un fil, loin de l'essaim d'abeilles et du vol d'étourneaux. Je suis justement dans cette position.

En spectateur ballotté par des vents contraires, je perçois ces similitudes dans l'attitude arrogante des hommes politiques et des gros entrepreneurs. Je les pressens aussi chez les nouvelles générations. Les mêmes causes provoquent les

mêmes effets, disait mon professeur de philo :
dans un pays colonisé, un peuple rendu inculte
par son isolement, devenu impassible par l'op-
pression, guidé par des hommes de religions
primitives, se réveille un matin de printemps, libre et maître de son destin, ignorant que durant
son sommeil beaucoup ont commencé la course
pour le diriger.

Singes savants, aussi malins que ceux de ma
jungle, experts en imitations, ces derniers, pré-
cipités par le hasard et quelques vilénies à des
positions dont ils ne connaissent que les mimi-
ques, se battent pour acquérir les positions que
leurs prédécesseurs, ces puissants d'autrefois,
avaient acquises en sept générations ! « Pour faire un bon médecin, il faut une longue lignée
d'infirmiers », disait mon père pour m'expliquer
l'éthique !

❧

Il a fait froid cette nuit. Je dormais sur le flanc
gauche comme à l'habitude prise dès notre arrivée ici : tourné vers le mur, la main droite coincée
entre mes genoux, l'autre sous la joue pour re-
hausser l'oreiller ; la même position fœtale
qu'avait mon père lorsque j'étais entré dans sa
chambre pour un ultime adieu et qu'il avait fait
semblant de dormir pour m'indiquer sa désap-
probation de la trahison que je m'apprêtais à
commettre. Autrefois je me couchais raide et sur
le dos, comme une bougie que le vent a fait tomber après l'avoir éteinte. Je ne sais quel imbécile
m'avait fait croire que cette position me ferait
grandir.

En fait, je ne suis pas sûr que je dormais lorsque est arrivé l'intrus ; je somnolais plutôt lorsque j'ai ressenti ses deux mains se poser sur mon dos et me pousser brutalement pour me réveiller. Effrayant !

Après quoi je ne me suis plus rendormi. J'ai relu de mémoire la lettre qui m'avait annoncé la mort de mon lointain figuier et me suis promené en songe dans le jardin inondé par la pluie impitoyable des orages de l'hiver ancien. Sur le gazon luisant gisaient les fruits encore verts de l'abricotier à côté des fleurs blanches de l'amandier qui ne donnera donc pas les siens l'été prochain. Le figuier arraché de ma terre y était couché et ses racines blanches ressemblaient aux doigts d'un défunt fouillant le sol pour remonter à la vie.

Au matin, j'ai décidé : qu'importe le prix à payer, j'irai prendre le pouls de sa santé et glaner les restes des souvenirs de ma mère. J'irai réveiller mon père. Je partirai en décembre, ma fille restera chez nos amis.

❧

Qui a appris à ma fille à lire dans les rêves qu'on ne lui raconte pas ?

Ce matin en tournant la tête, j'ai surpris son regard fixé sur moi : un regard un peu triste qui me transperçait de sa tendresse comme si son esprit était entré dans le mien. Depuis notre arrivée, je n'ai même plus besoin de la regarder pour comprendre qu'elle lit dans mes pensées, qu'elle ressent mes douleurs, qu'elle leur cherche un remède. Avant que je ne m'exprime, elle sait déjà tout de moi et me précède dans les projets que je n'ai pas encore esquissés ; mieux, elle répond aux questions que je ne me suis pas posées ! Par nos seuls regards muets, se tiennent entre nous de longues discussions qui me reviennent plus tard, bien après qu'elle ait conclu.

Ma fille est une sorcière ! Je l'ai déjà dit de ma mère, mais comment a-t-elle hérité cette capacité d'une femme qu'elle n'a connue que dans l'enfance ?

Ce matin, alors que je n'avais pas encore parlé de mon projet, elle m'a proposé d'aller voir mes parents !

❧

Mon père est un assassin qui s'acharne sur sa victime : ses lettres m'énervent et me tuent tant elles se ressemblent : « *Vivre de nos jours est une maladie dont le sommeil nous soulage ; c'est un palliatif dont la mort est le remède. D'ailleurs, la mort ne surprend point le sage, il est toujours prêt à partir. Qui a vécu son dû doit se résoudre à l'heure de vérité.* »

Pourtant je n'avais jamais entendu se plaindre cet homme silencieux ; jamais ! Même pas de mes mauvais résultats. Il ne portait jamais de jugements, mais son seul regard droit suffisait à me faire mesurer mes fautes. Quand ils m'avaient renvoyé du lycée, il n'avait trouvé à me dire que cette condamnation : « Tu m'as fait vieillir de dix ans. » C'est tout. Mais cela m'a transformé comme un séisme le paysage et je suis retourné – pour la vie – dans les rangs des bons élèves. Du moins jusqu'à mon exil !

Moi, je ne lui écris pas ; je préfère le téléphone pour ne pas lui donner le temps de m'accabler et omettre de répondre à certaines de ses questions. Il est si pressé de couper la communication ! Il sait ce qu'elle me coûte. Ses premiers mots sont toujours les mêmes et reprennent ceux de cette chanteuse qui pleurait la mort de son père : « *dis, quand reviendras-tu ?* » et si je réponds « *demain* », il hésite un instant puis, rassuré par ma seule bonne intention, réplique précipitamment « *pas si vite, il y a encore trop de violence. Je te dirai quand le faire...* » Et moi, j'économise ainsi lâchement le prix d'un voyage mais ne me décide pas à envoyer ma lettre !

« *Quelle torture que vous écrire ! Farfouiller tout au fond de mon âme pour tisonner des feux presque éteints, tracer dans les rêves des lignes malhabiles pour entasser au matin des restes malsains, chasser les corneilles qui susurrent dans ma tête, faire la roue chaque jour, un pan de plumes sur ma figure pour vous colorer ma vie de quelques événements communs... Et toujours cette torture quand la balle est partie !* »

❧

« Est-ce parce que tu l'as évoqué hier que ton père t'envoie aujourd'hui de ses nouvelles ? »

À quatre heures ce matin (il y a trop de décalage entre nous), mon frère m'a annoncé : « *Papa a fait une crise* (il ne savait même pas de quelle genre), *il est au seuil de sa vie.* »

Je partirai jeudi !

❧

75

Aujourd'hui, grosse tension au bureau. D'abord parce que j'ai annoncé mon départ : en plein décembre, mois des drames et des cadeaux où il y a tant à raconter ! Ensuite, parce que j'ai refusé de reprendre cet article gênant sur les nouvelles constructions proches de la voie ferrée : «On prend tout ou rien. Ce chien a bien été écrasé ? Oui ! Bon, c'est donc qu'il est mort ! »

De ce métier, j'ai appris que ceux dont on attend les nouvelles sont ceux que l'on tente de faire taire, alors je fais et ne transige plus. Après tout, mon travail est moins dangereux ici !

«Pourtant tu devrais te calmer ; c'est le sort que tu t'es fait. Et puis, tu sais bien : le chômage ! Tu devrais apprendre, admettre le compromis, te donner une chance », m'a soufflé Jerzy pour me consoler. Ce à quoi, entêté, j'ai répondu «dans le roseau on souffle du vent, dans le chêne on enterre les hommes... » Entêtement suicidaire !

Jerzy, célèbre journaliste polonais que j'avais connu dans mon pays, même s'il n'est plus que le concierge d'une tour du centre-ville, a décidé de ne plus bouger d'ici... Il paye ainsi le prix de son salut car il a aussi son histoire : il est né dans cette partie de la Pologne annexée par l'URSS et que sa famille a dû fuir alors qu'il n'était qu'un bébé : partir vers l'Ouest en ne traînant qu'un seul bagage : la haine de ces *gens-là*... Il refuse de les nommer !

Jerzy n'a pas de souvenirs ; il a tout relégué aux oubliettes. Il ne sait pas la nostalgie qui aurait alourdi ses pas dans sa quête de cet ailleurs où *ils* ne seraient pas. Sa vie a été une fuite perpétuelle vers le couchant ; toujours vers le couchant ! Il suffisait qu'on lui dise « *ils* arrivent » pour qu'il reparte ! Un court arrêt en Allemagne, un autre dans mon pays, un détour par la France, puis il a repris sa course vers son soleil ; elle a fini par le faire échouer aux pieds de cette tour.

Son épouse, la femme de sa vie, de tous ses voyages, a continué sa fuite ; elle a rencontré un Anglais de Vancouver d'où elle lui donne parfois des nouvelles : « *Certains soirs par beau temps, je peux apercevoir l'autre rive de l'océan : les côtes de la Baltique !* »

« Avoir autant voyagé et demeurer ignorante de la géographie », rage-t-il, lui qui a refusé d'aller plus loin ; et il se croit obligé d'expliquer « Tu comprends, plus à l'ouest, c'est sur eux que je retombe ! »

Compromis final : je partirai en janvier !

❧

Dans le feu presque éteint de la cheminée froide, dans la quiète solitude de mon logement américain, le crépitement sec d'une bûche a brusquement rallumé un brasier ancien, comme dans une mémoire morte un passé ressuscité ; dans la chambre teintée d'obscurité, sa lumière, intruse dans la noirceur des jours, a ranimé des souvenirs depuis longtemps tombés en oubli.

« *Quand tu auras fini de traverser le brasier, tu ne te souviendras plus que de sa chaleur* », disait ma mère pour panser mes blessures et me redonner espoir dans l'adversité.

Aujourd'hui je sais bien qu'elle ne croyait pas à ces sornettes, mais qu'elle les utilisait seulement pour parfaire notre éducation ; cette légende des pantoufles par exemple, qui ne devaient en aucun cas être renversées sous peine de porter malheur et dont j'ai mis longtemps à comprendre le sens caché : le but recherché, j'en suis sûr aujourd'hui, était simplement que nous rangions soigneusement nos chaussures. J'ai testé avec ma fille et cela fonctionne.

Au temps où nous survivions chez ma grand-mère, durant la guerre sans nom, nous avions d'autres inquiétudes : la mort bien sûr qui rodait dans les rues, mais surtout des soucis d'argent que nous ne nommions pas : ils s'appelaient misère. Au cours de cette période, j'ai rarement aperçu – toujours tard le soir – mon père probablement à cause de sa honte : cet avocat rayé du Barreau pour raisons politiques, et de fait au chômage, était devenu dépendant de ses soeurs. La misère n'est rien si l'on conserve la dignité !

Curieusement, mon premier rapport avec l'argent remonte à ce temps-là. Dans cette maison où elle était malvenue, ma mère gardait le silence ou chuchotait craintivement ; elle s'était recroquevillée, froissée comme son brouillon de vie. Un jour, en m'accompagnant à la porte qu'elle n'avait pas le droit de franchir seule, elle m'avait tendu dans l'obscurité du vestibule ma première pièce de monnaie : cinq sous. L'une des plus basses de l'infinie hiérarchie, mais d'une valeur immense pour moi aujourd'hui... Je devais probablement avoir conscience de notre pauvreté, car j'avais tenté de refuser ce cadeau merveilleux, mais devant son insistance, empêtré dans mon gros cartable, je lui avais proposé de le glisser dans ma poche. Arrangement de lâche – je n'avais pas tendu la main – dont je garde encore intacte la ternissure. Après cet épisode, chaque fois qu'elle m'a découvert faisant marche arrière dans une négociation avec elle, ma mère a ironisé : *« Mets dans la poche... Mets dans la poche... »* et je me savais battu.

Dire que je n'avais même pas conservé cette pièce : je l'ai offerte au premier mendiant rencontré sur le chemin de l'école pour m'éviter une mauvaise note en classe ! J'ai longtemps perpétué ce geste, jusqu'à comprendre, à coups de punition, que c'était là marché de dupes.

❧

Le temps de retrouver ma plume, j'ai oublié ce que je voulais m'écrire... Je n'ai peut-être rien à dire à ce silence.

L'hiver pousse sa corne frigide pour sonner le glas du soleil ; il tergiverse et nous fait voir toutes ses couleurs. Un jour, il relève sa robe pour nous montrer son gazon et le lendemain, nous arrose du lait de ses mamelles, nous laissant sur la faim de croire enfin le printemps arrivé ; ici, les jours s'inutilent et le temps se perd dans les dédales de la mémoire comme la muse dans mon ivresse. Là-bas, je sais que les matins grisent et que les ciels pervanchent !

Comme on cherche sans assurance les débris de sa vie après l'incendie, me revoici, paquebot échoué attendant la casse, fouillant les sillages que tous ces gens ont laissés dans ma chair et mon regard. Mais qui fait remonter ces épaves à l'approche du dernier port? Est-ce la vieillesse ou la patience du condamné? Mes traces à moi, qui les suivra? En laisserai-je?

Je constate – professionnellement – que les secrets que je me livre sur le papier blanc ne concernent que deux périodes de ma vie : celle de mon enfance et celle de mon exil, comme s'ils avaient enjambé la part la plus belle. La mémoire serait-elle aussi un instrument d'auto-flagellation?

Cela fait à peine quelques mois que j'ai débuté cette négociation avec ma mémoire et le calepin est presque empli. Ce que je prenais pour une simple éphéméride prend décidément l'allure d'un pense-bête de vieillard déliquescent qui voudrait laisser ses marques, se convaincre qu'il a vécu cette saga rassurante, en meubler sa solitude.

Mais si les ancêtres insistent pour revenir ainsi, autant leur faire plaisir! Ils me seront reconnaissants lorsque je les retrouverai. Une longue cordée de bras puissants comme l'éternité me relie encore à leur monde englouti. Pour eux – car ils vivent toujours dans ma conscience –, je suis le puisatier qu'ils dirigent dans le noir à la recherche de ma source dans le désert où je me suis risqué à plonger ma vie. Depuis la margelle, ils me disent la pierre dure de la paroi et j'évite de m'y frotter; ils m'avertissent du venin de cette bête qui semble inoffensive et je m'en éloigne; ils me gardent à la lumière, dans cette descente vers l'enfer qu'ils me feront éviter. Les connaissances dont ils m'abreuvent, tandis qu'ils me retiennent comme une araignée à son fil, ne se trouvent pas dans les livres, elles sont écrites dans mon sang ! Qui coupe ce lien errera toujours et sans but, tâtonnant dans l'ignorance et l'erreur. J'ignorais cela quand j'ai quitté leur terre.

Désormais je n'ai plus avec eux que le lien tenu de quelques semblables, alors je prends ce bus pour attendre au café mes amis qui viendront fêter, sans gâteau ni bougie, le cinquième anniversaire d'un événement sans doute sans importance : mon exil !

❧

« Un jour on s'ébroue, on se secoue; on prend une autre route, on arrive à son bout... On se croit tout nouveau : on a changé d'air à respirer, de celui que l'on veut se donner, d'us et de travers, de chagrins, d'espérances et d'amis, de tout ce que l'on regrette... Tous les sept ans changent nos cellules et chaque ride efface notre face; on se sent libéré, allégé, exorcisé, assagi. On ne croit plus aux vieilles sornettes ! Mais toujours on conserve ces fardeaux qui s'incrustent dans la tête. On garde, comme caillou de soulier, son âme, son cœur et son passé, à perpette ! Même si l'on a pour toujours tourné une page, si l'on a changé de voix et de langage, c'est toujours la même planche que l'on annone et répète !

« Peut-on être marin sans ancre et sans tempête ? »

Bonne année perdue !

2000

Les années rident la peau et renoncer à son idéal fripe l'âme !

MON PÈRE

Qu'aurais-je pu célébrer?

Oui, je peux continuer à maltraiter mon clavier : le bogue imposé du nouveau millénaire n'a pas eu lieu. Je pourrai encore me montrer à mes voisins : le type qui a voulu faire sauter l'Amérique a raté son coup ! Le siècle qui se présente après la courte fête sera donc le sosie du précédent : il s'annonce par la peur ! La nôtre, à mes semblables et moi, de voir nos noms imprononçables inscrits sur la liste des suspects ; celle de cette part d'humanité qui vit un bogue vieux de trois cents ans, de s'enfoncer dans la misère : l'Afghan redeviendra ennemi et l'Africain ne sera même plus admis sur les bateaux de négriers.

Une exception tout de même : ceux qui ont inventé ces légendes le débuteront plus riches ! Ils auront de quoi dépenser jusqu'au prochain millénaire !

❧

Je suis un homme sage – je crois –, d'une éducation désuète et d'une culture ancienne, disparue parce que peu adaptée au monde nouveau. Extraterrestre égaré depuis ma chute, je balise ma vie dans un agenda rigide qui me permet de me dissoudre et me rendre invisible ; je vais et viens dans les mêmes emplois du temps barbituriques qui m'évitent le questionnement de l'immédiat. Je tente mon chemin avec le plus de noblesse, le regard détaché de l'aristocrate sur les serfs de ses terres. Est-ce pour cette raison que je dérange mes semblables ?

Si je suis si solidement fixé dans mes vieilles traditions, c'est que je reviens de loin : mon arrière-grand-mère était une princesse ! La plus âgée de mes tantes me l'avait dit : en me désignant sa mère du menton, elle m'avait confié : « Sa mère est venue de la capitale, comme la tienne... Mais la sienne a fait ce voyage sous la protection d'une troupe de cavaliers et dans un palanquin avec la plus jeune de ses servantes. » Jalousie de femme rabaissant sa rivale ou légende familiale destinée à s'enorgueillir ? Je ne sais pas, mais il m'est agréable de tenter de croire à cette explication.

Certes, je n'ai pas hérité du regard princier de ma grand-mère. Quand à l'héritage génétique, il ne m'a pas empêché de devenir *Personne*. Et si j'ai eu autrefois un épi blanc sur le front – dans lequel mes tantes voyaient la preuve absolue de mon sang noble – l'enneigement de mes cheveux l'a effacé à notre arrivée ici. Nul ne peut plus deviner mon ascendance !

Extratemporel ; mes voisins ignorent que j'existe, ou alors ailleurs, dans une autre dimension pour eux inaccessible (ce en quoi ils ne se trompent pas), dans cette autre dimension pour eux inaccessible. Cela les inquiète : Charlie, le

coursier au prénom de petit prince, me pour-
suit dans les corridors du bureau pour me poser
mille fois les mêmes questions : *« Qu'est-ce qu'ils
nous ont fait les États-Unis ? C'est où ton pays ? C'est
loin de l'Iran ? Tu ne parles jamais de ta femme !... »*
S'il ne parle pas de la sienne, c'est qu'il n'en a
pas !

« La tradition chez toi est d'être inquiet pour
son hôte ; les questions qu'on lui pose doivent
être destinées à son confort et non à mesurer le
danger qu'il représente », m'assure le moraliste
persécuteur qui ajoute aussitôt « Ne t'inquiète
donc pas ; cherche ce qui unit et non ce qui con-
fronte... »

❧

Ma fille a déjà commencé à préparer mes valises.
Elle y a rangé les nombreux cadeaux achetés
pendant ses vacances pour ses grands-parents en
jouissant déjà de leur bonheur de retrouver enfin leur fils ; mais je suis bien trop tendu pour
partager sa joie : nous allons nous séparer pour
la première fois...

Elle devine ce qui m'attend : dans le miroir
des regards flétris de mes parents, je vais découvrir la honte du déserteur réapparaissant à la fin
de la guerre. Ceux des nôtres qui ont usurpé leurs
identités de héros devraient ressentir la même
chose !

J'ai d'autres raisons d'être inquiet : cette nuit,
j'ai fait un rêve. Le plus étrange est que je m'en
sois souvenu au réveil. Les rêves sont le jardin
secret de la mémoire où, lorsque tout est sombre, on descend pour aller chercher Eurydice.

Mon père, un peu poète, préférait résumer : «*Lorsque l'on ne fait plus de rêves, c'est qu'il est temps de se coucher pour mourir.*»

J'ai rêvé que je me noyais dans un bain de miel. Ce n'était pas du miel de qualité, il m'a semblé trop léger; c'eût donc été idiot d'y voir un signe d'avenir prometteur! Ma lente et douceâtre noyade, ou plutôt mon immersion répugnante dans cette matière visqueuse, était accompagnée de mille piqûres qui dardaient ma peau. Au ralenti, mon corps, puis mon crâne, comme aspirés par une matrice gluante, s'enfonçaient inexorablement dans la tiède moiteur de ce liquide au goût agréable mais à la texture d'émeri. Sur la paroi translucide de l'aquarium, je voyais défiler des marques effrayantes qui indiquaient ma profondeur. Curieusement, sous cette tonne paralysante, je ne faisais aucun geste pour freiner la succion cannibale de cette nouvelle gestation; je m'abandonnais simplement à cette masse inerte, tandis que remontaient, comme à ma rencontre, des souvenirs anciens. Lorsque mes yeux furent submergés, j'ai vu, à travers la viscosité déformante de cette vague, le soleil de la veille se changer en petite lune pâle et jaunâtre, puis disparaître dans le plafond, tout prés de la rosace. Au matin, j'ai traîné au lit – évasion mentale du prisonnier dans sa cellule – pour chercher une interprétation à ce rêve.

Ma mère était experte en la matière! Lorsque je m'émerveillais de ses intuitions – elle avait alors toute sa tête – elle m'expliquait : «*Dans ce pays, on prend une femme comme on adopte un chien! Alors, autant qu'il soit bon chasseur...*» Cynisme autoflagellant de notre culture qui a toujours été l'ultime radeau de notre salut.

Dans la rue, la froideur matinale m'a secoué et j'ai entrevu une explication : cette noyade si rupeuse est clairement la représentation de l'emprisonnement maternel, l'empoisonnement amoureux, la noyade conjugale ou l'enfermement social ; tous ces mouvements reproductifs de la planète auxquels je me suis parfois abandonné.

Ne serait-elle pas plutôt l'image de mon adaptation au nouveau monde ? Oui... Cette douceur !

« Résiste au danger confortable de l'abandon, semble suggérer le scénario de ce rêve étrange. À regarder ton bateau quitter le port sans chercher à savoir où le diriger, à croire que ton destin seul peut le piloter, tu te condamnes au naufrage ! »

⁓

J'avais fait ce retour pour revoir mon père sur son lit d'hôpital à la veille de son ultime départ, mais c'est ma mère que j'ai revue la première. Mais trop tard : elle s'était refermée... J'ai perdu une mère qui a égaré sa mémoire. Le foyer de ses yeux s'est éteint. À cause de la pellicule réfléchissante que l'on a déposée sur ses prunelles, elle ne peut regarder qu'en dedans d'elle-même. Les vivants qui traversent en images déformées le champ de sa vision trouble lui apparaissent à l'âge de ses plus anciens souvenirs d'eux... Elle ne m'a pas reconnu ! Je suis donc fils de personne ; le contact est rompu avec mes ancêtres et mon figuier, déraciné !

Maman – et je crois y voir la raison de l'effacement de son passé – ne m'a laissé en héritage que la nostalgie apocryphe des temps heureux de l'Andalousie, nostalgie dramatisée par celle, plus récente, de la perte d'un autre pays... Elle aimait répéter cette sentence : «L'exil le plus terrible ne franchit pas les océans, mais habite un souvenir, une larme ou un sourire... » Le mien a commencé dans ce dernier regard, profond et désolé, qu'elle avait jeté sur ma valise alors que je partais, un regard mal assuré, fuyant et incertain, qui tentait de cacher l'agitation des tréfonds de son âme. Depuis, je n'ai plus surpris de regard comme le sien et n'ai plus croisé que ceux d'âmes flottantes comme navires à la dérive, amarrées nulle part, pas même à des souvenirs ; des regards à la vue basse, limitée par la fièvre du plaisir immédiat.

«...Si tu dis ton âge à ces enfants curieux, ils pensent à un outrage et n'en croient pas leurs yeux... Eux savent le sablier et chantent à l'unisson. Ils portent leur collier et connaissent leurs chansons... Mais le bonheur des autres, peut-il être le nôtre ?»

Puis j'ai été voir mon père le jour même de mon cinquantième anniversaire et j'ai pris son âge en le quittant... J'ai écrit *mon père*? Non, je devrais plutôt dire l'ombre, les restes de ce corps puissant qui faisait autrefois obstacle à mes peurs, rempart entre la mort et moi ; une enveloppe flasque qui refuse ses ordres et le retient prisonnier ! Il ne peut même plus s'en plaindre...

Je lui ai d'abord menti : «Cela va me faire du bien de passer cette semaine avec toi», puis j'ai pris sa main rassurante et retrouvé mes huit ans quand il tenait la mienne... De le voir ainsi reposer dans un lit de malade m'a soudain transporté dans un vieux souvenir : j'étais couché, fiévreux, sur un matelas posé au sol le long duquel il faisait les cent pas. Il murmurait une chanson triste qui portait le prénom de ma mère ; il était inquiet, comme moi aujourd'hui... Ce corps, presque mort aujourd'hui, qui me veillait en l'absence de ma mère m'avait semblé alors immensément grand. Je ne l'ai plus jamais entendu chanter.

Aujourd'hui, il détournait la tête, gêné de son incapacité à me protéger, blessé de laisser découvrir cette faiblesse à son fils. J'ai bien compris dans son regard attendri et ses petits clins d'œil qu'il s'excusait de ce malaise passager qui l'a pour toujours rendu muet et dépendant. Peut-être n'était-il pas content de moi ? Il en aurait eu toutes les raisons !

🙢

À la nuit tombée, écrasé par la fatale certitude, j'ai quitté l'hôpital de ce fantôme de mes prochaines années pour regagner la chambre du spectre de ma mère ; affronter ses absences.

Ma mère ? Ma mère était partie pour un voyage en solitaire dans un monde disparu. « ...*Ma mère gisait dans sa mémoire pour rêver d'un vieux passé qu'elle aurait eu le temps de revisiter ; elle pleurait ses yeux fermés quand elle croyait dans son brouillard les couleurs de l'enfance retrouvées. Elle veillait sur ma mémoire pour arrêter le temps qui m'emportait vers le champ où elle dormait...* »

Au cours de ces retrouvailles – les premières depuis mon départ, après cinq années de séparation – elle ne m'a pas reconnu. Intimidée peut-être par l'étranger que j'étais devenu à ses yeux fatigués, elle était demeurée muette. Mais j'avais trouvé une tactique : avant même d'entrer dans sa chambre – son oubliette – je l'interpellais « mama », et elle me reconnaissait. La mémoire auditive est parfois plus fidèle que le sentiment maternel ! Elle me parlait alors comme si nous ne nous étions jamais quittés, comme si je ne l'avais jamais abandonnée. Mais cela ne durait que quelques minutes et elle se refermait, se remettait à me vouvoyer avec cette voix aiguë et ces yeux de petit enfant effrayé par un cauchemar. Sa colère éclatait et elle me reniait à nouveau, me poignardant d'un « vous, vous n'êtes pas mon fils ! Vous, vous n'êtes personne » qui rouvrait une cicatrice dans ma conscience.

Mais comment savait-elle ce que j'étais devenu ?

À l'hôpital avec mon père, nos regards s'évitaient ; le sien pour ne pas m'inquiéter, le mien parce que j'aurais voulu mourir à sa place. Mais je me suis retenu pour lui éviter une peine supplémentaire. Pour lui faire oublier son état, je lui ai parlé comme s'il allait se lever et rentrer à la maison, mais lorsqu'il tournait enfin son visage inquiet vers moi, je devinais les questions qui le rongeaient : qui m'ouvrirait la porte ? Qu'allais-je devenir sans sa prière protectrice ? Alors mon esprit fuyait égoïstement pour revenir aux préoccupations misérablement vitales : à la neige, à l'emploi que j'avais peut-être déjà perdu en raison de cette trop longue absence, ce séjour douloureux ; à ce balcon lointain aussi où m'attendait ma fille. Je faisais ces voyages tout en lui tenant la main pour qu'il sache bien que j'étais encore avec lui, que je le retenais à la vie. Mais entre deux évasions, l'implacable pressentiment me revenait comme une vague : « Il va partir ! » alors j'allais me cacher pour quelques sanglots honteux... Comme si donner le dos à la mer pouvait calmer la tempête !

Le médecin m'avait dit : « Vous ne deviez pas vous inquiéter, il va s'en sortir. Il est fort (je le savais déjà) et tout va se résorber. » Lorsqu'il a su où je vivais, il m'a conseillé d'y retourner... Peut-être me jalousait-il un peu... Mais quitter mon géniteur pour retourner à cette non-vie, vers ce pays étranger !

Finalement, je l'ai écouté. Lâchement...

On m'attendait à Montréal, mais je suis resté avec mon père quelques jours de plus dans sa triste chambre pour nos derniers instants ensemble avant le pèlerinage que je lui avais promis de faire aux tombes de ses ancêtres. Cette demande, il me l'a écrite de son doigt gourd, lettre par lettre, sur la paume ouverte de ma main. Voulait-il par cette visite me faire pardonner par eux ou simplement m'aider à conserver leur mémoire ?

Je suis donc retourné pour ce pèlerinage dans la ville de mon enfance.

❧

Les ruelles de cette ville de gens maigres mais assez polis pour s'effacer au passage des autres, se sont encore rétrécies. Cette ville de deux mille ans que l'oubli dépèce n'en peut plus de sa foule ! Lorsque nous y vivions, ces ruelles étaient déjà si étroites qu'un ânier n'aurait pas pu marcher aux côtés de son baudet et, durant la guerre, elles étaient rarement baignées de paix ; elles étaient ruisseaux toujours submergés de sang chaud qui les inondait de cris et de pagaille ! C'est par là que j'ai passé ma première décennie ; dans ces venelles qui se croisent et s'enchevêtrent pour faire des enfants au destin d'hommes ! Désormais elles s'agitent en rangées et, quand elles ont trop subi, emplissent les boulevards en jetant leurs pavés.

On ne revient jamais dans ce que l'on croit figé comme dans ses souvenirs. On ne repasse jamais au même lieu que l'on croit inchangé : un ami manque, un arbre est mort, le ruisseau s'est tari et le chèvrefeuille n'a plus le même parfum...

Je devais remettre le paquet qu'un ami de Montréal m'avait confié pour son frère qui, hasard ou destin, tient une bijouterie contiguë à la maison de mon grand-père. Il m'a offert du thé et tandis que nous discutions du passé simple, son voisin bijoutier est entré. Formules d'usage sans présentation ; j'ai continué à évoquer le temps où, petit, je jouais dans l'impasse à côté. L'intrus qui ouvrait de grands yeux à l'écoute de ma nostalgie s'est alors approché de moi, m'a regardé fixement puis a osé me demander : « Serais-tu le fils de Nana ? » Il parlait de ma mère. Et, parce que j'ai répondu *oui,* il s'est précipité dans mes bras. Et cet adulte de mon âge canonique a éclaté en sanglots !

Son prénom ne me disait rien et il a dû me rappeler que nous avions usé ensemble, dans la petite impasse où ouvraient nos maisons, mes jouets hérités de la période aisée de mon père. Il m'a dit se souvenir de son premier billet de manège que ma mère lui avait offert, des fréquents repas aussi qu'elle envoyait à la sienne – dont j'avais été le porteur – après que son époux avait été arrêté par l'armée française. Alors a ressuscité en moi cette jeune femme blonde et timide que je prenais, je ne sais pourquoi, pour une Anglaise et dont j'étais secrètement amoureux. J'ai avoué ce sentiment à son fils et il m'a répondu qu'il l'avait été de la mienne !

Mais contrairement à ma mère, la sienne avait gardé toute sa mémoire. Comme ultime cadeau de retrouvailles, il m'a raconté comment cette femme, juste avant de décéder, l'avait obligé à l'accompagner à la capitale, distante de cinq cents kilomètres, pour rendre visite à ma mère dans le logement du sixième étage sans ascenseur où elle vivait alors.

« Juste la revoir avant de mourir ! »

❦

Voici déjà l'avion du retour vers le pays qui ne m'est pas natal. Je vous laisse l'autre, celui de mes matins bleus ! Dans l'impatience d'en finir avec leurs adieux, je n'ai emporté que la tristesse de tant d'amours et d'amitiés perdus. Après l'océan, je redeviendrai *Personne*, je serai de nouveau « *citoyen d'aucune terre, naufragé de nulle part, nomade de guerre comme d'autres invalides ou parfois orphelins, ou encore déserteurs ! J'ai pris d'autres chemins et fui mes géniteurs. De leur vieux cimetière j'ai détruit la moisson, abandonnant ma mère dans des sables en sang...* »

Escale d'un jour dans un Paris gris et revanchard, fâché de ne plus avoir ma préférence maintenant que je possède un passeport présentable, puis nouvel avion pour ma terre d'exil. Dans ma tête traînait, sans arrêt ni réponse, cette question crétine : départ ou retour ?

Dans cet avion injuste qui m'éloignait de ma mère en me ramenant à ma fille, je n'attendais aucune rencontre sinon celles, dangereuses, du regret et de la conscience, au point que je n'avais pas vu venir celle-là. Il est vrai que mon curieux voisin de siège aurait pu passer pour mort. Son regard était figé dans une lointaine absence qui interdisait toute approche ; il semblait avoir laissé ses yeux ailleurs, dans un passé perdu, un passé dérangé. Peut-être dormait-il simplement pour retarder sa descente vers l'avenir inévitable ? Mais ses gros doigts boudinés qui n'avaient cessé de tambouriner nerveusement sur sa tablette indiquaient encore de la vie.

Après deux heures de vol, nous ne nous étions rien dit et voila que brusquement il brisait nos silences par cette brutale et indiscrète interrogation digne d'un douanier : « D'où venez-vous ? » Je suis sûr qu'il en connaissait la réponse. J'ai failli répondre *Paris*, mais je me devais d'être poli ! Quand il a découvert que nous étions natifs du même pays, il m'a ordonné de laisser tomber mon calepin pour répondre à d'autres questions que celles qui m'occupaient. J'ai dû obtempérer et lui faire un résumé de ma vie. Alors seulement, il m'a raconté la sienne, tout en sortant des poches de son lourd caban de marin un tas de vieux papiers : des actes de propriété de logements parisiens, la lettre d'un ambassadeur des États-Unis, un sachet de bonbons, l'invitation d'un président de la République à l'inauguration d'une nouvelle mairie et d'autres encore qui n'ajoutaient rien à ses déclarations ; il voulait simplement s'assurer de la réalité de cette vie chiffonnée !

Très jeune, au tiers du siècle dernier, il s'était engagé sur un navire de guerre français puis avait pris du grade jusqu'à représenter la Marine française à New York pendant la Seconde Guerre mondiale. Après quoi, il avait occupé un poste d'attaché militaire dans un pays nordique. Il parlait cinq langues, disait-il, mais avait oublié la sienne, l'originelle, celle de nos enfances. Plus un traître mot, ou alors seulement quelques insultes quand il parlait de *mes* dirigeants et de *cette pute* (c'est ainsi qu'il la nommait) qu'il a avoué avoir épousé un soir d'ivresse sur les quais de Nantes... « Elle avait froid, elle était presque nue, et maintenant elle possède avec moi un pavillon à Neuilly et trois appartements dans le quinzième ! »

Le gros verre de rouge qu'il faisait emplir à ras bord par l'hôtesse excédée avait probablement aggravé sa noyade et il arrivait enfin au fond des choses : « Lorsque mon fils – à vingt ans – a découvert que son père était un bicot*, il s'est installé dans le mépris ! J'ai eu beau lui démontrer que si j'étais certes un bicot, je n'étais tout de même pas un *bic* baveux, mais un *bic* qui sait écrire, il a décidé malgré tout de ne plus jamais

* Terme par lequel les colons français désignaient les Algériens.

97

m'adresser la parole. Le fils de pute ! Comme si j'avais choisi de l'être, comme si le bicot que je suis n'était pas responsable de sa vie facile sur la terre ! »

Cette condamnation lui a probablement fait découvrir le mauvais sort des étrangers en France – sa terre de gloire – et l'impossibilité de faire machine arrière vers notre pays d'origine où il serait considéré comme un traître. Alors, il s'en allait vivre à Montréal. Comme moi !

Des rencontres comme celle-là, j'en ai fait des milliers dans la fuite du temps, dans l'exil des promesses, sur les chemins boueux des amours et des amitiés trahies Pénibles et éphémères, vivantes et inoubliables, elles ont réveillé des questionnements et rallumé des blessures ; elles ont aussi éteint mes crédulités. Celle-ci, où je n'ai été qu'une oreille attentive, a fait résonner en moi une alarme, un coup tonitruant de semonce. Elle est venue, cette rencontre, me prévenir de l'avenir des solitaires ! Grâce à elle, sur les petits cailloux aigus de ma route, dans les avatars des chemins de ma vie, je commence à entrevoir le tracé du destin, à percevoir la logique qui balise le mien, lui impose cette direction cruelle. La solitude, chante Ferré !

❧

« Ton père a fait sa révérence tandis que tu volais vers ton nouvel univers ; il est mort comme s'il avait voulu te quitter avant que tu n'abandonnes le sien. La seule évocation de ton géniteur va désormais blesser ta conscience, exciter la malédiction. »

La malédiction ! Ce prétexte que je me suis offert pour expliquer mes déconvenues américaines... Maintenant qu'il est parti, je l'en absous et l'innocente : il ne peut pas m'avoir souhaité autant de mal, lui qui épluchait mes oranges ! J'ai enfin compris qu'il n'avait rien à y voir, que seule ma défection m'avait privé de sa protection paternelle. Désormais, ni lui ni ses ancêtres ne peuvent plus rien pour m'éviter la descente. Désormais les chemins de ma vie ne mèneront plus qu'a lui.

Dans cet avion du retour j'ai fait mon bilan : ce voyage de quelques jours m'a coûté l'équivalent de trois mois de salaire, mais m'a permis de préserver les rares beaux îlots que je sens encore vivants en moi. Et puis j'ai aperçu deux ou trois bons amis encore vivants, affairés certes, impatients, mais tristes... Grâce à un marchand de bijoux, j'ai un peu mieux connu ma mère qui n'en portait pourtant jamais. Quoi d'autre ? Rien. L'hôtesse a annoncé : il fait beau et Montréal vous ouvre les bras ! Pub !

Je n'ai pas revu le douanier de notre arrivée, je lui aurais déclaré qu'entre-temps, à cause du froid, j'avais perdu une oreille, à cause de la glace, une cheville, et à cause de ce destin dont je ne le responsabilise pas, un père et une mère. Ce n'est la faute de personne !

Pour partir, mon père a attendu que je sois loin. Il s'est éclipsé un 29 février comme pour ne déranger qu'une année sur quatre mon pauvre quotidien. Je n'ai pas suivi son enterrement et je m'en veux ; je m'en suis voulu aussi lorsque mon frère m'a appelé au téléphone, pleurant comme le jour où on lui avait volé sa toupie et que je l'avais accompagné pour aller la récupérer.

Nul ne disparaît qui laisse un souvenir et sa place chaude dans le cœur d'un enfant.

« *... Laissant derrière lui le sillage éphémère du plus grand des paquebots sur cette mer agitée qui ride le reflet glacé de villes inconscientes, l'aveugle au long cours a traversé le champ de tombes à la recherche de la sienne. Sa caravane est passée dans les sables mouvants, quelques reliefs encore attestent de ses traces... Ceux qui s'en souviennent demain lèveront le camp et le vent qui s'en fout asséchera leurs larmes...* »

❧

Ce matin j'ai ouvert des yeux blessés, meurtris par la blancheur du ciel et par d'autres choses dont je ne veux pas m'accabler. Cela n'a pris qu'un court moment, puis je me suis rendu compte que j'avais retrouvé le Nord! J'étais de retour chez moi! Ma fille n'y était pas; encore chez nos amis. Je me suis levé, lavé et frotté, mais l'odeur persistait. Je me suis rasé en regardant ce type (déjà vu ailleurs?). Un peu triste, mais affectueux; il ressemblait à mon père!

Je me suis habillé, j'ai tiré sur mes chaussettes longues à ne plus en finir sans trop savoir pour quelle rencontre je me préparais. J'hésitais encore. Une dernière pensée pour ce monde disparu sous les ailes d'un avion, pour cette crédulité imbécile de penser que j'aurais pu y demeurer, puis la nécessité de retourner au pressoir m'a précipité dans les rues enneigées. J'ai réintégré le cercle infernal en tentant de me rappeler la date du jour, l'heure et le lieu du prochain rendez-vous. La vie m'a enfourché, me tenant par les besoins, m'éperonnant du côté des habitudes. Debout, citoyen de ce pays !

« ...Tu en as pourtant l'air, mais pas la même chanson, et ta gorge qui serre ne lâche plus un son. Tu as commis le crime d'avoir perdu ta rime ! Tu avais perdu ta route et maintenant l'estime. Une pierre dans le soulier te gêne dans cette quête, tu te sens humilié, honteux de ta retraite et partout tu te perds où que mène cette marche désormais linéaire, de vieux, de patriarche... »

Heureusement, au mois de mars, vers la fin officielle de l'hiver, survient parfois un étonnant redoux. Les herbes excitées pointent leurs têtes molles ; de la verdeur revient à celles qu'on croyait enterrées. La douceur s'installe dans les quartiers d'hiver et je me plais à penser que le printemps est là, à portée d'un brin d'herbe. Avec le vert renaît l'espoir et le soleil aussi que je croyais éteint. Je regarde le ciel comme s'il était nouveau et déshabille les filles en pensant au printemps qui raccourcira leurs jupes pour mieux nous aveugler. Parfois une hirondelle écervelée m'apparaît et sa cigale voisine pousse son chant dans les limbes de mes rêves. Ma fille sera là tout à l'heure...

Aujourd'hui, le fond de l'air est doux mais sa couleur est d'acier originel, celle du temps du déluge. Le soleil tente de faire le beau. Bien trop beau pour être clément ! À la radio du matin sombre, la greluche a confirmé en riant : *moins dix-sept !*

J'ai parfois la nostalgie de l'inattendu. Dans le métro, je rêve qu'au bureau, tout à l'heure, à huit heures moins deux, mon collègue ne me dise pas bonjour sur le même ton musical, que se déchire le papier de son piano mécanique, que se détraque cet instrument inhumain, qu'il me tape enfin sur l'épaule et que se défasse la quotidienneté de son désintéressement.

« Tu rêves aussi que le métro ne s'arrête pas à ta station, qu'il continue jusqu'à la mer, que les plongeurs n'arrivent pas assez vite. Tu espères que dehors les voitures fassent de la vitesse en klaxonnant parce que les feux rouges ne fonctionneraient pas... La pagaille de chez nous, dirait ton copain fou en riant aux éclats ! »

Je rêve aussi de croiser cet ami disparu depuis mille ans ; il serait aussi beau que du temps où j'en étais jaloux. Il me demanderait des nouvelles de tous les disparus et je lui répondrais qu'ils vont tous très bien, que j'ai aperçu – je ne sais plus quel jour – Malik qui boitillait encore.

Je rêve surtout de ne plus entendre ce mot galvaudé, synonyme de travail, et dont j'ai horreur : *défi !* Faut-il donc vraiment toujours envisager une action, aborder un devoir, comme on organise un duel ? Chaque matin, sur son bureau, lancer le gant à la vie en dévisageant l'écran ? L'abeille qui butine sa fleur pour rendre son miel onctueux se lance-t-elle un défi matinal et éternellement recommencé ? La vie ne serait-elle qu'une confrontation éternelle ? Le devoir nous serait-il ennemi ? Le marcheur solitaire ne va pas aussi loin que celui qu'accompagnent ses émules et dans l'oasis, nul ne construisait sa maison sans que tous ses voisins n'y mettent la patte et la sueur...

En arrivant au bureau, je me suis secoué, j'ai tiré sur mes joues pour dessiner un sourire. Dans le hall, un collègue m'a croisé ; un signe de tête souriante, tout de même. La secrétaire m'a gratifié d'un bonjour triste et m'a remis quelques papiers sans intérêt. Plus tard, le patron m'a appelé dans son bureau : un reportage urgent ! J'avais encore la tête ailleurs... Puis il s'est souvenu de la raison de mon absence et m'a poliment présenté ses condoléances, sa compréhension aussi pour mon retard, et nous sommes retournés à ce reportage... J'ai alors fait une plaisanterie et il m'a questionné : « Êtes-vous tous comme cela, enjoués, rieurs, moqueurs, imprudents ? » Et moi, ne sachant quoi répondre, j'ai bêtement souri. J'aurais pu lui répondre que dans ma situation, il n'y a plus que le rire pour éviter le pire. Mais il n'aurait pas compris.

Maintenant que j'y repense, je suis convaincu de ne pas faire partie de ce « *vous* » qu'il imagine si homogène : certains des miens se sont donné l'apparence rude comme pour affirmer l'inquiétude qu'ils font naître ; d'autres, l'air malheureux, pour quêter quelque pitié ; d'autres encore prennent un semblant malin pour paraître intelligents. Si j'ai opté, quant à moi, pour le déguisement de la dérision, c'est peut-être que j'ai réussi à me sauver, presque sans cicatrices. Et puis, il n'y a rien de mieux pour dégriser la vie qu'un masque de clown, d'immigrant satisfait, d'étranger rassurant. La dérision, c'est prendre la vie pour ce qu'elle est : une plaisanterie... C'est écrire un scénario pour un film comique dont l'acteur serait vraiment atteint du cancer.

Je n'aime pas la compassion dont on semble faire preuve à mon égard. Nul ne sait rien de mon histoire ! Je ne veux pas non plus de la pitié ; la pitié aggrave l'étrangeté et je lui préfère l'indifférence franche, bien que je ne sois pas gêné par ma bizarrerie. Je n'en suis pas fier non plus. La fierté est le sentiment des vainqueurs devant leurs conquêtes... Moi, je suis juste de passage et « si tu ne veux pas que la chose existe, détourne ton regard » ! Je refuse les amitiés de circonstance car j'ai horreur des passe-droits ; les circonstances, même atténuantes, limitent ma liberté même si je ne suis pas un voleur ; je ne suis pas ici pour m'immiscer, pour gratter le pain des autres... Ni seulement pour le pétrir !

Je préfère l'étrange attitude de mon patron aux silences ou à l'absence des sens. Car les silences n'expliquent rien : ils sont le refus de l'autre. Mais je comprends tout de même que le froid gerce les mots et que pour donner une poignée de main, il ne faut pas porter de gants !

La grande ville, la grande vie, a tué l'hospitalité et moi, j'ai horreur des hôtels, je leur préfère la paillasse douillette des amitiés, les bras ouverts de l'inconnu. C'est rassurant, un inconnu qui vous reçoit avec un sourire et la main tendue. Mais je n'aime pas déranger, je ne suis pas un guerrier ! J'ai aimé l'hospitalité des Chamba*, mais elle était don du désert ; solidarité de survie.

---

* Pluriel de Chambi, qui est un membre de la tribu des Chamba du versant sud de l'Atlas saharien.

Il fut un temps – je n'y étais pas – où les Américains ont occupé mon pays pour libérer les Français qui le colonisaient ! C'est ainsi que j'ai découvert le monde...

❧

Durant ses voyages immobiles, je restais seul à m'inquiéter du retour de ma mère (comme elle avait dû s'inquiéter du mien après mon départ), cherchant à deviner où elle se trouvait en cet instant. Retrouvait-elle ce jeune homme d'une autre ville qui venait chaque jour la guetter sur le chemin pour simplement la regarder passer ? Cet étudiant timide de ses vingt ans qui avait eut un jour – enfin – le courage de l'aborder « juste pour parler », puis avait fini par lui proposer le cinéma. Sur une photographie de ce temps-là, notée à l'endos « *1939* », on la voit prenant le thé avec une amie, *Georgette B*, lui racontant peut-être cette rencontre qui avait fait battre son cœur. Ils m'ont fait, tous les deux !

« Je suis né d'un contrat, d'une parole donnée, de promesses que l'on a su tenir, d'un avenir certain pour ce qui les regarde ! Simple passant qui ne peut revenir, je vais où sont allés ces deux vieux compagnons, leurs fantômes en moi toujours souriants. Je porte en mon âme leurs traces, leurs haines et leurs caresses, leurs rêves refrénés ; tous les mots qu'ils ont dits et ceux qu'ils ont subis, et ces gestes commis pour que vive ma vie ; du début à leur fin. »

Lui nous a quittés sans même que Maman ne le sache : elle avait les yeux toujours figés sur le frigo comme s'il allait en sortir. Mais peut-être faisait-elle semblant d'ignorer sa perte pour ne pas accroître ma propre peine ? Car elle savait pourtant ! « Me prenez-vous pour une idiote ? Je sais très bien qu'il est mort », avait-elle avoué dans un accès de colère.

Après mon départ, puis celui, définitif, de Papa, elle a effacé la réalité de nos pertes et vit en malheureuse dans l'espoir et les affres de l'attente. Elle s'est réfugiée dans l'oubli, s'évitant les regrets de sa légendaire Andalousie. Elle a endormi sa mémoire et c'est ainsi qu'elle a acquis cette petite taille et cet air naïf de fillette sage – huit ans peut-être – puis s'est cloîtrée plus profondément dans des pensées qui nous sont interdites.

« Te rends-tu compte, en les éternisant sur le papier, qu'elle a effacé le souvenir de son compagnon et le tien, comme pour se protéger de la peine de deux disparitions si rapprochées et s'éviter l'isolement dans lequel la contraint son état ? Simple réflexe d'autodéfense, dirait son avocat ! »

Nous n'existerons désormais pour elle que lui en promeneur qui rentrera bientôt, et moi sous l'aspect du petit garçon qui refusera ses pièces ! Nous n'existerons qu'au plus profond de son âme, d'où nous ne pourrons jamais la quitter.

❧

« Depuis ce départ que tu regrettes parfois, des milliers d'années se sont écoulées. Tu continues pourtant à croire encore les paysages de ton pays inchangés, toujours en attente de ton retour ! »

J'ai vu des contrées que je croyais être des paradis ; j'ai été voir les décors des films qui avaient bercé mon enfance et marché sur la Fifth Avenue de la nuit américaine ; j'ai abordé l'île de Jersey, visité Londres et Varsovie où jouait encore Chopin. J'ai marché dans le palais de Grenade que hantent toujours les ancêtres de ma mère ; j'ai même dansé un soir de 14 juillet sous la tour Eiffel scintillante... J'ai connu des minutes de gloire et des secondes de bonheur ; j'ai cru quelques femmes quand elles disaient m'aimer et j'ai accompagné quelques amitiés vers leurs réussites ; ou leurs déconvenues !

Un soir, sous les cocotiers d'une plage océanique, j'étais entouré d'une troupe qui chantait mes vieilles chansons et j'ai bu du porto au coucher d'un soleil qui disparaissait à gauche. Mais ce soir-là, j'étais encore seul : le rouleau des vagues ressemblait trop à mes dunes et le sable avait le parfum salé de ma Méditerranée.

« ...Comme la mie de ce pain, elle est douce, elle est blanche, et bleue comme cette main quand elle retrousse les manches... Comme la mie de ce pain que toute votre volonté quémande, elle est chaude et vous brûle, mais votre âme en redemande ! Comme ce soleil qui baisse et dont les derniers rayons qui blessent obligent à regarder ailleurs, vous voudriez que ce jeu cesse pour pouvoir vous reposer... Comme ce pain, comme sa mie, comme cette main, comme l'ami, comme ce chien, comme l'enfer, comme la peur et l'ennemi, comme ce sable et cette cendre et cette couleur de bleu tendre... Mon pays ! »

« Avoue maintenant : tu regrettes le bateau de la déchirure. Sur tes pistes tortueuses, tu ne te retrouves plus. La fuite ne t'a évité ni le fusil ni sa balle ! On ne s'exile pas impunément. »

❧

Je les ai découverts lors d'un reportage. Ils étaient sept, comme des mercenaires. Sept grands enfants entassés dans un petit quatre et demi vers Hochelaga ; ils avaient certainement trouvé là de quoi tromper le bien-être ! Virgil en était le chef et, au plus bas de leur hiérarchie, la petite frappe : celui qui m'a volé mon enregistreur de voix ! Mais ils me l'ont rendu.

Virgil et lui sont arrivés dans un container : vingt-deux jours de navigation cellulaire ! Je ne connais pas l'histoire de l'autre, mais Virgil m'a conté la sienne : les derniers jours de Ceausescu, il travaillait dans une chaufferie urbaine de la capitale et, une nuit de froid, il a bu. « L'ivresse m'a fait confondre fuel d'hiver et fuel d'été et les tuyauteries ont gelé. Restait la fuite pour éviter d'être condamné pour sabotage anti-révolutionnaire ! Du pain et du chocolat, c'est tout ce que j'avais pour traverser les montagnes et me réfugier en Grèce. » Là-bas il a trouvé à s'employer dans une oliveraie dont le propriétaire lui a proposé de travailler dans sa conserverie. Un jour, qu'il avait cru béni, on lui a demandé de charger le container qu'on expédiait au Canada. Avec son complice, la petite frappe, ils ont vidé des cartons de leurs marchandises pour les remplir de vivres, de bougies et d'eau, et la veille du départ s'y sont enfermés pour leur salut. Prendre le chemin de la Liberté !

Mais voilà, ils avaient prévu douze jours de navigation et le bateau a fait plusieurs escales sans qu'ils sachent où ! Au bout de dix-huit jours, ils n'avaient plus de vivres... pas d'eau non plus. Les bougies ne brûlaient plus par manque d'air. « L'air était vicié, empoisonné par les odeurs de nos déjections. » Le vingtième jour, son compagnon a tourné de l'œil et Virgil lui a fait boire de l'eau salée : la saumure de conserve. « Puis, avec du carton, j'ai fabriqué un tube et lui ai fait respirer l'air marin à travers l'unique trou de ce cercueil de métal. »

Leur container a finalement été débarqué à Montréal, après deux jours d'exposition au soleil. Virgil a entendu le bruit des grues ; il a tambouriné sur la paroi jusqu'à ce qu'on leur ouvre. « La première chose que j'ai vu de l'Amérique a été la mitraillette du policier ! » Une nuit au poste, d'autres au YMCA, puis ils ont été lâches dans la ville inconnue. « Ce qui m'a fait de la peine, ce sont les chaussures et le tee-shirts de grandes marques que j'avais achetés en Grèce et qui devaient me servir à me déguiser ici : ils les ont jetés et me les ont remplacés par un short ridicule et un pull de mauvais goût. »

Quand je les ai rencontrés, Virgil et l'autre attendaient la décision d'un juge quant à leur statut de réfugiés politiques, mais cela n'a pas marché pour Virgil : l'histoire de sabotage qu'il a raconté n'était pas réaliste ! Il y a pire : on l'a évacué vers une Roumanie redevenue fréquentable que sa fiancée avait quittée peu de temps auparavant pour une destination inconnue. Peut-être le Canada ?

Finalement, de Montréal, Virgil n'a rien connu sinon les salles d'attente, les manufactures sombres et les cabines téléphoniques où il a gaspillé son maigre argent à appeler sa Roumaine. Pourtant il écrivait bien ! J'ai lu les lettres fabuleuses qu'il destinait à cette Pénélope, mais qu'il n'a jamais envoyées : « Elle risque de m'attendre longtemps, je ne veux pas lui gâcher la vie », pensait-il alors. Cela m'a rappelé quelque chose.

❧

Après mon départ et celui de son époux, Maman s'est exilée dans son passé. Elle y vit plus souvent qu'avec nous, mais elle y a gagné : en nous quittant, elle a retrouvé sa mère, sa sœur et ses frères décédés depuis des décennies ; cette voisine aux cheveux blonds aussi dont elle était seule à parler le dialecte. Elle les rencontre régulièrement et raconte, lors de ses rares et brefs retours, ces retrouvailles sur le ton qu'il faut, d'une voix enjouée, impressionnante d'assurance. Ce ne sont pas des ersatz de souvenirs vécus qu'elle remue, mais bien des événements récents qui se sont déroulés tandis que j'attendais à son chevet, sage et silencieux, comme je le faisais lorsque j'étais petit. De ces absences de quelques minutes, elle rapporte des faits qui peuvent s'étendre sur de très longues périodes. De la prison dans laquelle l'a confinée la vieillesse, elle s'évade ainsi en attendant de disparaître de notre destin commun.

Me faisant face sur le fauteuil de ses dernières années, ce fauteuil où elle attend ses visites, elle se figeait brusquement, le bras sur l'accoudoir, la joue posée sur la main, pour fixer ses grands yeux bruns à des années-lumière de la chambre. Puis, son regard gélifié repartait de nouveau tandis que moi, muet crétin, j'attendais d'en finir avec ce devoir imbécile de ne pas pouvoir lui tenir compagnie. J'évitais au contraire par mes silences de perturber ces voyages et, dans ses moments d'absence, m'absentais aussi pour refaire avec elle les chemins de ma vie ; la revoir, belle femme aristocratique, enjouée, dépassant d'une tête toutes celles de sa génération ; revoir la mère qui m'a montré l'horizon et que j'ai abandonnée en chemin !

Puis elle atterrissait avec un regard espiègle. « Tayeb (son frère aîné, mort il y a une trentaine d'années) m'a appelée ; il dit qu'il va m'envoyer des billets d'avion pour que j'aille le rejoindre avec Meriem (sa sœur paralysée) ; Mahmoud (son plus jeune frère, décédé depuis dix ans) va en mourir de jalousie ! »

❧

Pour mon plaisir, le bijoutier avait remué le voisinage : il a réussi à me faire visiter la maison de mon grand-père, mais je n'aurais pas dû le suivre.

Le savoir-faire, la civilisation, l'histoire même y ont été assassinés : la maison de mon grand-père n'existe plus. Elle a été remplacée par un musée de la décadence et du mauvais goût. Seule subsiste sur sa façade hideuse cette falsification : la plaque indiquant l'année de sa construction « 1796 » qui a été laissée en place.

Je suis entré en baissant la tête dans un tunnel de noirceur et d'obscurité où la lumière du patio a disparu ; disparu aussi le revêtement de marbre qui la retenait prisonnière ; perdus à jamais les boiseries savantes des portes, l'escalier derviche de mes mystères et les liserés de faïence qui marquaient les étages, toutes choses devenues inutiles dans le sombre tombeau que l'on a érigé en lieu et place de l'Éden de mon enfance. Même les cages d'oiseaux se sont envolées.

À contempler cette dévastation, j'ai eu le sentiment que ma propre mort était proche, que je faisais déjà partie de vestiges à disparaître. Avec la mort de mon père, une nouvelle barrière a été érigée qui me privera à jamais de l'accès aux lieux des traces de mes ancêtres.

Heureusement, l'autre bijoutier, le fils de la femme aux cheveux d'or, nous avait accompagnés ; il nous avait attendus dans l'impasse où nous avions joué enfants, à l'endroit même où il m'attendait déjà en ce temps-là. Lorsque nous sommes sortis, il a encore parlé, comme pour me ramener à l'image vivante de cette maison, à celles de ma mère et de ma grand-mère. Et elles étaient là. Elles me souriaient ; il m'aurait suffi de passer la porte pour les embrasser !

❧

Dans l'avion qui me ramenait vers la capitale, j'ai trouvé dans le livre acheté par hasard à l'aéroport ce curieux passage : *« on ne peut jamais retrouver un lieu d'autrefois, ou revivre un état de bonheur parfait qu'au fil du temps on ne cesse de perdre et d'oublier. Pourtant, on persiste à croire qu'il est enfoui quelque part dans le passé et qu'il peut être retrouvé.* * »

* Hella S. Haasse, *Des nouvelles de la maison bleue.*

Dans la marge, j'ai ajouté cette annotation : «mais de la boîte obscure de la mémoire peut parfois surgir une image si nette qu'elle peut faire naître en nous, non le bonheur retrouvé, mais l'irradiation impitoyable de la douceâtre brûlure de ce passé.»

❧

Dans le carré de ma famille, il y a maintenant sept tombes, dont deux portent son prénom.

« Que ton père ait pu subir deux morts ne doit pas te faire de peine, mais te réjouir au contraire : il aura eu deux vies ! »

Depuis mon exil je souffre beaucoup de savoir si peu de Papa. Mes textes fourmillent d'ailleurs de ses absences. De ses espoirs, ses rêves secrets, ses envies inavouées, je ne sais rien. Tout cela avait systématiquement été détourné à son détriment et au profit de ce qu'il supposait être notre bonheur. Finalement, je ne connais de sa vie que les quelques bribes qu'il laissait échapper lorsque – trop rarement – j'allais avec lui au marché par la vieille rue qui réveillait ses souvenirs d'étudiant.

J'ai cru pourtant lui découvrir un jour un pan d'ubiquité. Surprenant son regard appuyé sur la jolie voisine penchée à son balcon et qui semblait sourire d'un regard complice, j'avais eu l'intuition de percer un secret, de découvrir une autre dimension de cet homme austère qui portait ma mère aux nues.

Bien plus tard, j'ai eu à faire mon service militaire dans un bourg oublié de son désert. Dans ma chambre, une des rares du casernement à donner au dehors, la minuscule fenêtre ouverte n'apportait aucune accalmie à cette géhenne; seulement l'odeur un peu pourrie des relents animaux du souk, mais aussi un rêve qui doit me venir de lui... Lorsque la pesante canicule imposait la torpeur à cette terre infernale, je me levais du lit brûlant pour jeter un œil pervers sur la maison voisine. Dans l'ombre, sur la terrasse, allongée sur un tapis multicolore, les jambes couvertes d'un drap qui ravivait l'ébène de son corps, elle sommeillait en odalisque, l'avant-bras sur les yeux pour se protéger de la lumière crue. Elle n'avait pas de poils sous les aisselles! Mais la sueur qui la baignait faisait luire sa peau à chacune de mes inspirations. Un grand oiseau de proie affamé projetait parfois son ombre sur ses formes incendiaires et un dromadaire poussait une longue plainte, cri de rage frustrée destiné à l'avertir de mon intrusion.

Aujourd'hui, à vingt mille lieues de cette oasis, à dix mille jours de cette apparition, chaque fois que je penche mon esprit à cette fenêtre, elle ouvre sur mon père. Alors le vacarme stupide de la caserne se calme, l'agitation cadencée des hommes ordonnés cesse, et je ressens, à revoir le corps lascif de cette jeune fille, la morsure cruelle de mon âge avancé. Un sourire tendre et misérable me vient alors, le même que le sien vers la fin. Puis je retourne m'étendre dans mon lit montréalais qui n'est plus fait de nattes, dans la chambre lumineuse aux murs bien dressés et si lisses dont la grande fenêtre ne donne que sur une petite Chine.

« Le 31 mars 1997, il y a trois ans, tu t'étais réveillé avec lui en tête : Malik souriait ! Comme
avant... »

Il a été mon ami ; nombreux l'ont été, mais
lui me fut important. Une immense affection,
certes usée par l'exil, biaisée par la distance, mais
solide, forte comme lui ! Un ami ! Malgré l'océan
et nos vies bouleversées, il est resté là, loin, mais
toujours à côté. Toujours souriant de son amitié. Nous avions cru que rien ne la briserait. Mais
c'est arrivé.

« Il y a trois ans aujourd'hui, tu t'étais réveillé
avec son image sans tête ! »

La veille, avant de m'endormir, alors que je
pensais peut-être, comme chaque soir de bilan,
aux bonheurs que nous avons partagés, Saïd
m'avait annoncé au téléphone : « Malik, ton ami,
l'Oranais... C'est fini ! Ils l'ont eu dans un restaurant. »

Le con ! A-t-on besoin de manger lorsque l'on
se sait à leur menu : trois balles !

Mais pourquoi « ils », pourquoi ce vague pluriel ? Il n'y a eu qu'un tireur ! Un pauvre type,
jeune, qui n'a jamais mis les pieds dans un restaurant, encore moins dans un théâtre ! Un seul
petit con sans talent, mais qui a pris son temps
et celui de mon ami ; un aveuglé, mais qui a bien
visé ! Un triste bougre à qui Malik aurait pu apprendre à rire et qui m'a privé calmement de
cette pensée gaie que j'avais tous les jours de me
savoir encore l'ami d'un si grand acteur de la
réalité.

Depuis cette nouvelle, mes sentiments ont commencé à s'embrouiller et même peut-être à disparaître, ceux que j'avais pour l'ogresse patrie ! Il faudrait que je m'arrache à son évocation. Il me faudrait m'écrire quelques beaux souvenirs avant que ne les emportent, ne les recouvrent, les ressentiments ! Heureusement, des souvenirs, j'en ai des milliers qui envahissent mon ciel, tels des étourneaux qui reviendraient hors de saison, des printemps de mon enfance qui ne me quitteraient jamais. Des souvenirs qui, lorsque je tente de les taire, saupoudrent de sel leurs plaies encore béantes.

Saïd m'a raconté qu'à l'enterrement de Malik, il lui avait fallu marcher longtemps. « Le nouveau cimetière a gonflé, il déborde de l'autre côté de la voie ferrée ! »

☙

C'est la débâcle et la nuit tombe. Pas un bruit dans le parc vidé par le crépuscule, mais du banc encore humide et froid où je me suis assis pour écrire, j'entends les blocs de glace se heurter et s'émietter dans des craquements sinistres, les mêmes hoquets que faisaient les rocs éclatant dans la nuit froide du Sahara.

La grille toute proche de l'hôpital psychiatrique a grincé ; un sanglot long duquel semble s'être extrait un être étrange au visage figé qui, une fois qu'il l'a franchie, observe un long moment mon monde avec inquiétude, puis, peu rassuré, me semble-t-il, rebrousse chemin après avoir soigneusement refermé la porte derrière lui. Je ne pourrai pas le suivre. Dans la nuit qui s'installe, je l'ai longtemps attendu, jusqu'à ce qu'un cycliste attardé m'avertisse sans même s'arrêter : « Le parc va fermer ! »

Alors, j'ai fermé aussi le carnet de mes souvenirs, puis j'ai replongé dans l'existence lucide.

Une semaine de travail à Manawan pour un reportage sur ces îles reconquises par les Attitameks. Un lieu et des gens inconnus de ma géographie, mais qui ressemblent à ceux de mes lointaines montagnes.

Ils ont tant perdu de plumes, tant de guerres cinématographiques que la réalité quotidienne leur est devenue défaite ; elle se lit sur leurs visages. Pourtant, le passé est oublié depuis qu'on leur reconnaît le droit d'être américains ! D'ailleurs, dans leur village abandonné aux chiens, les enfants sniffent derrière l'école, font un petit tour en quatre-quatre et reviennent se fondre dans la fumée des calumets modernes. Après quoi, ils ne savent plus où aller !

L'ancêtre m'a raconté que du temps de son enfance, un avion des Affaires indiennes venait chaque mois apporter des marchandises, soigner les malades et compter les vivants ; les Services de l'action sociale de l'armée française avaient les mêmes missions ! À ces occasions, m'a-t-il avoué, on projetait aux enfants un western muet et lorsque la cavalerie chargeait, tous applaudissaient : « Nous ne savions pas que ces Indiens sauvages et emplumés étaient nous ! »

Les Amérindiens sont comme les gens de mes montagnes : perdus dans un monde qu'ils miment sans le comprendre, avec cet avantage qu'ils sont silencieux et pacifiques. Ils m'ont invité sous leurs tentes, offert de la viande d'ours préparée par une grand-mère squaw. J'étais chez moi. Sauf que la nuit, j'ai entendu des caribous nager vers notre île et qu'il y faisait plus froid que dans mon désert.

Mais les pierres ici n'éclatent pas : l'amplitude est trop faible.

2001

Nous n'avons besoin de morale que par manque d'amour.

SAINT-AUGUSTIN

J'ai retrouvé le carnet chinois dans la valise vide de mes vêtements d'hiver ; je croyais l'avoir laissé sur la table du parc. Ce grand blanc de neuf mois dans ma vie est juste ce qu'il faut pour la décrire : une gestation stérile ! Qu'ai-je fait de tout ce temps qui ne sera pas conté ?

Pour répondre à cette question, je suis donc retourné écrire dans ce parc. La grille fermée de l'hôpital, la rivière impassible, le temps qui semble figé, tout me rejette, me reflue sur les plages du passé, mais ce confinement est propice à l'écriture ; comme un chagrin, il fait couler ma plume. Parfois un oiseau se risque à picorer sur ma table et un marcheur curieux tente de me deviner : il y a ceux qui marchent et ceux qui rentrent à la maison ; les premiers font l'Histoire, les autres la racontent. Moi, je vais rester sur ce banc jusqu'à la nuit tombée à regarder défiler la mienne.

Jeunes, nous ne faisions rien d'autre que rouler. Avec Ali, nous faisions notre millième longue virée dans le désert. Nous avions le temps, le beau, et la jeunesse ; des vacances au printemps aussi ; la plus longue occasion. Nous n'avions aucun handicap dans le moteur, alors nous roulions vite ! Nous voulions aller partout, avec toujours la promesse du regret, cette envie de revenir partout sur nos propres traces ! Mais les choses changent et certaines disparaissent.

Au sortir d'un village nous l'avions repéré. Facile : il était habillé comme un perroquet : pantalon madras, veste à pois et chemise à fleurs. Toutes les couleurs d'un spectre ! Il portait même un chapeau tyrolien ! Il est monté sur le siège arrière, là où nous posions tous nos trésors et je devais faire attention à ses mains dans le rétroviseur. Mais au bout d'une heure, je regardais droit devant moi : il possédait assez de richesses ; alors nous avons ralenti : il parlait !

Nous faisions halte dans chacun de ces abris construits loin de tout pour reposer les yeux, l'âme, la soif et la mécanique. Dans le désert, ce sont des îles ; simples abris sous la treille, en terre ou en roseaux, on y sert du thé et de la conversation. Et nous avions soif de rencontres. Lui connaissait tout ce monde, et tous lui demandaient des nouvelles. Des nouvelles de nous, des autres et de ceux que l'on n'a plus vus depuis... De ceux aussi qui naviguent entre Gao et El Goléa. Il les avait tous croisés !

Il était jeune, peut-être dix-sept ans, mais parlait comme un vieux, un vieux marabout. Et il les faisait rire ! Il avait même donné un cours de divination à une vieille sorcière qui traînait par là pour nous vendre ses amulettes. Sa compagnie fut une longue fête !

Qu'est qu'il faisait là ? Il marchait pour ne pas rouiller ; il cherchait du boulot aussi... Mais lequel ? Guide, chasseur de vipères ou de scorpions, colporteur aussi... De quelles marchandises ? Tout ce qui s'échange ; tout ce qui vient d'ici et se vend là-bas, ce qui tient dans la poche ou la gibecière... Sept cents kilomètres de questions ! Où vivait-il ? Là, (sa main glissait sur l'horizon) ou chez sa grand-mère ; il n'avait plus de parents. Les questions brûlantes ne se posent pas...

Dans la dernière ville avant la piste – nous ne roulions que sur le goudron – nous avons décidé de passer la nuit à l'hôtel. Lui, qui n'avait pas les moyens, pour qui nous ne pouvions rien, qui aurait refusé notre proposition, a préféré aller chez son ami le gargotier, celui qui nous avait invités à une fête : l'union de deux tribus. Demain... Comme la nuit s'annonçait froide, bien en dessous du zéro, je lui avais proposé mon manteau de cuir, celui doublé qui m'avait coûté une fortune d'étudiant et nous avions convenu de nous retrouver le lendemain, à neuf heures à l'hôtel, pour le petit déjeuner...

Mais il n'est pas venu !

À onze heures, nous sommes partis, dépités... à la fête ! Un petit hameau à dix-sept kilomètres de piste sablonneuse ; quelques gourbis éparpillés autour de la tombe d'un saint homme. C'est là que j'ai entendu les chants qui rapprochent de Dieu ! Vers treize heures, nous étions allongés sur la dune la plus élevée, à l'ombre d'un immense palmier. Il faisait trente-cinq degrés ! Nous avions oublié mon manteau...

Et il est apparu, très loin sur l'horizon, *tu vois là-bas, sur la piste, à côté de la grosse dune !* Mon manteau sous le bras ! Une tache de couleur dans la plaine brûlée, une tache de bonheur pour l'humanité ! ... Il était désolé, n'avait pas dormi de la nuit. Pourquoi ? Une autre fête dont il a refusé de parler...

Nous avons repris la route pour remonter au nord, lui a continué vers le sud... Nous nous sommes promis de... De nous revoir au paradis ! Pourquoi n'avons-nous pas suivi sa piste ? Parce que nous devions rentrer dans le rang, à la maison ! Reprendre nos importantes activités !

Mille kilomètres de regrets ! Quelques dizaines de photos pour le mur du souvenir.

❦

Pour mon anniversaire, j'ai reçu un cadeau d'une connaissance que j'avais oubliée : la carte électronique d'un grand magasin ! Grâce à quoi je découvre que désormais la technologie nous évitera de nous souhaiter quoi que ce soit, ou de nous faire des cadeaux ! Tout est dit sur la carte : il suffit d'acheter dans son ordinateur ! L'amour et même l'amitié !

Il nous suffira donc d'inscrire leurs noms sur la liste d'un grand magasin, d'indiquer leur date d'anniversaire et nous serons allégés de la contrainte de leur écrire : nos amis, nos parents (tous ceux que nous aimons et qui pensent à nous même si nous ne les avons plus rencontrés depuis...) recevront une carte signée de notre nom au bas d'une liste de souhaits qu'ils pourront se procurer... en solde dans les rayons outrageants de ce magasin célèbre ! Gagne-t-on quelque chose en confiant ainsi notre mémoire affective à une machine ?

« Et si ton rêve à toi n'était qu'un gros baiser sur la joue ? »

❧

Dans sa dernière lettre, juste avant son assassinat, Hamid comparait ma détresse à celle de sa femme Nora, exilée sans lui en pays autrefois ennemi ! Révolté par cette défection, il me la décrivait « *immobile et sans volonté, affaissée, battue... Un renoncement à tout avenir...* » Bien sûr, lui est resté dans son trou de sentinelle valeureuse veillant un cadavre pourrissant ! À cause de la brûlure de ce dard, de cette injonction provocatrice, il avait fallu que je m'explique :

« *Te souviens-tu de ces chutes, celles de Rome, de Troie et de Grenade ? De l'histoire du Canadien errant ? Te rappelles-tu de ce prince et de sa sœur, la princesse d'Annam, qui furent exilés dans notre pays ? As-tu oublié la débâcle des malheureux pieds-noirs*, le départ de madame Finck ?*

« *Eh bien, tous ceux-là sont nos frères, nos semblables, à Nora et moi ! Et si tu t'entêtes à me demander pourquoi Nora se ratatine, ma réponse sera celle de Lénine à une autre question : « Que faire ? »*

« *Nous, misérables couards, lâches exilés, avons la conviction que ce que nous avons tenté de construire était plus juste, plus beau, plus généreux malgré notre intuition de l'incapacité de l'humanité de faire les quelques pas qui la sépare de l'Éden. On a fait taire nos voix optimistes par les prêches haineux ! Pourquoi donc veux-tu que nous bougions ? Pour d'autres désillusions, d'autres défaites ?*

---

*   Français qui vivaient en Algérie et l'ont quittée à l'Indépendance.

« *Mon frère aussi croit au retour, mais lui n'est pas parti. Lorsqu'il me propose de revenir sur mes pas, je n'ai pour lui que cette systématique redite :* "Le temps a effacé mes traces... Le pont effondré, le chemin dangereux, la nuit noire et mes projets naufragés m'empêcheraient de recouvrer mes espérances, mes crédulités et ce coin de jardin où le figuier ne pousse plus. J'y retrouverais mes amis brûlés de douleur, figés par l'assassinat ou la peur et mes voisins silencieux ; chacun dans sa solitude."

« *Non, je ne suis pas une hirondelle ; je ne reviendrai pas ! M'imagines-tu retourner sur mes pas, reprendre le baluchon vide et refaire ces malles où sont stockés mes regrets ? Pour que le douanier les fracture ? Ce ne serait pas revenir, mais m'accaparer d'une identité qui n'est plus la mienne...*

« *Et si un matin, quelque rêve embrumé me faisait croire qu'il reste un espoir, ma réalité lui rappellerait que l'exil est sans retour pour qui n'a plus d'illusions ! Aux clameurs de la nostalgie, je boucherais mes oreilles ; je fermerais les yeux pour m'attacher au passé, et ne pas entendre les sirènes de nos crédulités ! Comme Ulysse au large de nos rivages, je résisterai à leurs chants ! Je les sais si trompeuses.* "Ont beau luire les yeux dans le noir, quand il n'y a rien à voir !"

« *Oui, je comprends Nora ! C'est une femme forte, intelligente, courageuse ! Ne l'a-t-elle pas prouvé par le sacrifice suprême : l'exil de la fuite et non celui du rêve... L'exil de soi et non celui des pionniers enrichis d'Amérique... Elle ne cherche rien sur le chemin de sa défaite ! Elle pleure, tel le dernier calife de Grenade,* "comme une femme, ce pays qu'il n'a pas su défendre en homme !"

« *Pourtant, elle et moi savons bien le ciel gris des pays étrangers ; la neige lourde, les mines renfrognées et les visages heureux, les saveurs inconnues et les perspectives vaines du chemin des autres qui ne nous mènent à rien, mais nous repoussent aux frontières du désespoir ; aux égouts ! Dans ces pays que nous n'avons pas choisis, qui ne nous ont pas invités, nous n'avons aucune bataille à mener, sinon celle quotidienne du pain. Devrions-nous pour autant retourner vers le torrent boueux originel ? Nombreux sont ceux qui remontent ces cloaques de leurs larmes et de leur sang, vers un passé révolu pour y mourir de désenchantement.* »

À la relire aujourd'hui, je ne crois pas à la sincérité de cette lettre. D'autres raisons non avouées devaient certainement se cacher derrière ma défense. Mais il est trop tard pour m'en confesser, trop tard pour dire la vérité...

Cette lettre est partie comme un coup de feu... et il est mort un mois plus tard !

❧

L'hiver qu'ils promettent long est si froid ; je m'étonne d'être encore vivant... Pour mon prochain exil, j'irai vivre au fond du Sahara, comme le père Foucauld, cet anachorète optimiste. Malgré son isolement, celui-là était un homme célèbre, non un anonyme ! Peut-être est-ce pour cela que cet ermite de la plus haute, la plus isolée des montagnes du plus grand des déserts, a été assassiné ? Être *Personne* décidément fait tenir en vie !

Aussi simple, aussi étrange, étranger aussi, mais inconnu, j'ai rencontré un autre ermite qui lui aussi avait été soldat aumônier. Français aussi, comme Foucauld !

Notre jeune guide m'avait raconté ses péripéties : tombé d'un navire au large de la Maurétanie peu avant la guerre que nous avons faite à son pays, il avait été recueilli par une caravane de nomades sur la côte ; cette immense plage de dunes qui traverse le continent d'un océan à l'autre. Il était passé de tribus en caravanes pour venir s'échouer à deux mille kilomètres et quelques années de son lieu de naufrage, au beau milieu du vide, dans une masure de terre abandonnée où il a remplacé le saint sans utilité ni miracles dont c'était le tombeau. Il vivait là depuis quarante-sept années, protégé par ce miracle que ses hôtes lui attribuaient : cette femme venue un soir demander son aide parce qu'elle ne pouvait avoir d'enfants et qui accoucha neuf mois plus tard d'un garçon.

Après son récit, notre guide nous avait conduits à cette case plantée au milieu d'un oued de galets : un cube blanc surmonté d'une coupole que les flots dévastateurs du printemps n'atteignent, paraît-il, jamais. C'était un jour de grande affluence ; mariage ou retour de pèlerinage, je ne sais plus. Je me souviens de cette foule éparpillée en petites grappes dans les touches sombres de l'ombre des palmiers sur les dunes. La porte était ouverte et nous sommes entrés ; Ali ne nous a pas suivis...

Une pièce unique meublée d'un sarcophage posé au sol, juste sous le ciel de la coupole. L'ermite y était adossé, tourné vers la porte ouverte, semblant attendre ma venue. Il m'avait invité à m'asseoir ; notre guide est ressorti. C'est alors que je me suis rendu compte qu'il était aveugle ; ses prunelles étaient blanches.

Après les politesses d'usage, nous nous sommes tus. On ne dit jamais rien dans les moments importants ! J'entendais au loin les tambours des deux tribus qui se rapprochaient puis les explosions de leurs pétoires quand elles se sont fondues en une seule armée. Dehors, Ali prenait des photos, comme toujours. Dedans, l'ermite et moi, nous nous laissions venir, nous rencontrer ; comme ces tribus !

J'ai parlé le premier, en français, et il a compris que je savais ce que mon guide m'avait raconté... « Je prie maintenant leur Dieu et peut-être prient-ils le mien sans le savoir », a-t-il dit. Après, j'ai oublié ; peut-être avons-nous parlé de ce qui m'amenait là ? Je ne me rappelle que nos silences et l'air malicieux qu'il a eu en me tendant cette griffe de dinosaure. Comme on offre une pièce à l'enfant qui ne l'a pas demandée ! Comme on rembourse une dette vieille de dix millions d'années !

Aujourd'hui je suis sûr que cet homme était un devin : son cadeau – le doigt d'un ancêtre commun – n'indiquait-il pas la similitude de nos sorts : comme moi, il avait traversé le pont, avait échappé à la mort pour aller se perdre dans un lointain désert. Nul ne mesure la grandeur de son désert ni ne situe celui qui l'attend : dans une tombe au soleil, une nuit dans sa chambre, ou sous le cube de glace d'un verre de whisky !

En partant, je me suis retenu de le questionner sur le sexe de son enfant... Les légendes ne s'attardent pas au sexe des anges ! Et nous sommes repartis ; déjà, vers le nord !

Je n'ai pas parlé à Hamid de la lettre de Nora ; cette lettre qu'elle m'avait écrite peu avant ce que lui appelait sa défection. Je l'ai gardée avec les autres reliques ; elle me dit tant de choses :

« Ici mon vieux, nous mourons à petit feu. Je sais, tu vas dire que cela vaut mieux que le couteau ; mais c'eût été bref et efficace. Nous mourons à petit feu par absence d'avenir ou d'espérances futiles, de celles, mortelles, que l'on raconte ici sur toutes les chaînes de notre enfermement. Notre nuit est longue à mourir par manque de lendemain. Cette nuit qui n'en finit pas de faire peur.

« Peur de quoi ? Du lendemain, bien sûr !

« Ici vois-tu, Hamid et moi n'aimons plus rien ni personne. Les amours n'ont plus le goût des chansons d'autrefois, elles sont rêches ! Elles s'interdisent ou se cueillent comme les fleurs du terrain vague ou celles que nous allions voler au parc pour les offrir à nos mères. Aujourd'hui, vois-tu, les amours pensent et calculent : elles ont été à l'école de la misère et se donnent pour quelques sous ; et si l'argent est ce qui compte le plus, elles n'ont plus aucune devise, plus aucun cours, aucun principe. Rien ne suffit pour s'acheter une valeur ! Les filles ne rêvent plus que de bateaux ; c'est mieux qu'un mari qui s'enfonce dans la désespérance. Et les hommes baissent les yeux.

« Au fait, je n'ai pas pu prendre de photos de la Casbah comme tu me l'avais demandé ; j'y suis allée mais j'ai eu peur pour toi de ce passé déstructuré ! »

«Tes semblables et toi êtes ici quelques milliers à tenter de vous réchauffer les uns les autres, mais il y a trop de froid entre vous. Vous êtes une compagnie triste ! »

Il y a pourtant des naufragés heureux ! Ceux-là, même sur un chemin semé de tessons, ne marchent jamais sur un morceau de verre. Ils ont réussi leur intégration et les journaux parlent de leurs réussites. Ils ont viré leur cuti, sont guéris de leurs tourments ; ils mangent, boivent, dorment dix heures par nuit pour faire l'amour et des enfants comme s'ils n'avaient jamais quitté leurs quartiers ! Fiers de se reproduire ! L'état d'âmes mortes où ils survivent semble leur être bénéfique : je les entends dans les bus et les cafés, je les rencontre gris sur les trottoirs ; ils gesticulent et parlent fort comme s'ils n'avaient pas baisé un pays, un continent ! Ils ont la rage en lieu et place de conscience et s'appellent entre eux des victimes ! Je n'en suis pas jaloux ; je les évite. Ils ont caricaturé le rôle que je suis obligé de jouer, celui de l'heureux satisfait de la bure dont il a couvert sa vie.

Bien sûr, nous sommes frères ; mais différents ! Par leurs évidences surtout : « Il n'y a qu'à... Le vert est la plus belle... Il est exclu... A-t-on jamais vu !... » sont leurs condamnations sans procès qui mènent à nos confrontations ! Mais à chacun ses convictions qui n'entrent pas dans la tête de tous. À moins d'ouvrir les crânes, de les trépaner, les vider et les recoudre. Par la douleur donc !

N'allez surtout pas vous opposer à leurs arguments imparables et définitifs, vous finiriez au bûcher de vos contradicteurs ! Il faut donc se glisser dans leur moule unique sous peine de passer pour un imbécile, un traître. L'ambiguïté et la nuance n'ont plus de place entre nous ; la différence est interdite et les rêves imposés. Dieu est grand ! Et si vous admettez cette évidence, n'allez surtout pas leur demander sa taille, ils vous la donneraient !

En fait, une seule question les réunit, vraie source des conflits : comment être plus riche, quoi acheter, consommer, puis jeter pour faire l'aumône de ce qui ne leur convient pas !

❧

Aujourd'hui, j'ai marché ! Derrière une foule éplorée qui se plaignait ; il faut bien faire quelque chose. Ce n'était pas un enterrement malgré le ciel qui en imitait la tristesse. J'ai marché je ne sais plus pour quelle cause, tandis que sur le trottoir, d'autres gens, crachant ou applaudissant, attendaient l'heure de la leur. Il y en a tant à défendre, à ramasser dans les rues où elles ont été abandonnées par des militants trop pressés !

J'ai marché à petits pas, seul au milieu de marcheurs que je ne connaissais pas et qui semblaient convaincus qu'ils arriveraient un jour, ou qu'un jour viendrait qui les verrait assis sur le bord du chemin, vainqueurs ou fatigués, huant ou applaudissant d'autres marcheurs, d'autres espérances.

J'ai marché aujourd'hui dans des rues étrangères comme il y a quinze ans dans les rues de mon père pour éviter qu'elles ne soient envahies par l'avancée impitoyable de ceux qui voulaient nous arrêter. Puis est venu leur tour d'occuper la scène ; la rue s'est vidée et notre foule, désormais réduite à des individualités isolées, s'est réfugiée derrière des fenêtres closes ou le long des murs, condamnée à les voir avancer... Alors, nous nous sommes faits petits jusqu'à disparaître d'une balle ou de l'exil.

Comme les marcheurs sont optimistes ! Vers quels charniers, quelles brûlures, quels désespoirs, quels exils foncent-ils ? Les vainqueurs ne marchent jamais, ils défilent !

Très tôt chaque matin, j'attendais que montent leurs étranges et tristes chants lointains qui se répercutaient dans le ravin. Je me perchais alors sur la chaise de mon père pour atteindre la fenêtre de la cuisine et regarder ces colonnes de prisonniers – enchaînés deux par deux et marchant au pas traverser mon univers, défilant sur la route qui longe l'autre coté du gouffre ; des êtres étranges que rien, sinon les quelques minutes de leur spectacle, ne rattachait à ma vie. Mais j'étais jeune !

Tous les jours, ces myriades engoncées dans leurs chaînes, encadrées de gardes armés, se suivaient en rubans de chenilles sous mes yeux innocents pour disparaître rapidement dans un ailleurs que je ne soupçonnais pas. Il me semblait que les bruits métalliques qui les accompagnaient provenaient de leurs corps décharnés, tant la lenteur et la rigidité de leur marche faisaient penser à celles de pantins mécaniques rouillés. Puis, lorsqu'ils disparaissaient derrière les roseaux, un peu triste sans savoir pourquoi, je rejoignais ma mère dans notre chambre obscure.

Un jour, grâce à leurs chansons, j'ai pu faire le lien entre ces fantômes réguliers et les maigres jardiniers, harassés et silencieux, affairés à reconstruire les rigoles, tailler les haies et nettoyer les fossés des champs de la ferme du colon qui coupait mon chemin d'école. Ceux-là aussi chantaient ; les mêmes litanies ! Alors je restais seul sous le soleil assassin à écouter les oiseaux reprendre leurs musiques, avant de retourner en courant à mon poste pour les voir apparaître derrière les roseaux qui limitaient l'horizon de la fenêtre de notre cuisine. C'était le temps des colonies...

Aujourd'hui encore, à l'approche terrible de Noël, je retrouve cette double frustration : celle que créait ma communauté en nous interdisant même de rêver à cette fête ; celle dont nous torturaient les Français pour qui nous n'y avions pas droit, mais qui allaient jusqu'à nous faire chanter près du sapin sous lequel il n'y avait pas de cadeaux pour nous !

Le père Noël était raciste ; il ne passait jamais sous nos fenêtres.

❧

Saïd m'a enfin écrit... Il s'inquiétait de mes silences, alors je lui ai vite répondu :

« *Des nouvelles du Canada ? Elles sont différentes selon les situations ; celles de l'atterrissage, celles du degré de lâcheté, de l'appétit et du goût pour les fables, du passé de chacun, de ses objectifs aujourd'hui, mais aussi de la profondeur de son regard ; de son aire d'intérêt !*

« Des nouvelles du Canada... Qui en veut n'a pas à faire le voyage, mais simplement à regarder ses voisins, regarder le monde au fond de la plus sombre ruelle de son quartier pourri, chez son épicier visqueux, au coin de sa table vide, au chevet de son père à mourir, aux larmes de sa mère à partir, regarder les yeux de ces enfants morts, la taille de leur ventre aussi gonflé que leurs envies !

« Alors il verra qu'elles sont bonnes !

« Des nouvelles du Canada... Je ne pourrais t'en dire que de fausses, inaudibles aux oreilles qui ne croient que ce qu'elles ne peuvent imaginer. Des nouvelles du Canada ! En ce moment, seules me parviennent celles qui concernent les soldes de fin d'année... Bientôt Noël ! »

❧

Mais qu'est-ce qu'il en sait ? Qu'est-ce qu'il raconte, esquisse et caricature, ce conférencier qui nous fait la leçon ? Le désert, immensité de sable ? Faux ! Étendue pierreuse ? Non, Monsieur. Non plus la soif, le silence ou la chaleur, la sauterelle ou la gazelle. Images d'Épinal, tout cela ! Peut-être, à la rigueur, ce dromadaire qui meurt sans une plainte tandis que la caravane continue son chemin...

Le désert, Monsieur, c'est la solitude d'un âne qui précède son maître au fond du gigantesque entonnoir qu'ils ont creusé dans le sable pour abreuver leurs vieux palmiers à la nappe phréatique ; ce creux dont, inlassablement, ils remontent le contenu siliceux qui glisse, coule et fuit comme l'eau qui baigne maintenant les racines de leurs arbres nourriciers ; travail d'un Sisyphe creusant sa propre tombe !

Ces deux-là ont remplacé lentement, silencieusement, sans plaintes, sans cris de rage ou de joie la dune, que dis-je, la montagne, par ce cratère profond où poussent maintenant des arbres, où naît la vie loin du grouillement inhumain des chercheurs d'or. Ils construisent un avenir verdoyant qu'ils ne vivront pas !

Toute une vie à s'enterrer, jour après jour, éternellement, sous le poids du soleil implacable et assassin, contre les griffes du vent d'émeri, ce dieu malin et mauvais qui, dans une colère injuste, redéposera dans la nuit la charge, l'ânée du jour qu'ils remonteront demain sur leurs dos !

Le désert, Monsieur, c'est le bruissement du sable qui coule, le frottement des pas de leur fatigue, les ahans de ces deux damnés cuisant dans ce trou de bombe où les palmiers font office de volutes d'éclats...

Le désert, Monsieur le conférencier, c'est la leçon de vie du puisatier et de son âne, leur patience inhumaine, leur entêtement millénaire !

❧

Je traîne mon insomnie jusqu'à la fenêtre blanche. La rue est glauque sous la neige. Une vieille femme noire boite en la traversant et pénètre dans la boutique qui a perdu une lettre. « *ÉPANNEUR* » est un métier qui se pratique tard !

Mais je ne vais pas rester planté là sans rien faire, à corriger des fautes ; je ne retournerai pas non plus au lit pour chercher le sommeil ! J'ai envie d'écrire mais je devrais faire de la lumière.

« Alors un souvenir pour éclairer ta nuit? Celui d'une fillette à l'âge de la curiosité... »

Cette femme, celle qui vient de traverser ma vie, a eu cet âge aussi; il y a longtemps. Elle a atteint le mien aujourd'hui, celui où l'on se fait une raison... Lorsqu'elle ressort, un paquet sous le bras, j'imagine qu'elle a acheté du lait pour sa petite fille qui joue à la maison avec le fils des voisins.

Comme ces deux-là, avec une petite fille de mon enfance, nous avions échangé nos corps pour une brève leçon d'anatomie tandis que nous parvenait de la chambre à côté l'écho rassurant et complice de la conversation nos mères. Nous devions avoir cinq ans !

Cette fille aussi a disparu – une des premières – dans le long cortège de celles qui m'ont appris à devenir un homme. Le bref temps d'un après-midi lointain, elle m'a laissé plus de souvenirs que toutes celles avec qui j'ai vécu. Cette femme inconnue et pressée m'en laissera autant !

C'est rassurant la neige à travers la fenêtre ; ça tient chaud ; surtout la nuit : ça recouvre le monde comme un océan de tiédeur !

« Et toi tu veilles au poste de commandement d'un navire perdu que le moindre coup de vent secoue sans jamais le ramener à son port... »

❧

Grâce à mon travail, je rencontre des gens qui viennent – comme moi – de contrées inconnues des livres de géographie locale ; de nos voisins aussi... Pourtant, toujours, les noms de ces pays occupent les avant-dernières pages des journaux tapageurs. Montréal est une tour de Babel, une arche de Noé ! Lorsque je les interroge, tous ces immigrants ou émigrants ont la même hésitation au moment de me dire qu'ils sont canadiens, mais affichent une immense fierté en me confiant leurs origines ; la même timidité aussi lorsqu'ils parlent de leur travail...

Comme pour une publicité qui vanterait leurs vainqueurs, ils ont le regard marqué par les blessures de l'histoire et font leurs chemins matinaux dans le noir, dans l'indifférence de ceux qui ne se sont pas encore réveillés... Lorsqu'ils comprennent que leur histoire est susceptible de paraître dans la presse, ils s'ouvrent à moi et avouent leurs incompétences et leurs malaises. Comme si j'allais rapporter leur vérité !

« Nul ne voit la pierre dure sur le chemin s'il n'a le corps plié et le regard à terre ! »

Les gens d'exil sont les fantômes de gens qui ont vécu ailleurs ; il y a longtemps. Ils ne savent même plus quand. Ils n'habitent nulle part et encore moins ici. Ils ne sont pas nos voisins ; ils ne vivent ni sur notre terre ni dans ce paradis que nous leur avons promis, mais dans un enfer où leurs âmes s'évaporent bien avant qu'ils ne soient morts. S'ils traversent nos moments de vivants, c'est en tâtonnant dans l'absence, à reculons, le regard inquiet jusqu'à leur disparition !

« Déracine un tarout du fond de sa fournaise et replante-le là-bas au Saguenay-Lac-Saint-Jean où la neige qui larmoie a remplacé le sable, où les dunes

dorées ne sont plus que congères, puis écoute-le
pleurer. Écoute-le pousser ses cris dans ce silence.* »

❧

Depuis ce matin, je ne suis plus *Personne*... La Mort me guette ; elle a découvert mon existence ! Je suis condamné ! Nulle part où me cacher, pas même en Amérique, pas même en invisibilité : j'ai reçu mon arrêt final sans même en connaître la date d'application.

C'est ma punition pour un article dénonçant la barbarie.

Ce matin dans ma boîte aux lettres, j'ai trouvé la sentence. Oh, ce n'est rien de précis, rien de très officiel, peut-être un simple canular ! Juste un petit dessin d'enfant qui montre un couteau sur une gorge saignante, souligné d'un texte en anglais qui semble me prévenir : «Je te tuerai, mon frère ! »

Je ne vais pas m'en plaindre à la police, on rigolerait dans les postes sécuritaires : « Mais non, mais non, ça ne se fait pas chez nous ! » ou encore « Ce genre de délit n'existe pas ici ! » Enfin quelque chose qui ressemblerait à la fin du berger qui criait aux loups. Il est vrai que mes soupçons concerneraient des réfugiés politiques protégés par les conventions internationales ; les victimes d'une spoliation de victoire électorale ! J'aurais beau citer ma longue liste de témoins disparus, on me rétorquerait que là-bas, on ne sait pas trop qui tue qui. Mais alors ?

---

*   Arbre vestige des forêts sahariennes ; homonyme de
    « tyran » chez les islamistes.

Alors que les tours new-yorkaises ne s'étaient pas effondrées, qu'elles brûlaient encore, nous étions déjà informés du nom du terroriste ; déjà des avions quittaient le sol pour se diriger vers le lieu très précis où il avait trouvé refuge ; ce nid dont on connaissait parfaitement la configuration, l'épaisseur des fortifications souterraines et la charge de poudre nécessaire pour les faire voler en éclats !

Et si je signalais que les fous du 11 septembre n'avaient pas prévenu la presse ou la police quand ils se sont envolés dans les mêmes avions qui ont bombardé le Vietnam, le Japon ou la Moncada pour aller tuer du monde innocent ?

« On te rétorquerait que leurs sextants sataniques les ont trompés et qu'ils ont visé l'Amérique ! La démocratie est versatile, elle n'est pas universelle ! »

❧

J'ai retrouvé l'article du journal où j'avais écrit l'épitaphe de Jean :

« Jean est mort... Encore un ! Mais celui-là, ils ne l'ont pas eu ! Jean est mort de sa propre main, un premier décembre 1997 : il s'est pendu dans le petit atelier, en haut de la rue principale, au fond de l'arrière-cour où il s'activait depuis plus de trente années à fabriquer des lits pour nous qui étions engourdis ! Il travaillait seul dans le silence de la paix !

« Nul, à part ses proches voisins, ne connaissait Jean ni ne pourrait le reconnaître ; il vivait seul dans une petite chambre du quartier populaire où il avait fini par se fondre à la masse. Il s'y était si bien adapté que son physique même avait changé, à le confondre

aux gens du lieu si ce n'était son éternel béret basque. Car Jean était l'un des derniers pieds-noirs de l'Algérie indépendante ; l'un des rares qui avaient refusé, malgré le danger dont on avait voulu les convaincre, de quitter le pays où ils étaient nés. Jean n'avait rien gagné de la grandeur du colonialisme et rien à perdre de sa chute ! Pour cette raison peut-être, il n'avait pas d'autre pays où aller. On l'avait pourtant prévenu : « Ils descendront des Djebels* pour égorger tous les Français ! » mais il ne l'avait pas cru, et avec raison : il a vécu ici trente-cinq années de vie paisible et sans histoires. Si Jean n'était pas très intelligent, il était simplement, humblement, humain !

« Moi qui l'ai bien connu, je plaisantais son employeur – l'un des derniers antiquaires de la ville – en le taquinant de mes soupçons : « Lui aurais-tu caché que la guerre d'Algérie est finie ? Lui aurais-tu laissé croire que les fellagas** hantent encore les rues, pour ainsi le retenir dans ce sombre réduit ? »

« Nous en rigolions, et Jean bien plus que nous !

« Puis les temps ont changé. Au nom d'une nouvelle religion, Jean a vu ses voisins se faire assassiner par des monstres surgis du plus profond de l'Enfer ; il a vu des frères fuir leur pays – comme on lui avait recommandé de le faire – par peur d'être égorgés par les enfants de leur mère. Alors il s'est pendu. Pour confirmer que son choix, trente-cinq années plus tôt, avait été le bon, et montrer sa fraternité avec leurs victimes.

« Jean est parti sans histoire mais sans honte ! Sans donner l'occasion à ses assassins de se glorifier

* Montagnes des maquis.
** Partisans de la guerre d'Indépendance.

du meurtre d'un Roumi ; pour être enterré dans le
ventre de sa terre sans avoir été son ennemi ! »

❧

Papa était un homme solide, bon, généreux et
affable ; quelque peu ingénu, naïf aussi. Il avait
la Niya* ! Beaucoup ont mieux dit de leur géniteur, mais c'étaient là les traits les plus marquants
de mon père.

Il avait commencé sa carrière d'avocat dans
le petit village où je suis né, où la population
indigène était peu nombreuse : un village de *co-*
lonisation. En ces temps-là, ce mot n'était pas
concept honteux : il apportait la *civilisation* ! Mais
l'Injustice élargissant chaque jour son champ
d'action, elle multipliait la clientèle de l'avocat,
ce qui l'obligeait à d'incessants déplacements
dans sa vieille Rosengard. Plus tard, après sa
mort, j'ai appris par ses amis que ces voyages lui
avaient permis d'être une estafette appréciée des
organisateurs de la guerre de Libération.

Son métier lui rapportait peu et nous n'étions
riches que par rapport à la grande misère de nos
concitoyens. Papa se faisait payer parfois de
quatre œufs ou d'une poignée de dattes qu'il
me chargeait – pour le laisser travailler – de remettre à ma mère dégoûtée. Elle regardait ces
dons, d'abord avec quelque peu de mépris, puis
avec sympathie : elle en savait le prix pour ces
pauvres gens ! Un jour qu'il s'inquiétait de la
sécheresse du printemps, elle s'était emportée
en lui rappelant qu'il n'était propriétaire
d'aucun domaine ; malicieux, il avait répliqué

* Ingénuité, candeur, simplicité de l'âme.

que de faibles récoltes ne permettraient pas à ses clients de se défendre, de le rémunérer. Après cela, je crois qu'elle a prié pour la pluie ; et en cela, il a dû l'encourager.

Il croyait tant en elle qu'il en aurait risqué sa vie ; ainsi ce matin tragique dans un accident lorsque, poursuivant sur son pare-brise une araignée, il avait oublié que sa voiture roulait ! Maman lui avait si souvent répété : « Araignée du matin, chagrin ; araignée du soir, espoir ! »

Sa constitution par la famille d'un jeune indigène assassiné par un gendarme nerveux l'ayant rendu suspect, c'est à cette cause que nous devons notre premier exil ; celui de l'assassin aussi qui fut mis au vert dans une autre colonie ! La Justice coloniale s'est mise en branle : quelques balles tirées à travers la porte de son cabinet – qui était aussi celle de notre maison –, des perquisitions répétées de la gendarmerie puis cette lettre anonyme le menaçant de mort (incident décidément fréquent dans ma famille) eurent raison de sa détermination. Nous dûmes quitter précipitamment notre jardin d'Éden. Mais la punition n'était pourtant pas finie : peu après ce départ, les autorités françaises fraternellement égalitaires le rayèrent du Barreau ! Ce fut le début d'une autre fin...

Sept années de guerre, un million de morts et un autre d'exilés lui ont permis de retrouver son métier. Mais quarante années plus tard, il est mort frustré par l'état de la Justice du pays pour lequel il s'était battu !

❧

Réception à la mairie d'une petite bourgade dont j'ai oublié le nom sanctifié ; un village qui compte huit petites maisons, une église néo-gothique, un minuscule hôtel de ville et deux importants panneaux sans lesquels vous ne vous apercevriez de rien : ils indiquent que *« vous y pénétrez – vous en sortez ; vous y pénétrez – vous en sortez »*... Juste de quoi tracer les deux futures rues principales. Comment peut-on être maire de quatorze personnes ? Je les ai comptées tandis qu'elles étaient réunies pour l'inauguration du *Musée de l'araire*. J'en connaissais le nom mais n'en avais jamais vu. C'est minuscule. La première de la collection tient dans une petite vitrine !

Mais il faut garder un peu de son attention pour les toilettes de l'édifice ; à voir aussi et c'est gratuit : les murs sont recouverts de miroirs ! Votre attention encore : cette fausse perspective peut tromper la vue et dérouter un jet ! Je me suis regardé dans ces miroirs. Je me suis haï dans ce costume tout neuf et cette vieille cravate.

« Toi, tu te fous de la soif et de la faim : tu ouvres ta fontaine sans t'étonner qu'il y ait de l'eau et éteins la lumière parce qu'il y a toujours de l'électricité. Tu commandes une pizza, même de nuit, et lorsque le soir revient, te couches devant la télé qui veille à ta santé, heureux de n'être en rien responsable de l'état de la planète ! Toi, tu te fous de la peur, tu ne barricades plus ta porte... Tu ne te détournes même plus pour cacher ta tête, pour ne pas la perdre d'un coup de hache ou de malédiction ! Simplement, tu te réveilles et tu penses « j'espère qu'il y aura du soleil » sans quémander « mon Dieu, faites que je survive à cette autre journée » ! Toi, tu te lèves le matin sans savoir s'il fait jour, sans chercher à compter les morts de la nuit, sans t'inquiéter de savoir s'ils sont de ta famille, de tes amis ! Si encore cette amnésie et tes articles t'apportaient quelque joie. »

🖎

Rencontré ce matin une connaissance nouvellement arrivée avec de bonnes nouvelles : Rachid est sauvé ; au point de proposer de me rembourser. Mais je lui dois si bonne conscience que je ne répondrai pas à cette proposition. Et puis cela fait si longtemps. Et puis la dette d'un Africain ne représente rien pour l'Américain que je suis !

La dernière fois que je l'ai croisé, à la veille de notre exil, je ne l'avais pas reconnu. Il avait rapetissé. Il avait tant maigri que ses yeux semblaient s'être rapprochés ; il n'avait même plus de regard !

Je ne sais pas comment il avait pu traverser les contrôles sévères de la Maison de la presse, mais il était arrivé jusqu'à mon bureau sans accompagnateur ; les gardiens n'avaient pas dû le voir. Hagard, il avait ouvert la porte avec l'air d'un fantôme perdu dans l'impasse d'un méandre du cours de son purgatoire. Bien sûr, je n'avais pas voulu l'inquiéter par des questions stupides sur sa santé, sur ce temps terrible ou ces événements déments que nous vivions alors. Il ne m'en a de toute façon pas donné le temps : il a repris son souffle puis a été droit au but, comme je l'ai toujours connu : « J'ai un cancer de l'estomac et un besoin urgent d'argent. »

Nous devions quitter le pays dans deux jours et tout ce que m'avait rapporté la vente de quelques bricoles, de la voiture et de mon âme avait été clandestinement changé en dollars vitaux pour affronter nos premiers pas canadiens. Il nous restait assez de pain à la maison pour tenir jusqu'à l'avion et notre transport pour l'aéroport était assuré par Saïd : je n'avais plus un sou en monnaie locale.

« Ne dis jamais : fontaine, je ne boirai pas de ton eau », répétait ma mère pour qui le pire aurait été « que nous ne soyons pas capables un jour d'aider plus démuni que nous ». J'ai donc laissé quelques dettes là-bas en demandant à Saïd de lui avancer cet argent.

❧

Dans mon passé ancien (j'en accumule désormais un nouveau), j'avais été limité par la Vision unique de ces singes dont je décrivais les péripéties au début du carnet, je crois. Dans ce pays d'autruches (les pans aussi se découvrent le derrière quand ils font la roue) livrées à leurs semblables plus cannibales, dans ce pays, brutalement expulsé de son Moyen Âge pour tomber aux mains des Maîtres du monde, j'avais beaucoup lu de science-fiction. Bien sûr, les militants acharnés de mes causes nationales trouvaient ces lectures ridicules, inutiles et quelques peu anti-révolutionnaires : « Faut pas rêver quoi ! »

Et voici que je découvre ici, quarante années plus tard, que les mondes projetés par ces visionnaires loufoques sont en construction sur cette planète. Je côtoie chaque jour des zombis, des robots, des clones fabriqués à l'usine du Grand Projet pour servir de clients à l'Ogre Mercantiliste Calamiteux ! Des créations nouvelles, nourries à la pompe à essence, formatées pour n'avoir aucune autonomie mentale ; des mécanismes seulement excités par les images publicitaires et les promesses de soldes renouvelées chaque jour. La forme supérieure de l'intelligence !

Ce n'est pas seulement du voile ou de la tiare dont ils se sont débarrassés, mais de toute une classe politico-religieuse exploiteuse de leurs crédulités ; ils ont remplacé l'imam, le rabbin et le curé par le patron de l'industrie qui leur susurre désormais comment se couvrir ou se déculotter, dans quelle marque de mayonnaise s'étaler, le genre de café de charité qu'il va bientôt leur imposer ! Ce faisant, ils ont jeté l'eau du bénitier avec le bébé et perdu du même coup toute morale, tout libre-arbitre. Ils ont remplacé le jugement de la conscience par la crainte de la Loi et abandonné le prêche pour l'indifférence égoïste. Ils n'ont plus de mémoire ; ils n'ont même plus la connaissance de ce qu'est la liberté que leur octroient les nouveaux dieux qui leur indiquent qui combattre et pour qui voter, et s'ils estiment que c'est un bon marché, leur font allumer des cierges ou éteindre le voisin !

❧

En me racontant la réaction que sa mère avait eue à son projet d'épouser Fatima, fille de père inconnu, Nassim a confirmé le plus dramatique de mes soupçons !

« Une fille élevée par les femmes ne fait pas une bonne épouse », avait-elle rétorqué. Mais lui avait cru tenir la parade : « Et c'est toi qui dis cela ? Toi, une femme qui a élevé des filles ? Ne disais-tu pas aussi : qui trouve une pièce sale sur son chemin, la nettoie pour la glisser dans sa poche ?

— Mais ton père était là !

— Il n'était qu'une bague à ton doigt que tu tournais et retournais à ta convenance !

— Il assumait son rôle et j'avais le mien ! »

Ce récit incongru en Amérique contredit ce que je croyais être la force de ma mère et qui n'était peut-être que le rôle attribué à toutes les femmes : décider secrètement pour la société, la régenter sans le paraître en reconnaissant sans jamais la nier la primauté de l'homme, lui donner ainsi l'impression d'être maître de la décision...

En accordant aux hommes ce rôle d'apparat, les femmes avaient tout décidé pour eux : des traditions dont elles étaient détentrices, des règles sociales dont elles étaient les gardiennes, de tous ces choix imposés par leurs rumeurs – celle de la faiblesse féminine, par exemple – qu'elles nourrissaient et instillaient dans notre monde crédule depuis leur *underground* invisible. Tout ce qui leur a donné cette terrible puissance secrète : elles régentaient la vie familiale ; celle du dehors aussi. Elles faisaient et défaisaient la réputation des hommes depuis leurs domaines : hammams et terrasses répercutaient très loin la rumeur ! Jusque chez l'épouse du coiffeur colporteur ou la femme de l'imam qui lui dictait son sermon.

Entre les hommes qui croyaient être les gardiens de la religion officielle, du pouvoir manifeste, elles avaient fait naître la concurrence tout en développant pour elles l'arme de la solidarité. Une solidarité impitoyable que n'entamaient ni les jalousies ni les différences sociales et qui bénéficiait à la victime de l'acte violent de l'ignorant qui ne savait pas à quoi il s'exposait en levant la main : se voir condamné unanimement, isolé bien plus que par l'anathème.

Jalouses, je les soupçonne de s'être imposées elles-mêmes le port du voile pour éviter la tentation de l'adultère et demeurer l'unique objet du désir de leur époux, l'unique moyen de sa satisfaction sexuelle. Un signe de plus pour indiquer leur fausse soumission !

Fatima, femme libre, révoltée et au physique dangereux, représentait cette tentation et encourait de ce fait l'excommunication par cet adage providentiel : « Une fille élevée par les femmes ne fait pas une bonne épouse ! »

Nassim a tout de même épousé Fatima ; ils sont venus vivre à Montréal où la rumeur circule moins vite que les légendes urbaines. Mais leur couple a éclaté au bout de trois années sous les coups bas de la variété de choix et l'absence de carcan ! Ils se sont repris, séparés, puis retrouvés encore une dernière fois avant qu'elle ne meure de cette injuste maladie.

J'entends d'ici la rumeur décider pour eux : « Dieu les a punis ! »

Ni Nora ni Hamid ne m'ont plus écrit mais ma frustration s'amenuise lentement grâce au tri de la mémoire, à sa dilution. J'ai parfois envie de reprendre notre conversation, d'en connaître les effets sur leur couple, mais le sujet me semble dépassé et je reporte systématiquement mon courage à la prochaine fête, au prochain décès. Il y a tant d'urgences quotidiennes... Il ne faut pas les déranger ! Alors je me rabats sur l'Internet pour y rechercher quelques nouvelles.

« Dimanche 4 avril 2001 : double suicide à [...], deux sœurs se jettent sous un train. « La paisible ville de R. a vécu dans la soirée d'avant-hier des moments tragiques. Selon des sources bien informées, [...] les deux sœurs, l'une âgée de 33 ans et l'autre de 45, se sont installées sur la voie ferrée. Elles se sont enlacées et ont attendu l'arrivée du train de marchandises [...] qui les a percutées de plein fouet. [...] Une enquête a été ouverte par la gendarmerie nationale pour déterminer les causes exactes de cet accident... blablabla. »

Ces deux-là n'ont donc pas été loin ; elles n'avaient de ticket pour nulle part ! Elles n'ont pas pris le bon train... Chacune de ces deux femmes anonymes – accompagnée et accompagnatrice – guidait sa sœur vers sa fin pour une mort partagée. Elles se tenaient par la main, dans leur solitude, chacune confiant à l'autre l'assurance de sa sombre destinée. Ce n'est pas un suicide, c'est un double homicide !

L'article ne précise pas laquelle des deux voulait mourir ni laquelle était là pour aider sa sœur à franchir le rail, l'amener jusqu'à sa dernière gare, comme on escorte quelqu'un pour un départ heureux vers un amour, un voyage de noces pour un avenir radieux ? Personne ne les accompagnait pour cet au revoir, pour verser en agitant la main l'eau des adieux qui aurait pu faire leur retour ; personne non plus pour enlacer, serrer ses corps perdus à l'occasion de leur ultime départ ; définitif !

On ne laisse pas partir comme ça deux femmes, des amies de quelqu'un, les parentes d'un voisin, sans les aider à porter le poids de leurs valises de déconvenues ! Mais, me dira-t-on, elles n'avaient pas de bagage... Et celui qu'elles nous ont laissé sur le quai, comme un paquet de mauvaise conscience de n'avoir pas deviné leur destination finale ?

Le gars du guichet, le cerbère qui déchire les billets, le chef de gare et le contrôleur, le bagagiste et le mécanicien, le marchand de limonade, les autres passagers et leurs accompagnateurs dans cette triste existence, tout ce monde a regardé passer – comme des vaches soucieuses seulement de leur lait – ce train assassin, sans un mot, sans un cri ! Sans un geste pour empêcher ces assassinats !

Le frère, les cousins, les voisins, le concierge et le médecin de famille, le banquier peu prêteur et son caissier, les responsables de la paix et ceux de la guerre, les juges et les procureurs de la République, leurs avocats multicolores, et même ce chauffeur de taxi qui ne les a pas emmenées parce qu'elles n'avaient pas assez de monnaie, personne, personne n'a vu venir ces deux femmes avant qu'elles ne partent ?

Serions-nous tous complices de l'assassinat de deux femmes par leur propre sœur ?

Hier, dans le métro qui me transporte chaque matin, à heure fixe, du même endroit vers la même destination, une voix a hurlé dans ma tête : « Ce n'est pas une vie ! »

Dans la station vide d'un quartier de pauvres, un enfant noir dormait sur un banc. Sa misère somnolait tandis qu'il faisait des rêves... J'ai eu envie de m'arrêter pour m'y coucher aussi. Mais la voix m'a commandé : « Chut, il ne faut pas le réveiller ! Il pourrait cesser d'oublier. » Et ce matin, au miroir matinal, elle m'a ordonné : « Pars ! » J'ai pensé « mais où ? » Alors une forte contraction m'a fait porter la main à mon cœur. Il ne battait plus !

Depuis quelque temps, une pieuvre habite mon ventre ; je ne plaisante pas, ça fait mal ! Par deux fois ce matin, des accès de colère sans raison ont fini en torrents de larmes. J'ai pensé un moment à tirer le frein de sécurité ! À l'arrêt, j'aurais interrompu le voyage pour descendre en laissant sur le quai mes bagages de tourments.

« *Cette attente stérile attendait une promesse ; l'attente se trompait de simples apparences. Des instants sans bouts, bout à bout s'étalaient ! Pour rien, longuement, dans de profondes ornières. Sur l'immense plaine des mornes semaines, la terre était en friche ; plus de caravanes ! Le doute s'était permis, le souffle s'écourtait... La mémoire obscurcie, le cœur s'engourdissait, les tempes grisonnaient et, le feu refroidi, rien n'a plus d'intérêt !* »

« Aujourd'hui tu as pris de l'âge et son poids de sagesse ! L'âge du monde et son plein de mémoire, de tout ce que l'on a envie de bien vite oublier... Tu comprends mieux que ta mère ait tout effacé ! Désormais devant toi s'étend un champ labouré aux sillons rectilignes à l'infini ; tu y avances à la saison des semailles, mais tous les grains que tu y jettes sont dévorés par des oiseaux de malheur avant même qu'ils ne nourrissent la terre. Chacun de tes pas t'éloigne de ton torrent ! Le monde autour de toi est si loin !

« Pour te réconforter, pour faire taire ta peine dans cette déroute, t'exorciser du lest de désolation que tu transportes sur ce cours étranger, te donner l'impression d'avoir enjambé le ruisseau de sang, gravi la marche du podium des vainqueurs et non le Golgotha, tu tentes de retrouver les mauvaises réminiscences de la faim, de la misère, d'une jeunesse désespérée et sans anniversaire ; de l'insulte et du mépris, de la mort violente aussi ; enfin, de tout ce qui t'aiderait à ne rien regretter de ce vieux pays sans Noël. Mais malgré ses nouvelles desespérantes, tu ne deterres que les souvenirs de l'odeur de pain des bras de ta mère, du satin des fougères des robes de ta grand-mère, du parfum du thym dans la braise du sirocco, de l'appel du grillon et de la plainte de l'âne. Rien de fantastique ! Juste la simple nostalgie du berger invisible et de la sérénité de son flûteau ; ce que tu étais quoi... Le temps mûrit le bon vin et dépose la lie, et la mémoire ivre ne retient rien des revers. »

Par cette quête silencieuse, quotidienne et consciencieuse où je me perds chaque jour, je sais bien que je ne fais que répéter, dans la douleur, mais sans grimace dans mon faux sourire, les gestes méticuleux du samouraï affairé à plonger son couteau dans ses tripes pour les vider imperturbablement sur le tatami immaculé...

꙰

Nous avons désormais notre propre cimetière ; c'est normal, nous sommes nombreux, et même si notre passé ne compte pas, notre temps présent vaut son double. Nous vieillissons plus vite ! « Nous nous verrons désormais plus souvent en ce lieu que dans la vie », m'a d'ailleurs soufflé Nassim dont nous enterrions l'épouse ; et comme je le serrais pour l'entraîner vers sa nouvelle solitude, il s'est laissé aller à quelques confidences :

« *Sans même ouvrir les yeux, je savais toujours que le jour se levait. Ah, s'il avait pu nous emporter ensemble ! Les humeurs qu'il m'apportait se chargeaient de me faire savoir que je ne n'étais pas encore endormi. Mes nuits – aujourd'hui encore – s'éternisaient dans de sombres pensées, comme autant d'épines qui dérangent le sommeil.*

« *Ce matin-là, j'étais demeuré longtemps figé sur le dos pour ne pas la déranger bien que je devinais, par les soupirs profonds de sa respiration régulière, qu'elle ne dormait pas non plus. Alors je m'étais rapproché d'elle et collé à son dos ; un plus long soupir avait exprimé son contentement. J'avais avancé vers son oreille et, dans l'odeur bue de ses cheveux, lui avais susurré : "Je voudrais mourir avant toi."*

« *Elle s'était violemment retournée vers moi, prenant appui sur un coude, et m'avait bousculé. Ses longs cheveux avaient coulé sur sa figure. À travers ce rideau de geai que j'aimais tant, dans le reflet des* rayons du matin sur son visage au teint cuivré des vieux plateaux de nos grands-mères, j'avais aperçu ses yeux dans leurs éclairs. Dans une langue rauque et hargneuse, elle avait crié "Tu n'es qu'un égoïste !" puis avait ajouté comme pour m'achever "Tu ne cherches qu'à t'éviter d'avoir à pleurer !" Et je suis resté stupéfait par la justesse de son jugement. Oui, égoïste, je le suis, mais je ne pensais qu'à elle, et elle, avait insisté encore : "En fait, tu ne penses qu'à toi, à ton amour qui ne peut se passer du mien !"

« Ce message matinal, je l'avais pourtant préparé durant toute mon insomnie. J'en avais pesé, ciselé, la syntaxe et le ton ; je l'avais retourné mille fois sur ma langue sèche... Depuis quelque temps – tu sais bien depuis quand – je passais mes nuits à chercher une évidence implacable qui viendrait lui faire oublier ce mal qui l'habitait en le partageant avec moi, et je n'avais trouvé que cette phrase imbécile pour lui dire mon amour ! Je cherchais seulement à lui exprimer ma peine, ma compréhension, mon amour.

« Ces mots, je les avais voulus encouragements et je suis resté bouche bée devant tant d'incompréhension. Une fois de plus j'étais battu par cette colère qui était devenue son humeur permanente depuis la mauvaise nouvelle. Alors je m'étais énervé et me suis entendu lui rétorquer, regrettant déjà ces mots avant même la fin de ma question : " Fatima, qu'aurais-tu trouvé à redire si je t'avais dit : j'aimerais mourir après toi ? "

« Elle avait reposé sa tête sur l'oreiller et m'avait tourné le dos. Je la savais réfléchir, entêtée comme elle était, incapable de lâcher le morceau qu'elle venait d'arracher de mon âme. Même si elle avait découvert l'injustice de sa réaction, qu'il ne lui serait resté dans la gorge qu'un amer goût de mauvaise conscience, elle n'aurait pas avoué! Je m'étais donc tu pour éviter de la culpabiliser et avais attendu dans un espoir crétin qu'elle reconnaisse son incurie, le ridicule et la précipitation de son jugement. Mais elle n'a rien dit.

« Bien sûr, je la savais nerveuse ; j'en connaissais la raison. Sa franchise brutale et peu réfléchie s'était ces derniers temps transformée en rage que je savais celle de vivre ! La connaissant, je me doutais bien que ses humeurs à mon égard lui venaient de cette idée d'avoir à partir avant l'humanité ; à celle saugrenue qu'une autre lui survivrait qui la remplacerait peut-être trop vite... Tout cela, j'en étais conscient depuis le jour maudit, ce jour de fin du monde, où elle avait craché les résultats de ces analyses comme un poison que l'on vient d'avaler et que l'on tente vainement de régurgiter. "Ils disent que je n'en ai plus que pour une année au plus !" avait-elle vomi dans un aveu qui m'a fait mourir avant elle.

« Aurais-je dû me taire ? Tout ce que l'on peut dire dans des moments aussi tragiques de sollicitude assassine semble si déplacé par son goût d'inutile. Aurais-je dû taire cette phrase que j'avais voulue belle ; rester soudé à son corps pour l'éternité ? Je savais, je savais bien pourtant qu'elle refusait l'idée que je sois témoin de sa déchéance, que je m'éloigne d'elle par dégoût ou lassitude pour la laisser seule face à son supplice. Ou que je reste par compassion.

« J'avais fermé les yeux et avais alors senti ses larmes fraîches couler dans mon cou... »

❧

J'ai croisé quelques femmes qui voulaient me garder, mais il y avait ma fille. Je leur disais que j'étais marié et elles ne me demandaient plus rien ; elles disparaissaient simplement un jour, sans que je m'en aperçoive. Rien ne m'est plus nécessité... Je ne cherchais ni l'aventure d'un soir au bout d'un bar, ni une mésaventure pour la vie.

Celle-ci m'a pourtant retenu. Elle était libre le lundi et passait les fins de semaine avec ses parents ; une femme organisée, méthodique, réfléchie, positive, sensuelle ! Le genre que l'on aime à l'âge où l'on faiblit. Comme elle parlait peu, je n'ai jamais su ce qu'elle faisait de ses autres jours ; nous nous accommodions.

Elle m'a réservé ses lundis jusqu'à la veille d'aller vivre avec un autre, ne dérogeant ainsi à aucune de nos ententes tacites.

🙟

Ainsi ma tante préférée n'était pas la sœur de mon père ! Elle était sa cousine, adoptée parce qu'orpheline. Comment aurais-je pu le savoir ? À l'âge de pouvoir recevoir cette confidence, la plupart de mes oncles avaient disparu dans la mort ou l'exil et les témoins encore vivants n'ont jamais évoqué devant moi ce secret. J'ai vécu auprès d'elle huit années dans la maison ancestrale et il a fallu qu'elle décède pour que je le sache ! Elle est morte à la veille de mon retour à Montréal.

« Et toi, tu perds ton temps à rechercher le juge vengeur, le procureur sévère, le planificateur odieux de ta malédiction. Chercherais-tu à couvrir le coupable, lui préparer des alibis ?

Tu es le coupable ! Ton crime odieux est cette trahison ; ta lâche désertion au moment des combats. Ta pénitence ? Elle est dans les accidents de ton chemin ! Ils ne sont pas fortuits ; n'as-tu pas remarqué qu'ils se produisent toujours au début de tes séjours, à la fin de tes retours. Tu le sais bien, d'ailleurs tu penches ta tête honteuse et la pose sur le billot de l'exil. Pour déloger cette systématique angoissante, tu auras beau chercher l'exception, l'événement mineur hors de cette stupéfiante règle, tu ne trouveras pas !

« La mort de ta tante ? Tu dis qu'elle devait bien mourir, qu'elle était si âgée, que cela devait arriver, mais pourquoi aux dernières heures du seul séjour pendant lequel tu ne lui as pas rendu visite ? Tandis que tu préparais tes valises. Et comment expliques-tu toutes ces autres pertes : le goût, l'oreille, le désir et l'envie, et maintenant le besoin ? »

Seule ma mécanique continue à tourner, elle ne fonctionne que pour elle-même. Elle ne participe plus au mouvement perpétuel. L'eau de mon départ est sortie du lit ancestral ! Désormais, je prendrai ce qui vient, sans choisir : j'appellerai *ami* un simple passant et prendrai les répits pour d'immenses plaisirs.

2005

La mémoire des enfants est fantasque.
TAHA HOSSEIN

C'est ça, maintenant je comprends : ce matin j'ai oublié de chantonner la prière protectrice et suis sorti sans agiter mes clefs ! Pourtant, il y avait eu cet appel nocturne que je n'ai pas eu le temps de prendre... Et ce matin, l'atmosphère maussade de ce ciel fermé, lugubre, mon repas d'hier encore sur l'estomac... Tout cela aurait dû m'alarmer. Il y a des jours dont on devrait se méfier et des signes que l'on devrait suivre jusque au bout de leurs messages.

« Toi, tu commences à croire sérieusement à ces balivernes ! »

Je n'ai même pas écouté mon appréhension sur le chemin du café de mes amis où j'allais commémorer mes dix années d'exil, mais je me suis arrêté à la bouche ogresse du métro car quelque chose, quelqu'un, me retenait de plonger dans ce gouffre sombre de ma quotidienneté. Je suis retourné chez moi.

Le répondeur n'arrêtait pas de clignoter son alarme. Son message confirmait ces *balivernes* : un avertissement de mon frère : « Mère ne passera pas la nuit. » Ou quelque chose de semblable ; enfin, une phrase vague mais aussi claire que les télégrammes des temps de guerre.

J'ai appelé un collègue pour lui demander d'informer nos patrons que je prendrais une pause de cinq jours. Ma fille retournera chez nos amis !

À dix-neuf heures, sans autre bagage que ma peine et ce pieu chauffé au rouge qui fouillait mes entrailles, j'étais dans un avion pour une nuit de sombres bilans. Un vol engourdi, une escale interminable puis un autre avion piaillant et désordonné m'ont débarqué dans la moite chaleur, la poisseuse pagaille, le grouillement mauvais de la ville du passé.

Rien ne ressemblait plus à ce que j'y avais laissé. Qui disait que « *le temps ne fait rien à l'affaire* » ? En dix ans, les événements, les paysages se transforment, se déforment, se garnissent ou s'étiolent, se colorent ou s'effacent. Les souvenirs qui en demeurent gagnent en parfums, poursuivant leur dédale dans nos mémoires rafistolées. Hors de notre volonté, ils finissent par devenir un cours d'une force et d'une profondeur monumentales dans lequel caracolent la conscience, le regret ou la fierté.

« *Un souvenir, c'est un sablier renversé, une fenêtre fracassée, un déchirement d'espace-temps, son ricochet dans le présent. C'est une résurgence maternelle par un retour de manivelle, un creux comblé de la mémoire, l'empreinte d'une autre histoire. C'est une remontée de chaleur, un arrêt, une stase du cœur ; un coup de dague, de stylet ou de pistolet ! C'est un fantôme qui déserte sa tombe rouverte, une paupière longtemps fermée qui retrouve la lumière... »*

En dix ans, les petites lâchetés trouvent leurs justifications et acquièrent parfois un air de gloire ; on en vient à se féliciter de réactions qui furent anodines ou même crapuleuses et rougir à l'évocation de la plus innocente hésitation, telle celle qui nous a fait rater ce sourire angélique à la vitre du train où nous ne sommes pas montés.

Étrangement, les plus beaux souvenirs assombrissent la vie comme les séquelles d'une défaite.

« Un souvenir, c'est le fruit d'un jardin disparu, l'épitaphe d'un déjà vu, la trace, le sédiment, la preuve et le repère d'un chemin perdu à deux que l'on refait en solitaire... »

Si elle meurt cette année, je m'achèterai un nouveau porte-clefs, je m'accrocherai des gris-gris ! Si elle venait à mourir maintenant, son don de voyance aura été plus fort que la science des médecins qui avaient prophétisé son décès pour décembre dernier. Elle aura retardé son départ pour la satisfaction secrète de confirmer sa propre prédiction : l'année 2005 ouvrira pour moi la boucle d'une nouvelle décennie. Je changerai de vie : je deviendrai un orphelin...

Elle aura attendu le déserteur pour lui donner sa dernière leçon.

❧

En quittant la maison pour l'aéroport, je suis passé chez le buraliste apathique pour acheter le même carnet vert bronze que celui abandonné il y a deux ans. Je veux décrire mon retour ou mon... Enfin, j'y jetterai pêle-mêle les débris de ma vie !

Sitôt stabilisé par la ceinture de mon siège, j'ai repris ce soliloque du vide, comme on reprend du gâteau malgré sa mauvaise digestion ;

comme s'il ne s'était rien passé sinon le temps ! Un temps non mesurable, à la valeur fluctuante, pendant lequel je n'ai été que l'observateur, le scribe consciencieux de mes angoisses ; celles de ma fille aussi...

« Mais c'est à toi qu'elle doit les siennes ! »

Arrivée à l'aéroport du nom d'un défunt... Aéroport de la ville assassine où l'on met ma mère en terre !

Toujours les mêmes bruits étouffés, la même tension de l'hésitation, ce même sentiment de culpabilité de revenir vers un chez soi qui ne l'est déjà plus tout à fait... Mêmes regards fuyants des voyageurs surpris en flagrant délit de tentative de liberté, soupçonnés de transporter dans leurs bagages ou dans leurs esprits fugitifs quelque chose de prohibé ; et ceux lourds de soupçons des agents de l'ordre qui vous obligent à baisser le vôtre vers le ciel bleu gris sale de leurs uniformes...

Le temps anormalement long que mettait celui qui examinait, étudiait, autopsiait mon passeport, son geste hésitant au moment de me le tendre (comme on rend un service, comme on tend l'aumône du mépris) et son regard que je sentais encore accroché à ma nuque tandis que je m'éloignais, tout cela aurait du m'avertir... Mais je ne pensais qu'à l'autre, le douanier !

Celui-là justement semblait mieux connaître que moi le contenu de ma valise car il m'a demandé d'en retirer les jumelles ! Les jumelles ?

Les jumelles sont une arme dangereuse dans un pays qui refuse de voir loin !

J'ai dit « Non, je n'ai pas de jumelles » et cela l'a exaspéré. Il m'a indiqué sur ma valise un hiéroglyphe barbouillé à la craie qui semblait être pour lui la preuve irréfutable de mon crime. Puis avec l'air fatigué de l'entêté qui sait tout, il a ordonné sèchement « Ouvre ta valise ! » Fouille désordonnée pendant laquelle j'ai gardé mon calme et proposé de vider la valise ; cela l'a rassuré. Alors, il a tenté le scanner : plongeant son regard dans le mien, il m'a posé l'ultime question, fraternellement complice, avant les représailles : « Tu n'as pas de jumelles ? » J'ai répondu : « Non. » Alors dans un geste généreux de semeur harassé, il m'a fait signe que je pouvais continuer ma route. Il était beaucoup trop tôt ; il avait devant lui toute une longue journée à veiller sur le trafic !

Personne à l'arrivée ; coup de fil à mon frère, réponse gênée de sa femme : « Mes condoléances ! Elle n'a pas souffert... Ne viens surtout pas. Tu sais bien... Ils vont certainement t'attendre ici... ou au cimetière ! »

Bien sûr, mon arrivée était prévisible. Bien sûr qu'ils aimeraient aussi m'expédier au cimetière ! Les mains assassines sont nombreuses à vouloir m'enterrer ! J'ai donc pris un taxi, confiant ma vie à un autre étranger. Je me suis assis à l'arrière pour cacher mes sanglots et ce choix l'a inquiété. Il m'a interrogé dans une langue nouvelle que je ne comprenais pas toujours : une langue dure, un aboiement. Il semblait avoir la mission de me faire subir l'interrogatoire que je venais d'éviter ; il voulait tout savoir mais semblait mieux connaître le Canada que moi. Enfin, sa question m'a libéré : « Où veux-tu aller ? »

Ma belle-sœur avait raison : ils m'attendraient tous. Autant prendre le temps... J'ai fait arrêter son taxi et son interrogatoire en plein centre-ville. J'y serais plus en sûreté... Trop tôt pour le cimetière !

Protégé des rayons qui traînent dans un restant de brume, sous le parasol du café de mes années d'étudiant qui maintenant déborde sur le trottoir, j'observe, entre l'ancien Casino et le vieux cinéma, les grues du port encore immobiles. Elles n'étaient pas ces bras levés vers les cieux comme pour en supplier le secours, ces squelettes figés des espoirs du passé, lorsque je pratiquais l'aviron dans le bassin du port.

Le brouillard, sombre linceul qui recouvre aussi la mer, ne laisse deviner aucun horizon, aucun avenir, même si, sur l'eau lourde et grise comme un mauvais sort, quelques navires attendent l'ordre de partance. Malgré les rumeurs, la ville respire le calme, mais les premiers klaxons ont commencé à réveiller la foule qui s'en va vaquer à sa journée : les uns, dans leurs automobiles, iront participer à la course des m'as-tu-vu-dans-ma-nouvelle, les autres chercheront à s'appuyer quelque part, à un mur, un rêve ou la préparation d'un mauvais coup. Tous les acteurs se mettent en place pour leur pièce quotidienne.

Les plus vieux marchent têtes baissées, honteux peut-être du monde qu'ils vont léguer ; les plus jeunes cherchent le regard de l'autre pour l'accuser. Mais, résignation ou fatalisme, hargne ou provocation, si une fée apparaissait pour proposer de réaliser leurs voeux, ils demanderaient, les plus nombreux, d'être enfermés dans la cale du navire qui quitte la rade, les autres, un simple morceau de pain !

Le grondement naissant a bousculé le silence pour devenir peu à peu le tumulte de la ville ; les pigeons se sont envolés pour faire un autre tour au dessus du port et les flics vigilants ont commencé à toiser la foule. Moi, je ne bouge pas ; j'attends l'heure d'enterrer mon passé.

❧

J'ai ouvert un journal oublié sur la table par un lecteur dégoûté pour y chercher quelques nouvelles réconfortantes et oublier celle qui m'amenait là. J'ai lu un article qui m'a semblé au mieux indiquer l'état de peu d'esprit qui règne aujourd'hui, puis, par professionnalisme, je l'ai réécrit, pour l'humaniser en quelque sorte. Il rapportait un « *Drame au large des côtes algériennes : deux mois après son naufrage, le message d'un «harrag** » retrouvé dans une bouteille à la mer, blablabla… »

Son rédacteur aurait pu commencer par raconter comment des enfants qui s'amusent sur une plage dorée, sous l'œil de leurs parents attendris, retrouvent la bouteille d'un candidat à l'émigration sans visa (je précise que «visa» n'est pas ici le nom d'une carte d'endettement). Ils en retirent un morceau de papier qu'ils remettent à leur père pour leur fabriquer un bateau. Avant de débuter le pliage savant qui le

---

* *«Brûleur»* de frontière.

transformera en embarcation capable de traverser la mer, le père lit le message *post mortem* de ce candidat à l'exil clandestin, noyé certainement depuis longtemps. Il se lève alors et ordonne à ses enfants : « Finis les jeux, nous retournons à la maison... » Comme si une tempête était annoncée !

Ce message, après les formules consacrées et d'usage indique, selon son auteur : *« À toi ma mère, ma préférée, à mon père, [...] vous, les âmes qui me sont les plus chères au monde, je demande pardon d'être à l'origine de vos peines et de vos souffrances. »*

Le journaliste précise les couleurs de la bouteille, du papier et de l'encre du message, du bouchon et même la marque de la boisson, probablement européenne... Il donne la date et l'heure et le nom de la plage où a été retrouvée la bouteille qui n'a pas contenu le génie espéré. *« L'enquête entreprise par la gendarmerie suit son cours... »*

Elle découvrira, je l'espère, les raisons essentielles qui font que des milliers de jeunes et vigoureux Africains tentent, au désespoir de leurs parents, de rejoindre les rives d'Occident.

J'ai écrit « Africains » par atavisme, car : *« Elle venait d'un Pérou désincarné et voulait traverser la frontière... Du noir, passer de l'autre côté. Elle a fui son destin pour la clandestinité. Dans sa tête, un phalène croit le jour à sa portée ! Mais rien n'est moins sûr que la lumière ! Il n'y a pas de limites pour qui naît dans la nuit. La nuit n'a pas de barrières, le douanier qui sait ne les ferme jamais ! Quand le soleil revient, elle quitte son chemin, et dort dans le ruisseau ; comme avant la frontière... »*

Comment peuvent-ils traverser sans invitation, sans visa ni argent, sans même quelqu'un pour les attendre ? Comment font-ils pour passer les frontières, tromper les douaniers, les policiers, les gendarmes, les voleurs ? Ils n'ont pas de miroir d'invisibilité ni les ailes de l'alouette ! Celles des sauterelles peut-être?

Moi, je connais bien les sauterelles : quand elles ont tout dévoré jusqu'au moindre copeau des palmeraies du Sud, le plus petit brin d'herbe, qu'elles n'on rien laissé des champs des Hauts Plateaux et des fruits encore verts des orangeraies du Nord, quand elles ont saccagé l'espoir des survivants, gaspillé le pain de leurs lendemains, les sauterelles buttent sur la mer. Du haut de leur vol, elles aperçoivent la pointe du pied italien ou la corne rougeâtre de l'Espagne. Un moment d'inquiétude devant les fumées lumineuses de l'Etna, puis elles s'élancent !

Un premier essaim, plus pressé peut-être, s'en va échouer sur la mer bien avant l'objectif ; celui qui suit se repose un moment sur les cadavres flottants de cette première vague et s'envole à son tour pour retomber plus loin sur l'eau, au bout de sa fatigue, et servir à son tour de radeau qui permettra aux suivants de reprendre leur souffle et le nouvel envol, et s'en aller créer autant d'îles flottantes, de radeaux d'agonisants, autant de refuges marins qu'il n'en faut pour que les sauterelles affamées arrivent enfin en Occident ! La Mort est décidément notre plus grande traversée.

Dire que pour défendre leur frontière contre les essaims mexicains, les USA dépensent des milliards. Ils devraient plutôt investir dans les insecticides pour les retenir définitivement chez eux !

❧

Avec le libraire montréalais, catholique convaincu, nous avions esquissé craintivement une discussion sur la situation mondiale. Il ne lui avait pas fallu longtemps pour la conclure : « Je vous plains, mon pauvre ami, d'être ainsi écartelé entre Ben Laden et Bush... » Je ne lui avais pourtant montré aucune sympathie pour l'un ou l'autre de ces foudres de guerre. Je lui avais simplement expliqué que j'avais été expulsé de mon pays par les hordes fanatiques du premier et que, malgré cela, peut-être pour cela, le second, notre terrible voisin, leur ancien armurier, me regardait avec suspicion.

C'est tout. La boucle des menottes est refermée.

Aujourd'hui, j'ai repensé à cette discussion en regardant l'enterrement du pape à la télé de ce café. J'y ai vu marcher des femmes et des hommes – enfin nombreux et pacifiques – dans la même direction. Lui aussi avait beaucoup marché, mais ses nombreuses pérégrinations n'ont pas changé le monde ! Il n'a pas fait la révolution ! Celle qu'il aurait pu provoquer ne lui aurait d'ailleurs pas fait gagner de pays, de continents. Ce Diogène moderne, sa chandelle allumée dans le vent des ténèbres, était un homme sans enfants, sans héritage, sans rien à léguer... Sinon de la sagesse et de l'intelligence.

Derrière sa dépouille, j'ai vu marcher cette foule, pleurer cette foule, se perdre cette foule dans sa propre immensité, mais je n'ai pas compris ce que cherchaient ces croyants pointilleux, ces athées convaincus, ces anticléricaux acharnés et ces laïcs incertains. Je n'arrive pas à croire que la ferveur seule ait pu guider leurs pas derrière ce cadavre. Il s'agit assurément d'autre chose !

Et puis j'ai compris : ce rassemblement suivait le sens de son discours. Trahie par ses gouvernants, ceux qu'elle a cru être des guides, ceux qui l'ont plongée dans la solitude à leur seul profit, cette foule cherchait autre chose. Quelque chose que ces grands personnages, venus aussi à ses obsèques mais pour une place de cinéma, ne peuvent pas offrir.

« Tu as compris que cette multitude désirait simplement devenir un élément du Tout, être une masse serrée dru, une communauté juste en paix ! Se reconnaître de la même espèce, se prendre la main, chanter ou prier pour que la Terre devienne monde d'espérance et la pensée, enfin humaine. »

Oui, mais l'indifférence des consciences mortes...

❧

Sur la terrasse, sous la surveillance sournoise du serveur, j'en suis à mon quatrième café. Le soleil est assez bas ou pas encore assez haut pour m'aveugler, mais je ne regarde rien.

Mon regard aurait-il changé ? Je suis un corps étranger dans la chair de cette ville : une chair malade dont je devine les inutiles soubresauts dans les yeux éteints ou aux abois de ces gens affairés à se perdre ; une chair dont on a arraché l'âme et le cœur pour n'en laisser que des lambeaux froissés témoigner faussement des légendes des grandeurs anciennes. Mais ce passé glorieux aggrave l'avilissement du présent misérable. J'en vois la preuve dans les regards baissés des femmes voilées ou dans ceux impertinents des libérées ; chez les hommes, ils sont méchants. Cela me suffit ; je m'en vais ! Je marche seul, les mains dans les poches pour ne pas tenter les pickpockets, le regard au sol pour n'agresser personne et éviter les crevasses. C'est un autre pays que je porte dans mes tripes ; celui de mon enfance, de l'innocence, celui d'une société assiégée qui refermait ses ailes pour aider ses enfants à devenir meilleurs que les colons. Ce peuple que je ne reconnais plus est devenu la puce invisible qui fait la gloire de son dompteur, le cheveu qui repousse pour la fortune du coiffeur ! Ce dompteur plus avide que l'insecte et ce coiffeur qui le rase en l'ignorant dirigent désormais un pays dressé et glabre ! Ceux qui ont remplacé la colonisation n'en ont retenu que le mépris !

À regarder la foule, il me semble que ces êtres poignants sortent de terre ou de mes cauchemars ; ces spectres engendrés par la peur et la misère qui hantent les rues, lèchent les vitrines sans jamais y goûter, prêts à quitter ce monde qui expose leurs blessures mais leur refuse tout soin.

« Ce pays n'est plus à toi ; le tien t'a été volé. Tu n'as plus de pays : celui où tu retournes ne t'appartient pas non plus ; tu ne l'as pas construit ! »

Où se cachent les amours pour mourir ?

❧

Dans la ville de mon père et tout le temps de la guerre, ma mère a aussi porté le voile ; le voile blanc de sa ville d'origine et non celui, noir, de la tradition de mon père. Elle le portait comme le drapeau de la résistance, celui d'une existence refusée, d'un peuple dont le colonialisme avait voulu la disparition ; elle le portait comme l'affirmation de sa personnalité ; la particularité, la fierté et la preuve de l'existence, la grandeur de sa culture !

Certes, c'était un peu gênant quand elle venait m'attendre à l'école : cela faisait de moi un étranger aux yeux français de mes camarades de classe. Je brûlerai en enfer pour cette honte enfantine !

Lorsque nous voyagions vers la capitale pour des vacances chez son frère, elle portait cet étendard jusqu'à ce qu'elle estimait être les limites de la réputation de la famille de son époux. Après quoi, train ou taxi, elle l'enlevait. Comme elle était belle ; comme j'en étais fier ! Elle a porté ce voile jusqu'à l'Indépendance puis, comme la majorité de ses concitoyennes, a abandonné cette protection devenue inutile une fois les étrangers partis ; d'autres femmes inventèrent des tenues plus adaptées à leur nouvelle liberté ou au travail.

J'ai été stupéfait, plus scandalisé que mes voisins d'Amérique, de voir apparaître plus tard dans nos rues libérées le voile intégral, sombre, mortuaire, grillagé et brûlant ; ce suaire qui ne venait pas de chez nous. Ni de chez nous, ni de chez Dior, ni de chez Dieu !

Mais à chacun sa compréhension de sa religion !

J'avais éprouvé ce même ébahissement à la vue de la pointe blanche d'une petite culotte au bas de la première trop courte minijupe... Mais c'était au cinéma, peut-être dans un film de science-fiction... Puis il m'a fallu voir pire : les seins dénudés mais confus et confits, ballants ou croulants, grossiers mais imposés, des nageuses de Normandie... Mais elles étaient chez elles et j'avais détourné la tête !

❧

À midi, sous le soleil assassin, je me suis fait déposer sur une colline boisée où, jeunes, nous allions chasser d'innocents chardonnerets ; elle fait face à celle, toute marbrée de tombes, où l'on allait enterrer ma mère. En arrière-plan, la ville ancienne tremblait dans la brume, cette chape grisâtre qui obstrue désormais son ciel. Depuis mon refuge, à travers le feuillage des eucalyptus rescapés que le vent fouettait sauvagement, j'apercevais deux fossoyeurs en pleine sueur sous les pins parasols de la colline endeuillée.

Les sanglots d'un Pan pleurnichard, la plainte d'une sirène en bas dans le port, les geignements des grillons affairés dans l'obscurité des frondaisons, l'appel sinistre du vautour à sa proie effrayée, et même le battement d'ailes muet des papillons qui ne pouvait rien changer à ma peine, tous semblaient chuchoter d'inquiétantes prières. Dans une brève accalmie de ces rumeurs, j'ai pu distinguer les voix des deux croque-morts affairés qui creusaient la tombe où avait fini ma grand-mère, la même où allait dormir ma mère, toute proche de celle où l'attendait mon père.

C'est alors que j'ai pris conscience de la beauté du paysage : le ciel d'ici a une profondeur sauvage ; celui de Montréal, parfois, aux répits des hivers, semble vouloir lui ressembler, mais ce n'est que le résultat d'une bonne technique picturale.

À quatorze heures, le cortège silencieux est descendu, accompagnant ma mère vers son paradis. Il n'y avait pas grand monde derrière son cercueil. J'avais commencé à recenser les nombreux absents mais, égaré dans je ne sais quelles pensées, je m'étais perdu dans mes comptes. Lorsque j'étais revenu à elle, les fossoyeurs, seuls, continuant leur œuvre, l'avaient recouverte.

Quand ils sont partis, j'ai traversé le ravin pour aller la voir, lui faire part de mes regrets : « Maman, peut-être vas-tu enfin me pardonner là-bas et demander à ton époux de le faire aussi ? Tu sais, Papa est tout à côté de toi et je vais faire planter un figuier à vos pieds ; peut-être donnera-t-il des fruits que nous mangerons ensemble quand je reviendrai partager son ombre avec vous. Malgré la terre dans tes yeux, ton regard tendre va toujours me tourmenter. C'est ma terre aussi, tu sais, même si je te la laisse provisoirement. En attendant, je vais me perdre dans ton désert ; la dune du sablier grandira en dedans de moi comme un soleil implacable... Et alors tu sais, la fin ne sera plus très loin... Juste passé ce point. »

Point !

Quelques jours avant sa mort, me rapportait ma belle-sœur, elle avait proposé en sortant d'un rêve : « Je donnerais vingt ans de ma vie pour les avoir aujourd'hui. » Elle plaisantait bien sûr ! Timonière de sa vie, touchant presque le rivage fatal, elle trichait encore avec le temps qui l'emportait, désirant en une ultime occasion revenir au large de ces années qui l'avaient vue heureuse. Elle répétait, paraît-il, encore et toujours, dix fois dans chaque conversation qu'elle tenait avec elle-même, cette proposition, et concluait systématiquement par ces mots revenus d'une vieille chanson : *« L'oubli est un refuge... »*

Elle avait eu vingt ans jusqu'à en perdre la mémoire et grâce à cela, les avait gardés ! Je les lui aurais donnés, ces vingt ans que je n'aurais pas eus sans elle et dont je ne saurais que faire aujourd'hui.

J'avais dû me passer de la voix de Papa, de sa toux dans l'escalier, du bruit de ses clés, de celui de ses pas quand il venait vérifier que j'étais bien rentré, je devrais désormais me passer des bras de ma mère ; de ses yeux aussi par lesquels je regardais la vie.

Ces clés ! Chaque matin, tandis qu'il m'ouvrait la porte du chemin de l'école, mon père m'énervait à réciter la même ritournelle matinale ; une petite prière adressée au Bon Dieu, à ses saints, aux ancêtres et censée nous garder sous leur protection pour la journée. Un bouclier spécial ! Durant deux décennies, chaque matin, en écoutant sa rengaine rythmée par le cliquetis de ses clés, j'ai patienté debout pour qu'il termine ses jérémiades, ouvre ma geôle et me laisse enfin prendre mon envol : les copains m'attendaient ! Et puis un jour, je suis parti pour toujours.

Personne n'a accompagné mon départ en prières. En Amérique, personne ne m'attendait ; personne ne m'a ouvert les bras ! Et malgré mon angoisse en traversant cette nouvelle porte, je n'ai pas récité cette supplique dont, désormais, je saisis mieux le sens et la leçon : j'ai compris qu'en raison de mon mutisme en quittant leur pays, mes ancêtres ne m'ont pas suivi ; que je devrais donc me passer de leur protection !

Mais trêve de plaisanterie ! Aujourd'hui, grâce mon athéisme aiguisé par le rapt de ma religion, je comprends mieux l'extraordinaire puissance de cette prière et ses effets fantastiques ; il m'est arrivé tant de malheurs après qu'elle se soit tue ! Grâce à elle, nous emportions sur nos routes, dans nos têtes, nos lourds cartables et nos valises grises, la conviction rassurante de la protection puissante de quelqu'un, toujours présent et invisible : d'une puissance divine ! Grâce à quoi, inconsciemment, nous abordions le jour nouveau avec une assurance que j'ai perdue ici.

❧

Avant-hier, après la dernière pelletée de terre, j'avais repris le chemin qui descend de l'enfance ; les cigales qui m'avaient reconnu ont pleuré tout son long. L'odeur de résine me collait à la peau, celle de la mer me noyait de réminiscences ; celle de la sauge m'est restée dans la gorge !

D'une cabine fracassée, j'avais appelé Saïd ; il était venu me chercher. Il savait pour ma mère...

Il m'a dit, avec cette brutalité que j'aime chez lui « Tu as pris un coup de vieux ; tes cheveux sont de neige » et j'ai répondu « Les années d'exil sur une banquise comptent double ! »

Nous sommes allés chez lui avec cette impression que nous y étions la veille. Jamais le temps n'use les vieilles amitiés. Chez lui, j'ai fait venir mon frère et nous nous sommes froidement embrassés. Quelques vagues détails matériels le préoccupaient avant que je ne l'arrête : « Je veux juste les photos... » Il était soulagé.

Mon frère est né après la guerre de décolonisation ; douze années après moi. Autant dire qu'il a vécu une autre enfance que la mienne. Enfant de la paix, il n'a rien connu du monde disparu à l'Indépendance. Il a bataillé dans les quartiers riches qui nous étaient interdits, ignorant tout de notre misère ancienne. Il a grandi au milieu d'une foule déracinée par l'exode rural, mais gavée d'espérances naïves, d'exigences mépri-sées. Nous n'avons rien en commun, même pas l'histoire ! Il est reparti...

❧

Cela fait deux jours que nous ne sommes pas sortis de la maison de Saïd. Nous sommes assis dans l'indolence de sa petite cour qui ouvre sur le minuscule jardin andalou où j'ai cueilli tant de fruits. À l'ombre des orangers et des poiriers généreux, nous avions tant à nous dire : ma quo-tidienneté américaine, les amis qui ne sont plus, de vieilles chansons à ressasser et de longs silences aussi, pleins de sens ; sa situation bien sûr qui n'avait cessé de s'amoindrir. Au bout de quoi, il a insisté pour que nous sortions. Il savait pourtant que je m'étais interdit de revenir sur les lieux de mes crimes. Je ne fais allusion ici qu'à quelques écarts, des hésitations imbéciles, petites faiblesses, lâchetés sans conséquences, de pieux mensonges sans gravité. Toutes choses devenues, au jugement de la relativité de la distance et de l'âge, très supportables à ma conscience.

Avant de partir, il est monté à l'étage d'où il m'a hélé : il m'a montré une voiture stationnée en face de sa maison. Il a sorti ostensiblement la sienne du garage et a démarré seul au volant. Les deux passagers l'ont regardé partir sans broncher tandis que je l'attendais à l'arrière, à la porte du jardin.

~

Nous avons décidé d'un pèlerinage au quartier de nos adolescences ; celui où nous nous sommes connus ; celui où ma famille s'était installée à notre arrivée dans la capitale, alors que je changeais de décade. J'avais alors quinze ans.

Assis dans la voiture arrêtée, nous avons cherché quelques visages familiers, mais n'avons reconnu personne, et vice versa ! Nous avons pesé la lenteur du soir à tomber, chacun dans le silence de ses souvenirs.

Pour me punir, la fenêtre sur laquelle je faisais jadis miroiter le soleil pour appeler l'amour ne me regardait plus. Je savais pourtant qu'elle était disparue depuis longtemps, laissant pour toujours fermées ses persiennes, mais j'espérais naïvement qu'un hasard, comme il n'en existe jamais dans la vraie vie, l'aurait fait revenir voir si le quartier a changé, si le rai de soleil, reflet de notre amourette, rallume encore ses jalousies...

Et si le miracle s'était produit ? Qu'elle me soit apparue seule, dans la main un sac de victuailles, sur la tête un foulard, dans son esprit d'autres attentes... Elle aurait frôlé ma vitre et serait entrée dans la maison qui m'a tant fait rêver ; qu'aurais-je fait ?

« Rien ! Tu serais reparti avec l'image de la petite gazelle vieillie, de ses yeux vidés de leurs flammes et de ses lèvres autrefois affamées, ouvertes pour ne rien dire ! Et l'idée de la revoir ainsi transformée t'aurait fait comprendre l'irrémédiable. »

Puis, la nuit est tombée...

❧

« Monsieur le douanier, j'arrive du cimetière des princesses et je dois vous déclarer que j'ai laissé là-bas une femme aux yeux du même bleu que mes cernes, aux cheveux clairsemés par l'absence, parsemés maintenant du même blanc que les miens ; le semblant d'une autre qui a vibré dans mes bras alors vigoureux. J'ai laissé là-bas un arbre centenaire que l'on avait planté pour mes enfants et j'en rapporte le fruit : ce malheur plus sombre que les dix années passées dans le regret et la dure leçon du bonheur que chacun annone sur son air ; ce léger flottement aussi où l'on croit ses souvenirs réels... »

J'ai fait le chemin qu'il fallait, comme on fait celui de la Mecque ou de Compostelle, appuyé sur la canne chimérique d'un espoir imbécile, pour aller simplement regarder des tombeaux ; sortir du désert où je m'étais perdu. Comme si la caravane pouvait attendre l'égaré !

Adieu n'est qu'un mot, mais il est dangereux. Consciemment décidé, il ouvre une parenthèse maléfique qui peut nous avaler. Mais si le sort nous l'impose, alors de cette cicatrice à jamais béante, inguérissable, intarissable, sourdra toujours le ressentiment.

À elle, comme à ma mère, je n'avais pas dit adieu, et sa simple évocation fait rejouer dans le théâtre sombre de ma tête le film triste de sa silhouette – une Marilyn en haut d'un escalier – dans cette longue jupe noire dont je savais les secrets.

Ces folles amours anciennes ! Elles reviennent toutes les nuits pour violer ma mémoire. Elles portent des traînes de jeunes mariées et, quand elles repartent au matin, accrochées à leurs dos, j'entends des casseroles qui crissent mes regrets ! J'aime pourtant à rencontrer en rêve ces amours anciennes et désormais impossibles, pour leur redire une fois encore les mots doux d'autrefois : « Oui, nous irons manger des mangues sur la plage du paradis. Réserve une chambre, j'arrive ! Mais cette fois, pas de robe longue comme la nuit que j'appréhende ! Il faut que je te découvre dans les verts, les jaunes, les roses des robes zigzagantes de nos montagnes. » Pour leur mentir aussi et raconter comment mes malheurs n'en sont pas ; leur faire croire que je suis dans leur rue pavée de cuivre : « Tu peux sortir pieds nus, ils ont refait le macadam de la ruelle où il n'y a plus de monstres ! » Et elles, font semblant de croire que je suis encore ce battant, ce fou, ce trou qui boit sans jamais être saoul, sans jamais dégueuler sur le bord de la cuvette.

J'aime aussi chuchoter au creux de leurs oreilles des broutilles peu tragiques, hilarantes même, et puis, grâce à ce stratagème, m'emmener au bar du soir pour ne plus voir le monde ignorer ma solitude. Oui, Dieu, j'aimerais ! Mais peut-être que je ne dirais rien : ma réalité deviendrait illusion.

Saïd a démarré et nous sommes rentrés, tous deux aussi taciturnes que pour un second enterrement. Les départs silencieux excitent les clameurs sourdes du bruit des pas sur le chemin, les martèlements du cœur qui serre, le fracas du train pitoyable, le grincement sinistre de la poignée de la valise lourde de mauvaise conscience. Ce sont des tempêtes que l'on écoute seul ! Le calme des départs a un écho malsain qui emplit le silence de non-dit, de mots muets, des maux que l'on subit et que l'on promène partout quand on ment à sa plume à propos des regrets... Ces mots qu'elle vous a dits « *Tu reviendras un jour...* » Sans même vous dire lequel. Il y a des amours haïssables !

À la nostalgie de mon pays perdu est venue s'ajouter celle de ce fantôme, à peine espéré mais aussitôt perdu, d'un grand amour secret, la faim inassouvie et la soif inextinguible de revenir au passé. Heureusement, aujourd'hui, ma fougue et ma hargne sont usées et je n'accumule plus aucun souvenir. Des mes voyages, je ne retiens plus que les nuages qui semblent me suivre à la fenêtre des avions. Cette nuit-là, dans mon lit, j'ai écrit sur l'endos du billet de retour ces quelques vers :

« *Tu m'avais dit que tu reviendrais ! Ici ils pensent tous que le temps passe vite ! Sais-tu ? L'ami a reparu ; il dit que la tempête a arraché mes arbres. Sont-ils encore à moi ? Est-ce encore l'hiver là-bas ?*

« *Toujours quand je repense à ces arbres arrachés, je revois tes cheveux qui se perdaient au vent, je pense au petit vieux qui jardinait tout seul, lui à qui l'hiver donnait encore des fruits. Te rappelles-tu ce qu'il disait quand je lui portais son café ? Moi, je me souviens du puits dont nous regardions le fond ; l'écho de nos rires doit encore s'y entendre. Penchés à y tomber pour y voir nos grimaces, nous y avions vu le reflet de la lune et étions descendus pour aller vers le ciel, aveuglés dans notre chute de voir venir la lie. Si nous retournions aujourd'hui à ce sombre miroir, il nous renverrait les images décrépites de deux adultes au fond d'un puits : une princesse déchue et un très vieil ermite... »*

❧

Le soir même, ils ont frappé à la porte de Saïd... Il a ouvert ; ils lui ont montré leurs cartes et ont demandé que je les suive.

À mon arrivée à l'aéroport, ils m'avaient laissé passer ; ils avaient préféré attendre, jauger mes contacts ; peser mes amis... Si peu à leurs yeux ! Puis, convaincus que le silence du cachot, le cri des grilles dans les mines policières me feraient comprendre l'utilité du silence, ils sont passés aux actes.

En prison, il n'y a ni papier ni stylo ; grâce à quoi, les mauvais souvenirs n'ont pas besoin d'être effacés. J'écris donc ce qui suit plusieurs jours après cette aventure.

Dans la voiture, le chauffeur, en professionnel zélé, a proposé à son chef « Mets-lui les menottes », mais l'autre, occupé à regarder les filles, a répondu sans détourner la tête « Il ne va pas se sauver ! »

Ma mère savait lire les signes dans les yeux des policiers français, elle savait les prévoir, les interpréter. Je me souviens encore très bien qu'une nuit, alors qu'ils fouillaient une fois de plus la maison, la policière, qui accompagnait parfois les soldats pour s'occuper des femmes, avait fait le geste de prendre un gâteau dans la coupe posée sur le buffet, mais ma mère avait arrêté la main rapace d'un regard menaçant et d'une simple phrase : « Non. Ceux-ci sont pour notre fête ! » Faisait-elle allusion à celle qui viendrait, inexorablement, après la guerre et leur départ ? J'ai oublié de lui poser la question. Mais aujourd'hui, il ne me servirait à rien de le savoir.

Si longtemps après l'Indépendance, les yeux de ces deux-là ne me disaient rien.

À l'arrivée, ils m'ont mis les menottes et m'ont poussé dans un long corridor blêmi par des néons sales, au bout duquel j'ai buté sur le grand échalas longiligne et osseux qui allait me servir de geôlier : une caricature, la statue pétrifiée de la tragique justice des régimes bananiers ! Un imperturbable fonctionnaire, un sale type, assis à un bureau de tôle défoncée et de bois écaillé !

Il m'a demandé d'ôter ma montre, ma ceinture et mes lacets et de me délester de mon briquet – mais pas de mes cigarettes – et de tout le contenu de mes poches. Les briquets font le feu et le feu la lumière ; ils sont donc interdits ! Mais je ne pouvais obtempérer : je lui ai montré mes menottes et il me les a ôtées. Après quoi, il m'a tendu un sachet de plastique blanc ayant contenu du lait de marque étrangère et m'a demandé d'y déposer tous mes biens : bien peu ; il semblait déçu.

Il m'a ensuite scrupuleusement fouillé puis conduit dans la cellule où dormaient à même le sol deux dangereux récidivistes à la mine moins inquiétante que la sienne. J'ai retiré la couverture douteuse qui le recouvrait et me suis affalé sur le banc de ciment construit le long du mur, au plus loin de l'endroit où les cadavres de quelques mégots s'étaient gélifiés dans une tache sombre qui sentait l'urine. Je n'en ai plus bougé, même lorsque l'un d'eux m'a conseillé : « Tu devrais venir dormir entre nous deux avant que la cellule ne soit pleine et que l'on te dispute la place. » Premier signe de compassion pour ce vieillard imbécile qui s'est laissé prendre à un jeu dont il ignore les règles ; un signe qui laissait tout de même présager du danger.

Sur les murs pansés à la chaux vive, de très vieilles inscriptions avaient été gravées qui rapportaient le témoignage des prisonniers de l'autre guerre. J'ai commencé à les lire puis j'ai renoncé, laissant cela aux historiens, à plus tard ! Je ne savais pas alors combien de temps ils allaient me retenir... ou m'oublier.

«Attends ! Laisse défiler dans ta tête cette idée saugrenue et stupide pour l'examiner plus objectivement : après la mort de ton père puis celle ta mère, ultimes raisons de tes retours sur leur terre, tes ancêtres auraient-ils voulu, y compris par la prison, te retenir auprès d'eux ? »

༈

Effectivement le petit réduit n'a pas tardé à se remplir. De mon perchoir, j'ai assisté, éberlué, à la constitution d'un amas d'anguilles que les douze autres prisonniers, étendus ou assis à même le sol, avaient fini par former à mes pieds. Personne n'a revendiqué mon trône !

Dans un silence de mort que l'absence d'horloge et de lumière naturelle transformait en éternité, la seconde cellule a commencé à se remplir à son tour. Trois noirs africains, brillants de sueur mais pleins de fierté, en furent les premiers pensionnaires. Les truands qui arrivèrent par la suite refusèrent systématiquement de les y rejoindre, venant donc s'échouer à mes pieds. Étrange et excessif ostracisme dont fait preuve la lie des sociétés à l'égard de ceux qu'elle considère plus perdus qu'elle.

Alors, je me suis assoupi et mon père m'est revenu... Le sachant là, tout près, j'ai eu honte de son regard.

༈

À la fin de sa vie, il avait commencé à déterrer quelques souvenirs inédits. Tous ces résidus étaient brûlants de soleil et miroitaient comme des braises dans l'obscurité de son passé : tous ceux qui lui revenaient remontaient à l'âge ancien où, enfant, il grandissait au Sahara. J'ai parfois pensé qu'ils n'étaient que les simples inventions d'un esprit évadé.

Avant cela, il n'avait jamais raconté son désert ; il avait toujours remis à « *quand tu seras grand* » pour me livrer son enfance ; mais ce moment n'est jamais arrivé : pour lui, je suis resté petit, jusque dans mon exil. Petit, jusque dans sa mort...

Petit, et parce que je m'inquiétais pour ceux qui s'égarent dans le désert, il avait prophétisé : « Seuls se perdent ceux qui rejoignent les grandes villes de solitude ; les étrangers aussi, qui n'ont que des repères tangibles ! En réalité, jamais personne ne se perd ; si quelqu'un disparaît, c'est pour porter la bonne nouvelle dans les lieux reculés qui ne l'ont pas encore reçue. » Il n'y a de zéro que dans le cœur des calculateurs. Il n'y a de désert que pour ceux qui n'aiment pas !

Papa avait raison, j'en ai fait mille fois la merveilleuse expérience. Nul ne se perd dans le désert car on n'y est jamais seul ! Partout, des âmes égarées parcourent l'immensité des dunes, des regs et des pistes pour indiquer le chemin ou porter secours. On arrête la voiture pour quelques petits besoins et quatre camions géants font halte pour proposer de l'aide ; ces chauffeurs, tout à l'heure, à l'approche des villes, vous écraseront pour avoir voulu les dépasser... Loin de tout, on prend une piste abandonnée, on contourne un bosquet d'herbes sèches pour éviter la compagnie, on fouille l'horizon pour être sûr de sa solitude et on fait la halte du hasard. On étend le tapis, on sort le camping-gaz et voilà qu'une apparition, un vieillard noueux, se lève à quelques pas, comme tout juste né de la dune, pour échanger une gorgée d'eau contre une poignée de dattes et un peu de sympathie ! Un jeune berger parfois, dont on ne voit pas le troupeau, mais dont on entendait la flutte lointaine, et qui se propose de vous guider !

❧

Dans la geôle silencieuse, la jeunesse, symbole d'avenir, dort à mes pieds dans sa résignation. Tandis qu'elle se tait, je rumine le passé qu'elle contredit, qu'elle trouble et rend invraisemblable. Dans la symphonie désordonnée de sa respiration fétide, quelqu'un geint parfois. C'est l'unique réaction sensée au drame de la vie, au refus du lendemain, à la désespérance !

Cette jeunesse née par l'Indépendance, censée grandir en liberté, se développer en espérance, dort à la triste lumière d'une ampoule empoussiérée, emprisonnée derrière des barreaux hérités du colonialisme et sous la protection dangereuse d'un geôlier qui fait de sa misère, de sa révolte, un gagne-pain.

Quant à moi, étendu sur les mêmes paillasses, je suis une tache dans ce tableau, un mauvais geste du pinceau, la plus sombre de ses couleurs, le plus désarmé, le plus inculte de ses critiques ; je suis le fil déchiré de sa toile, son cadre fracassé ! C'est peut-être la raison de mon isolement sur ce banc !

Il y en a un qui m'a pourtant inquiété : il ressemble étrangement à ce garçon sympathique, discret et silencieux que j'avais recruté comme simple manœuvre pendant la construction de notre petite maison et poussé à s'inscrire dans un centre de formation, quand j'avais découvert qu'il avait le niveau nécessaire. Lorsqu'il avait terminé sa formation et obtenu son diplôme, je l'avais encore aidé à trouver un emploi, puis il avait disparu. Le service militaire, me disait-on.

Cinq années plus tard, je l'avais retrouvé dans la boutique de notre épicier, vêtu tout de blanc et portant une folle barbe noire : la tenue des intellectuels de l'ignorance. Comme il avait été le seul à ne pas répondre à mon bonjour, je l'avais tancé en public pour la contradiction entre son paraître et l'obligation des préceptes musulmans en matière de politesse. Il avait baissé les yeux, vaincu par cet argument imparable. Mais le lendemain, il était debout devant ma porte. J'étais allé vers lui, la peur au ventre, je l'avoue, en espérant qu'il venait simplement s'excuser, mais il n'avait qu'un message à me transmettre : « Crois-moi, nous referons soixante-deux * ! »

Je lui ai laissé le pays !

Couché à mes pieds, le sosie de cet indépendantiste attardé a le teint plus brun, olivâtre, et la langue rude des plateaux sahariens. Je pense qu'il doit venir de la région où j'ai passé les deux années de mon service militaire... Quand j'avais son âge, que je faisais de cette corvée obligatoire

---

* Année du départ des pieds-noirs qui laissaient leurs biens vacants.

une mission personnelle. Dans un village qui ressemblait à mon enfance.

Hormis la petite mosquée, les grappes de maisons, toutes pareilles, étaient basses et couronnées de rose quand le soleil y déposait ses dernières fureurs. Toutes bâties sur le même plan, encastrées les unes dans les autres, toutes de la même couleur d'ocre qui se confondait avec la terre. Rien d'inutile ou d'ostentatoire. Les gens du désert avaient l'humilité et la rudesse de leurs paysages, mais une fois la porte ouverte, commençait le ravissement devant ce raffinement qui pouvait sculpter les plafonds, tailler des torsades dans les colonnes de tuf, rendre savant le dessin des boiseries et recouvrir les murs d'une chaux laiteuse aux couleurs si vives qu'elles égalaient les rayons de soleil ; toutes richesses invisibles de l'extérieur !

On affichait sa différence, sa position, par le renom de sa famille, par la générosité et la culture de ses membres, par la sagesse de ses ancêtres. Les ruelles, que les seguias aux airs de torrents accompagnaient jusque dans la palmeraie, n'avaient pas de noms sinon ceux des familles qui les entretenaient. Point de saints que l'on n'avait pas connus. Pas de maire non plus, ni d'autorité.

C'était « *le pays du jeûne, de la soif, de la fin ; un pays d'ermites, de criquets pèlerins ; un pays de détresse où les gens semblaient heureux. Sous les pas de ceux qui survivent aujourd'hui sous ce même soleil, dans ce temps éternel et futile, ne reposent désormais que des vaisseaux d'infortune !* »

❧

Des cliquetis de serrure m'ont ramené dans la cellule ; un autre égaré rejoignait notre pléthore. La conversation, cacophonie de volière, a recommencé.

J'ai découvert alors que tous les acteurs de mon étonnement semblaient se connaître, au moins de réputation. Ils échangeaient leurs références, s'informaient de leurs compétences, de leurs spécialités, se racontaient leurs exploits. Certains, plus blessés par la vie, montraient leurs cicatrices, comme d'anciens maquisards leurs médailles usurpées.

Ces hommes, jeunes mais déjà tailladés par la vie, étaient blessés dans leur être, marqués dans leur peau, grêlés par le sort, vaincus par le désespoir, et guidés seulement par lui. Des hommes, non ! Des semblants d'êtres humains... Pire ! Des animaux, griffes au dehors, oeil aux aguets, aux abois de la survie, cernés par le mépris de plus sauvages qu'eux ! Une nouvelle espèce, plus combative, plus violente, prédatrice pour ne pas finir proie !

Ma présence incongrue et peut-être inquiétante semblait malgré tout ne déranger personne ; ceux qui arrivaient me dévisageaient discrètement, semblant s'interroger sur l'exploit qui m'avait fait admettre ici, puis, comprenant que l'on m'avait déjà accepté, m'oubliaient. Moi, je commençais à les distinguer les uns des autres ; tous pareils mais si différents : le petit vantard que je surprendrai en train d'appeler sa mère dans son sommeil ; le vicieux dont les yeux trahissent la rapacité ; le fils de bonne famille perdu dans les dédales de la drogue et les deux frères fraîchement débarqués de leur campagne et à qui la ville des princes offre ce gîte en guise de bienvenue. Ces deux-là étaient les mieux habillés : ils s'étaient déguisés pour la ville, pour y passer inaperçus ! Viendra-t-on leur faire changer de vêtements pour dévoiler leurs véritables natures d'étrangers ? Comme les Roumains du YMCA. Et bien d'autres encore, mais qui voudront probablement demeurer anonymes !

Les plus élevés dans la hiérarchie du crime ne parlaient pas de leurs méfaits ; seuls ceux qui débutaient leur carrière incertaine s'accusaient bruyamment de terribles crimes, comme pour montrer qu'ils savaient être dangereux malgré leur faciès bon enfant. Plus tard, lorsque les petits (ceux qui n'ont pas de casiers judiciaires : le vicieux, la belette et la sardine, celui qui prend des airs de James Dean sans le connaître) se seront endormis, les grands (l'ours, le renard, le serpent et Croquignol) se livreront leurs secrets.

Ici, dans cet antre, moi le vieux, El Hadj, le Cheikh, je suis chez moi, et chez moi, je sais reconnaître les hommes pour m'en éloigner lorsqu'ils n'en sont pas. Je connais la langue du sourcil, les mots de l'arête du nez, le message de la quadrature des gestes. Je sais les horizons des yeux où rien ne m'échappe même quand fuit le regard. Il faut regarder les autres dans les yeux ; c'est un voyage ! L'âme est un safari.

« Tu es né dans cette jungle et tu y avances en éléphant solitaire ! Mais pour la première fois de ta vie, tu découvres dans cette promiscuité, une espèce étrangère : des coupables innocents, d'un genre trop courant pour être dignes des journaux ; ceux-là même que ton père aurait défendus. »

❧

Je suppose qu'il devait être minuit – cela aurait pu tout autant être le lendemain – quand les deux cellules se sont remplies. Peu à peu leurs occupants ont fait silence. Je les savais assoupis, chacun dans sa détresse. Quelques chuchotements se sont faits encore entendre dans le coin des deux étrangers à la ville, étonnés peut-être, apeurés sûrement, de découvrir ce quartier de la capitale tant vantée.

Sur les durs et froids carreaux de faïence de mon perchoir, mon sommeil se refusait. La lumière est demeurée toujours allumée et, malgré mon insomnie, je n'avais pas pu voir l'aube arriver. Elle s'est signalée par la dispute des trois femmes de ménage qui faisaient mine de nettoyer le corridor, puis par l'odeur du café que m'apportait, avec des croissants, le geôlier. Ce geôlier avait changé d'attitude : peut-être l'avait-on informé de mon crime, ou soudoyé ? Il s'inquiétait de mes silences, les imposait aux autres pour me laisser dormir et m'avait même proposé, plus souvent qu'à eux, un tour aux toilettes... Comme les hommes sont différents selon qu'ils se cachent sous l'uniforme ou derrière les nécessités vitales !

Le café et les croissants venaient de Saïd, mon ami, l'un des derniers dans ce pays, venu très tôt s'informer de mon état.

Ici, dans les cachots d'attente de justice, l'État ne fournit pas la nourriture, il faut l'acheter. Ne se nourrissent donc que ceux dont les crimes sont récents ; les autres, qui ont trop vite consommé les fruits de leurs méfaits, s'en remettent à la charité de leurs complices. J'ai pris quelques gorgées de café, mordu dans un croissant, puis tendu le reste au malheureux qui n'avait pas cessé de tousser. Je crois que ce geste m'a fait gagner les cœurs de mes douze compagnons, plus habitués à s'arracher leur pitance.

Un par un, le geôlier nous a laissé sortir pour nos ablutions matinales. J'ai refait à l'envers mon chemin de la veille jusqu'à une porte puante devant laquelle trônait un grand lavabo de métal. La toilette des occupants des deux cellules – environ une vingtaine – a pris quelques minutes, puis nos cages ont été refermées.

C'est alors qu'est apparu un étrange personnage enjoué et tout habillé de rouge, un gangster à la dégaine de héros, au visage glorieux d'invité principal à la fête ; il fut en tout cas accueilli par une immense clameur d'aficionados. Tous semblaient connaître ce maître de la nuit !

Plus tard – il devait être midi – Saïd me faisait encore porter trois immenses sandwichs (il payait cher notre amitié) que j'ai déposés au milieu de la cellule après m'en être gardé un croûton. Seule la prison solidaire fait le pain régulier ! Nul ne s'en étant approché, c'est ce nouvel arrivant qui s'est occupé du partage de la manne, sans un mot, sans un remerciement, mais avec un regard qui devait, dans sa langue, vouloir me dire que lui ici, il ne me serait fait aucun mal. La belette s'est alors adressé à moi : « Nous devrions te remercier », mais l'autre a corrigé: « Préfères-tu que nous te disions merci ou suffit-il que tu saches que nous n'avons plus faim grâce à toi ? »

Grâce à lui j'ai compris que la fin de la faim du monde sera le paradis !

Repu, il s'est assis à mes pieds, le dos contre mon banc, et moi, pour ne pas allonger le silence, j'ai proposé de nettoyer notre antre. Il m'a appuyé en précisant les ordres et tous se sont levés pour réclamer au geôlier éberlué des ustensiles qui n'avaient jamais été utilisés. Pendant ce temps, il a continué notre conversation, s'inquiétant pour moi de l'objet obscur de mon arrestation ; à cet instant j'en devinais seulement la raison. Il m'a cru.

Il a ramassé une boîte de plastique, a esquissé un rythme et ce dangereux truand s'est mis à chanter les vieilles chansons de ma mère. Tout est redevenu calme dans ma prison.

※

Dans cette promiscuité, je ne les ai jamais entendus raconter leurs rêves de la nuit. Ils devraient pourtant en avoir ! Enfants, je ne crois pas que nous rêvions non plus, ou alors il ne s'agissait que de plaisantes rêveries, de désirs passagers qui n'étaient pas des projets ; ou je ne m'en souviens plus ; il y avait trop d'adversité !

Si nous disions selon nos humeurs « je serai pilote, architecte ou guérillero », nous savions bien que la colonisation nous interdirait ce genre de visions cinématographiques. Nous ne rêvions pas car nous devions survivre, garder la tête froide, et la puissance coloniale était là pour nous empêcher d'avoir quelque prétention que ce soit.

Mes tantes plaisantaient en me promettant « nous te marierons avec Mangala, » cette fille des Indes dont elles avaient vu le film à une séance féminine pour laquelle je leurs avais servi de chaperon. D'autres fois, c'était la princesse de ce Maroc dont le roi avait chassé les Français qu'elles voulaient que j'épouse. Mais ces taquineries ne réussissaient qu'à m'énerver.

Qui rêve encore aujourd'hui ? Si par erreur quelqu'un s'y risque, on le regarde avec étonnement : « Tu rêves ou quoi ? » Au fur et à mesure du développement monétaire, de l'explosion inventive du modernisme argentier, on ne fait plus que des comptes que l'on ne raconte pas !

Ne rêvent même plus ceux qui, vivant le cauchemar, s'embarquent dans des esquifs pour périr dans l'accomplissement de leurs fantasmes.

❧

Je viens de comprendre ; je sais ce qui a changé dans ce pays : le sens des mots !

Au café du village, quand le Chambi m'avait demandé ce que nous faisions dans ses contrées misérables, je lui avais répondu qu'en plus des paysages, j'appréciais la *niya* des gens du Sahara. Il était resté silencieux avec dans les yeux une lueur d'étonnement. Au moment où nous démarrions, il s'était penché à la vitre de la voiture qui nous emportait déjà et m'avait questionné : « Dis-moi, sais-tu quel est le fruit de la *niya* ? »

Coincés dans nos itinéraires rigides et notre programme nordique, nous étions partis sans lui répondre, convaincus que dans son patois le mot désignait une quelconque plante. J'avais conduit

pendant trente kilomètres en souriant à ce qui-
proquo, puis brusquement, avant que la piste ne
soit interrompue par le goudron, un doute
m'avait fait faire demi-tour et j'étais revenu vers
lui pour une explication.

Au café où je l'avais rencontré, on ne pouvait
me renseigner sur le chemin qu'il avait pris pour
sortir de ma vie, mais dans la pénombre maussade de la salle, des mouches brillaient ; les corps
décharnés, les yeux trachomeux et les vêtements
usés des consommateurs désœuvrés luisaient de
la même poussière qui baignait les rues de l'oasis.
J'avais ma réponse : ce maigre paysan qui semblait si naïf vivait les conséquences de cette
innocence !

En'niya aujourd'hui ne veut plus dire *ingénuité*
ou *candeur.* On se vantait de l'être autrefois et on
élevait les enfants pour qu'ils le soient. Aujour-
d'hui, ce mot est synonyme de *bêtise,* de *crétinerie,*
de *stupidité.* Ses racines s'abreuvent à la sagesse,
cette patience imbécile ; son fruit ressemble à la
misère !

☙

Était-ce le décalage, la nuit blanche de cauchemars ou la tension de l'arrestation, toujours est-il
que malgré les conversations qui s'entrecroi-
saient, s'enflant pour se dominer, j'avais fini par
m'assoupir. Je ne sais combien de temps ; il n'y a
pas de temps dans les geôles ! Même en liberté,
le temps ne change rien pour qui a vécu la prison !

Il semblait faire jour quand je me suis réveillé,
le dos brisé et la nuque douloureuse. Je n'étais

pas encore bon prisonnier. J'avais oublié la dureté des lits de pierre et l'éternité des jours gris. J'ai bien tenté encore de revenir à mon somme, mais l'effarement devant l'absurdité de ma présence dans ce réduit qui sentait l'urine et la sueur, le mégot de mauvais tabac et le relent de fromage rance, l'accablement aussi, m'arrachait au sommeil qui m'emportait vers l'oubli et me ramenait systématiquement au cauchemar de cette stupéfiante situation. Quand je me suis réveillé, ils mangeaient encore ce que j'avais cru être un petit déjeuner. À ma forme, il m'avait semblé avoir dormi toute une nuit ; j'avais donc rattrapé la nuit blanche de la veille et peut-être le décalage horaire ! Comme je ne savais plus combien de temps j'avais pu échapper à l'obscénité de ce lieu, j'ai refait mes comptes : « Lorsque je me suis assoupi, c'était l'après-midi. Maintenant, nous devrions donc être le matin... » Le résultat de mes calculs s'est inscrit dans cette pensée heureuse : « Il ne reste plus qu'un jour pour rencontrer la Justice, vingt-quatre heures pour que nous soyons présentés à nos juges... Mille cinq cents minutes pour sortir de cet enfer. »

J'ai demandé l'heure... « Six heures », m'a-t-on dit. J'ai fait remarquer qu'il était tôt puis m'étais inquiété : « Avez-vous dormi ?

— Toi seul as réussi.

— Vous devriez pourtant vous reposer, demain vous serez devant le juge.

— Demain ? Non... Après-demain ! » a corrigé quelqu'un.

Il était six heures de l'après-midi ! Alors seulement j'ai compris que je ne m'étais évadé que le temps d'une sieste ; que mon incarcération venait de s'allonger d'un jour ; que m'attendaient l'insomnie, l'éternité de la nuit, les ronflements sinistres et les récits des exploits assassins qui la referaient blanche ; que viendrait ensuite une journée aussi longue qu'un exil, à observer depuis mon perchoir l'amas reptilien se faire et se défaire. Alors seulement, j'atteindrais l'autre nuit pour la traverser dans les affres de l'attente d'un verdict injuste. Toute une éternité à m'imbiber de leurs odeurs, imiter leur torpeur pour faire semblant d'être comme eux : impassibles devant l'injustice, désintéressés par ses conclusions, résignés à sa sentence, indifférents à sa punition, à la durée de l'enfermement... Sereins dans l'isolement de cet univers pervers !

Tous ont ri de la frayeur extrême qui devait se lire sur mon visage. En prison, il n'y a pas de lendemain, pas d'avenir ; il n'y a que l'attente !

❧

Les barreaux de la porte ont de nouveau grincé et toutes les têtes ensommeillées se sont dressées : « Le commissaire veut te voir ! »

De ce grade, je n'avais connu que San Antonio ; mais une fois ouverte la porte de son bureau, je redécouvrais Bérurier, en plus poli certes, plus propre aussi. Son monologue n'a duré que peu de temps : il m'informait qu'en accord avec le procureur, ils avaient décidé d'abandonner l'accusation d'outrage à la Nation et d'injure à l'État. Il m'annonçait que l'on me présenterait tout de même le lendemain au juge, pour constituer un dossier qui alourdirait la peine en cas de récidive.

L'entretien officiel terminé, il a tenu à m'expliquer – sur le ton de la confidence – que les dignitaires du régime avaient été scandalisés par mes écrits, là-bas, en terre étrangère ; que mes articles honteux avaient terni l'image du pays, que je devrais toujours garder en tête la possibilité d'un retour glorieux sur ma terre natale.

Pour tous ces crimes, s'il n'en avait tenu qu'à moi, je me serais condamné à la perpétuité. Dieu, merci, est plus clément !

❧

Dans mon dernier quart de semblant de sommeil, j'ai entendu des voix. On criait encore mon nom ! Deux jeunes policiers venaient me chercher. Pourquoi ? Pour où ? Les agents de la paix ne répondent jamais aux interrogatoires... « Tu verras ! »

Dehors, il faisait frais et nuit. Leur véhicule nous attendait, moteur allumé.

J'avais, à mon arrivée, conservé l'image de cette même rue envahie de marcheurs sans but, suant dans leur moite abattement ; je découvrais maintenant une venelle abandonnée de ses chalands sous un ciel sombre mais dégagé, éclairée par une lune brillante qui donnait aux tristes immeubles épuisés un air fantomatique. Pour cette promenade nocturne dont je craignais l'issue, la ville, qui avait repris quelques airs de jeunesse, s'était faite cristalline, comme pour un adieu. Mais ce bonheur fut bref : en frottant son allumette, le chauffeur avait précipité une étincelle brûlante dans mon œil !

La voiture s'est ébranlée. L'odeur d'iode émanant de la mer toute proche m'a ramené quelques années plus tôt, au temps où nous pouvions encore nous promener la nuit tombée, et m'a fait oublier la brûlure de cette étincelle. Une fois de plus, le chauffeur a fait un geste de la main vers les menottes qui pendaient à sa ceinture, mais le regard de l'autre l'a ramené sur le volant. Il avait transporté tant d'innocents qu'il devait se sentir coupable.

L'horloge du tableau de bord indiquait 3 h 08. Sous les arcades de l'avenue, nous avons croisé quelques prostituées qui semblaient reconnaître mes gardes et leur adressaient quelques signes que je refuse de décrire.

Pavillon des urgences de l'hôpital central. Quelques blessés du couteau, quelques victimes de la foi, quelques parents patients ; nous sommes passés avant tout ce monde. Auscultation bureaucratique par un médecin sympathique qui a pris plus de temps à m'interroger sur mon crime que sur ma sante. Il a pris aussi celui de me raconter le drame de l'infirmière qui s'est occupée de moi : « Bahia a vécu des drames. La nuit où leur meute est venue pour l'emmener, elle n'était pas chez elle. Alors ils ont tué son mari ! Il a été enterré en l'absence du fils parti faire son service militaire. Avant d'avoir fini cette obligation nationale, celui-ci est mort aussi en opération. Bahia n'a reçu qu'un cercueil plombé. Elle n'a même pas pu le revoir. Elle ne voit plus le bout de sa peine. Quand l'épicier lui a dit : « Les tueurs de ton époux sont tes voisins », Bahia est venue vivre à l'hôpital. Elle y recoud ceux qu'ils ont déchirés et soigne les blessés des assassins de son destin ! »

Nous avons repris la voiture pour un retour salué par les prostituées du boulevard. Dans la cellule du silence, je ne m'étais pas rendormi que l'on m'avertissait déjà d'avoir à me préparer pour un nouveau transport. Alors, chacun de mes compagnons d'infortune, convaincu que mon rang social allait me permettre de recouvrer la liberté, m'a confié un numéro de téléphone pour rassurer les siens. Mais à la fouille de la sortie, tous ces talismans annonciateurs de bonne santé m'ont été confisqués.

On n'emporte rien d'une prison. Même pas de bonjours !

❧

Dans des chuchotements nocturnes, j'ai souvent entendu ce mot terrifiant et honni : *terroristes*...

Au début de la débâcle, nous en entendions parler ; parfois nous en croisions une meute sans les savoir si monstrueux ! Puis nous entendîmes parler de quelques-uns de leurs exploits lointains : brûler une femme qui avait eu le tort de vivre seule ; attaquer des étudiants pacifiques et revendicatifs, blessant l'un, tuant l'autre... Mais ils demeuraient encore invisibles à nos sens anesthésiés par le Discours Imbécile.

Puis arriva cette démocratie nouvelle que le peuple a obtenu au prix d'un carnage, sans même la demander. Il réclamait juste un peu de respect, un peu moins de peines, un peu plus de pain, un soupçon de fromage et d'espoir pour les enfants. Tout ce qui n'entrait pas dans la planification rigoureuse du Pouvoir Éternel ! Alors, dans ce vacarme, les fous du Diable sont sortis en plein jour ; ils ont investi la rue et les mauvaises consciences, puis, se comptant nombreux, ils devinrent la Force Imbécile et Sanguinaire qui, opposée à tous, allait nous faire disparaître au profit des Éternels.

Ni la guerre ni la paix n'ont rien changé : en prison, ils sont parqués dans une aile moins accessible, dans un sous-sol où ils disposent d'un préau mais ne peuvent voir le Ciel. La Loi prévoit pour eux des gardes à vue sans limite durant lesquelles ils peuvent se concerter, se reposer, dresser des plans avant de retourner, grâce à la mansuétude du pouvoir, travailler à leurs abattoirs.

❦

Nous voici face à nos juges !

Tout à l'heure, dans la prison, tandis qu'ils étaient allongés sur des couvertures poisseuses dans l'obscurité de leurs oubliettes, puis ballottés dans le fourgon brûlant qui nous a amenés, j'avais écouté ces voleurs malchanceux, ces gangsters de pacotille, ces gros bras escamoteurs, crâner et se vanter de mille crimes gratuits qui ne les avaient pourtant pas empêchés de pourrir dans le malheur !

Maintenant, dans les cellules du sous-sol du palais de justice, tandis que j'entendais leurs mères invisibles les héler à travers le soupirail qui donne dans la rue, je voyais ces adultes avant l'âge, ces enfants du peuple, encensés par les discours tribuns puis abandonnés sur l'échafaud de la Justice expéditive, s'affaisser lentement, serrer les dents pour tenter d'endiguer leurs larmes dans un dernier sursaut de fierté, avant de s'effondrer sous tous ces appels maternels. Nul ne plaisantait de ces faiblesses !

Nous devions plus tard retrouver ces femmes dans l'étuve de la salle du tribunal – comble, semble-t-il, tous les jours – et ces mères pleuraient encore. Je n'ai plus eu d'yeux que pour elles. J'ai lu dans leurs regards ahuris la stupéfaction de se trouver là, leur effarement devant la cruauté de ce destin implacable, la dureté de cet impitoyable sort. Ces mères, incapables même de comprendre l'acte d'accusation de leurs enfants, se seraient couchées à leurs côtés, en bêtes impuissantes à défendre leurs petits, pour satisfaire l'incurie du prédateur. Mais elles fermaient simplement les yeux en attente du verdict !

Vint mon tour d'être acteur principal dans le palais de justice où avait officié mon père... Mon avocat, commis d'office (j'allais écrire de sang-froid), m'a entraîné vers le prétoire, a agité les manches huileuses de sa robe noirâtre devant son ventre important, puis a harangué le juge accablé qui a tourné son regard morne vers le procureur. Je n'ai rien compris de leur bref négoce, sinon qu'il s'agissait de moi ! Leurs hochements de tête entendus ne laissaient rien transparaître de mon avenir. Le suspens a duré une éternité que j'ai occupée à me convaincre de l'irréalité de ce cauchemar. Que deviendrait ma fille si...

Puis l'avocat m'a poussé dans la salle des pas perdus pour me traduire la décision du tribunal : relaxé faute de preuves ! Le procureur ne devait pas lire les journaux canadiens !

Je n'ai pas pris le temps de remercier mon avocat car j'étais pressé : dans ce théâtre de détresse, je venais d'apercevoir Abdou. Le destin se fait à coups de hasard qui sont des signes que l'on n'a pas su lire et la vie est une suite d'errements dans les ornières du destin. Mais peut-on parler de hasard lorsque les choses sont si bien arrangées, ciselées, implacables ?

Abdou... Il y a dix ans, je l'avais photographié pour me souvenir de lui au cas où ils l'assassineraient. Mais aujourd'hui, c'est lui qui s'est souvenu de moi ; je ne me serais pas reconnu ! Lui aussi a changé : il a perdu ses dents longues de révolutionnaire acerbe, et ses cheveux de vedette du rock se sont éclaircis. Il s'en est expliqué ainsi : « Lorsqu'il n'y a plus rien à mâcher, il y a peu d'occasions de rire ! »

Un an après notre départ, ils avaient tenté de l'assassiner, mais l'avaient raté. Il a perdu dans l'attentat l'usage de la main droite ; celle, éloquente, qui leur crevait les yeux de toute sa clairvoyance. Il était heureux de m'apprendre qu'il réapprenait à écrire de la main gauche pour retrouver le rire. À la porte de son juge, il semblait vraiment heureux, derrière son regard malicieux, d'être là pour répondre de son crime : atteinte à l'honneur d'une quelconque autorité locale. Quelque chose de concret ! Pour lui les preuves devaient être nombreuses et le jugement rédigé.

Il n'y a pas de hasard : dans ce pays, les victimes du terrorisme sont pour la plupart des hommes d'âge mûr, droits et cultivés, et leurs assassins, de jeunes adolescents incultes.

Qui décide des listes des martyrs : la bêtise de l'âne, la traîtrise du chacal ou l'incurie du lion ?

❧

Me sachant désormais innocent, je pouvais demeurer au tribunal ; suffisamment longtemps pour que Abdou me raconte son histoire : « Un jour, à l'aéroport de Paris, j'ai pris un taxi. Le chauffeur était un gars de chez nous et nous avons sympathisé. Je lui ai demandé de me raccompagner le dimanche suivant pour mon retour, et nous avons convenu de nous retrouver dans le restaurant de son frère. Ce dimanche parisien, il y avait fête dans la gargote ; quelqu'un célébrait le logement neuf, probablement destiné à des plus démunis, qu'il venait obtenir de l'État dans une banlieue de notre capitale. Le gars qui lui en avait vendu l'arrêté d'attribution était là aussi. Mon chauffeur m'a confessé que c'était le frère d'un haut fonctionnaire de la Construction nationale qui cédait aux émigrés ces logements en devises françaises ! »

De retour au pays, Abdou a remonté la filière et découvert qu'à la tête du trafic, il y avait un ministre, aujourd'hui propriétaire d'un hôtel à Paris. Le haut fonctionnaire, quant à lui, maintenant à la retraite, a investi dans la construction d'une boîte de nuit de la capitale. Chacun son rang.

« Tu vois, ce n'était qu'un échange d'hébergement, mais j'en ai tout de même tiré un article terrible. C'est même peut-être à cause de cela qu'ils m'ont bouffé la main... »

Pour nos au revoir, lorsque j'ai tendu la mienne, Abdou a souri douloureusement : « J'ai perdu la main », m'a-t-il dit, comme pour se vanter de cette perte tragique, du prix excessif qu'il a payé pour demeurer au pays. Derrière l'acceptation de ce coût indécent, je le savais pourtant souffrir de ne plus pouvoir serrer celle d'un ami. « Désormais, je n'ai plus envie de jouer à perdre systématiquement. Mais il me faudrait deux mains pour détacher l'amarre », a-t-il ajouté.

En quittant cette Injustice, je suis descendu vers le port.

❧

Sur une grande place qui surplombe la mer, un homme, très vieux, semblait attendre patiemment quelque chose qui pourrait mettre toute l'éternité à arriver. Sa main était posée sur une ancre immense, échouée mystérieusement où elle ne peut plus servir. Ce vieillard ne faisait rien ; il observait, impassible, l'horizon. Une vigie sur le mât.

Comment ce monstre d'acier a-t-il fini sur cette place publique où des enfants jouent à se passer la balle ? Une vague, un tsunami l'auraient-ils projeté si loin de son utilité ? Où serait le bateau ? Une erreur de navigation, peut-être ? Qui est l'officier de quart ?

Capitaine sur le pont de son navire, ce faux marin, tout en faisant le tour de ce qui semblait être sa propriété, en caressait de la main l'acier vert-de-gris et tapotait ce gros hameçon comme s'il s'agissait d'un animal familier : Job regrettant la baleine dont il ne resterait que le squelette. Mais à son regard fixé au loin, j'ai cru plutôt comprendre que l'homme attendait le bateau qui viendrait bientôt s'amarrer à ce lingot de métal. D'ailleurs, son regard inquiet suivait les manœuvres d'approche du navire, fétu de paille dans la tempête, qu'il était seul à distinguer dans la brume de l'horizon... N'était-il pas plutôt sur le départ, ce bateau ?

Et s'il était la sentinelle chargée de veiller sur le pays ? Veiller à ce que cette ancre ne s'en détache et, qu'allégé de cette entrave, le territoire national ne se libère à son tour, que sa population ne décampe, entraînant tout le continent de misère et ses marins aux frêles esquifs ! La mission de protéger la sédentarité nationale serait le poids, le lest, les fers, de ce fier et ultime gardien de l'existence nationale ? Ce qui expliquerait son air si attentif et sa rigidité.

Pourtant derrière cette assurance, j'avais noté une inquiétude, et je ne pouvais plus décider si ce voyageur statique rêvait d'une odyssée ou s'il résistait à l'appel de quelque sirène au large ? Mais quelle déesse marine voudrait de ce miséreux terreux ?

Je m'en étais rapproché. De près, à mieux l'examiner, sa mâchoire serrée et son air accablé semblaient plutôt indiquer que cette ancre retenait son esprit, qu'elle freinait son désir létal d'un départ qu'il projetterait comme une fuite, un exil clandestin. Ses caresses ne seraient donc qu'un subterfuge pour tenter perfidement d'amadoucr l'ancre qui retenait sa folle embarcation !

❧

Retour chez Saïd...

Au cours de la nuit, blanche aussi, de ma remise en liberté, j'ai fait un rêve inquiétant : à droite, à gauche, à perte de vue, pareille à une digue, s'étendait une élévation de terre qui coupait mon horizon. À la terreur que m'inspirait ce paysage, j'ai deviné qu'il fallait que je traverse l'interminable obstacle ; je pressentais que de l'autre côté, il y aurait un pays où l'on parlerait une langue étrangère que je comprendrais pourtant. Dans un silence mortuaire, j'ai suivi le chemin qui s'enfonçait devant moi dans des galeries juste assez grandes pour qu'un homme puisse s'y glisser. J'y ai rencontré d'autres clandestins tout aussi inquiets que moi qui rampaient en silence. Nous avancions sur le sol irrégulier de ce tunnel qui a fini par se transformer en escalier aux marches étroites et inégales. À plusieurs reprises, j'ai perdu l'équilibre, mais il me fallait avancer car les tireurs embusqués, que je devinais dans l'obscurité de ces boyaux, nous prenaient comme cible. Nous avons dû quelques fois rebrousser chemin, la peur au ventre. J'étais seul en arrivant de l'autre côté.

Dans un jour blême, j'ai reconnu les pins maritimes d'une plage de mon enfance. Dans cette forêt dense d'arbres rassurants, d'autres tireurs, couchés sur le sol sablonneux, m'attendaient. Dans l'air, d'étranges insectes gluants, à la couleur et à l'odeur d'excréments, qui semblaient naître d'un magma pareil à de la cire d'abeille, voletaient autour de moi. Je suis enfin arrivé dans une clairière cernée d'arbres si hauts que je n'apercevais plus le ciel. Dans cette atmosphère de fin de monde, un groupe d'êtres flous a traversé à ma droite la clairière et, parmi eux, j'ai reconnu la vague silhouette, perdue de vue depuis trente ans, d'un étudiant de mon école. J'ai couru vers lui pour tenter de lui parler mais il a semblé ne pas me reconnaître. J'insistais pour qu'il m'indique le chemin mais il a fui en promettant de revenir. Je suis resté seul dans l'obscurité soudaine où les insectes, devenus des oiseaux malfaisants, volaient en croassant autour de moi. Le groupe croisé plus tôt a lentement disparu dans des fourrés et je me suis enfin réveillé.

Ce matin, je n'ai pas tenté d'interpréter ce rêve : les rêves sont un cristal où l'on peut lire ses vérités. Je devrais tout de même le faire, car demain je traverserai un océan.

❧

Mon avion part très tôt, mais Saïd a fait un crochet pour me montrer la ville blanche et paisible, reposée de ses angoisses nocturnes. Déjà, les souteneurs* – ceux par lesquels tiennent debout les remparts de cette prison – prennent la garde sur leurs strapontins. Leurs yeux éteints ne laissent pourtant prévoir aucun spectacle. Les chars sont loin et l'on ne défile plus depuis les années de la peur. La ville n'est plus en guerre, mais on ne sait jamais... Alors, désormais on glisse, on ne regarde plus, même pas devant soi. L'avenir a fait son chemin, tout seul, morose comme le

---

*   Jeunes sans emploi et désœuvrés qui se tiennent adossés aux murs pour voir passer leur vie (en arabe algérien hitistes, du mot hit qui désigne un mur).

présent, et nul n'y voit assez d'intérêt pour l'emprunter, l'investir.

L'autre, le droit chemin, celui censé mener au paradis, est jalonné par tant de barrages que tous le craignent, l'évitent pour ne pas perdre leur temps, ou la vie ! D'ailleurs qui croit encore au paradis ? D'avoir si bien prédit la fin de ce monde, les prêcheurs se sont tus. Leurs prophéties s'étant avérées vraies, elles se sont gravées en lettres de sang sur le marbre de tous les cimetières, marquant aussi au fer incendiaire, l'avenir. Désormais les assassins, toute honte tue, réclament le pardon ! Les pardonnés deviendront d'honnêtes citoyens... Nous partagerons donc leurs mauvaises consciences...

Les jeux sont faits. Tous ceux qui ont perdu n'y ont rien gagné ! Moi, je retourne à ma geôle de glace : je suis assigné à l'étranger. Expatrié...

À l'aéroport, malgré ma face blême, ils m'ont laissé passer tous les interminables controles. Finalement, je ne suis peut-être pas assez mauvais citoyen ! D'ailleurs, je n'ai été que trois nuits en prison ; on ne me soupçonne même plus d'avoir eu l'intention d'importer des jumelles ? Mais je resterai fiché potentiel récidiviste.

❧

Montréal, la neige ! On a sonné à ma porte. Seulement le concierge et des factures...

Ma fille a fait le ménage : la maison ressemble à un campement de nomades à la veille d'un départ. Un strict minimum de désirs matériels, une absence absolue d'inutilités... Elle a l'intuition de l'important. Tout est là et je suis heureux.

Il faut vivre d'éphémère, sans prétention... Il me faudrait vivre, seulement !

Et pour cela, faire d'abord le bilan de mon exil, si je veux lui laisser un héritage sérieux : cinq années à écouter les sombres nouvelles qui venaient de là-bas, les noires rumeurs et les explosions distantes de cinq mille miles, cinq années au bout desquelles j'ai perdu mon père et mes illusions de retour ; cinq autres, d'indifférence sourde, à me refaire une peau, me rendre transparent pour ne ressembler à rien, faire oublier mon nom dangereux ! Ici et là-bas... Au total, dix années, dont la dernière m'a privé de celle qui a fait ma vie : ma mère...

J'ai accepté ce pire en échange de ce que je croyais la paix ! Mais la paix est dans l'âme, et l'âme exige la sérénité ; l'âme n'a pas de désirs démesurés ! J'ai détourné ma vie à la recherche de cette paix et parcouru ce long calvaire pour m'apercevoir que le plus insignifiant souvenir a plus de poids qu'un présent de rêve !

Et me voici revenu à mes grands problèmes philosophiques et quotidiens : durant mon voyage, le prix de l'essence a grimpé ; mon absence a vidé mon compte ; le facteur a gavé ma boîte de factures et mes amis boudent le café à cause de l'interdiction de fumer. Si peu pour un édit : cette fumée-là ne provoquait pourtant pas de feu ! Cette interdiction concernerait-elle aussi les calumets de la paix ?

Il me faudrait reprendre le sport, rendre visite au dentiste... Prendre rendez-vous d'abord. Mais avec qui ? Ah oui, le boulanger : il n'y a plus de pain ! Acheter des bougies ... non, plutôt des ampoules électriques ! Il me semble que la chambre est plus sombre qu'avant mon départ... Et le boulanger ? Oui, le pain que faisait ma mère était toujours chaud ; elle en préparait pour chaque repas... Ce pain, qui me reste dans la gorge comme un chagrin d'enfant abandonné, me coupe l'appétit !

Il me faudrait apprendre d'abord à cuisiner : je ne sais rien faire d'autre que le café qui suit ma sèche pitance. Ma mère ne m'a rien appris dans ce domaine. N'était-ce pas un trait de sa culture de femme que de maintenir ainsi l'homme dépendant de son épouse ? Le *quick food* n'a été inventé que dans les sociétés sans contrat de mariage !

✿

Ce compagnon de cellule avait aussi une mère et quelque chose en travers de la gorge : la bretelle d'un appareil photo ! Vers le milieu de la première nuit, des policiers avaient ramené le Malin – c'est ce qu'il croyait être – dans notre cellule déjà pleine. Très grand, yeux de rat, lèvres fines – comme ouvertes par un coup de couteau –, les bras tirés vers l'arrière comme s'il prenait un envol ; les épaules raides et voûtées vers l'avant comme s'il menaçait de picorer tous ceux qui l'approcheraient... Mais il ne semblait pas peser lourd : il avait de la peine à s'exprimer et, au matin, refusait toute nourriture.

Vers midi, pendant qu'il tentait de régurgiter, ils m'ont raconté sa mésaventure : sur une terrasse de café ensoleillée, une Chinoise (je ne suis pas sûr de cela : comment ne l'aurait-il pas

confondue avec une Vietnamienne, une Co-
réenne, une Russe ou même une Suédoise, lui
qui n'a jamais quitté son quai) était assise, son
appareil photo posé sur la table garnie ; les yeux
dans le vague du bleu du ciel, celui de son lointain pays probablement. Ceux du rat malin ont
tout vu. Il s'est emparé de l'appareil photo ; en
courant, a arraché la courroie qui le gênait ; sans
s'arrêter, a remis le fruit de son vol d'oiseau de
proie à un complice. Il s'est envolé, poursuivi par
les agents qui l'ont finalement arrêté. Dans le
fourgon où ils l'ont jeté, il s'est aperçu qu'il avait
gardé la preuve irréfutable de son larcin : la
bretelle de l'appareil photo. Alors il l'a avalée et
maintenant, elle est coincée dans son œsophage !

Il a refusé d'en parler, comme on tait le fruit
d'un larcin, mais en raison de son insuffisance à
respirer et sur l'insistance de ses compagnons, il
a fini par s'en plaindre au geôlier. Ils sont venus
le chercher dans la nuit pour lui faire faire une
radio et, le lendemain matin, l'ont l'emmené à
l'hôpital, extirper l'objet de sa condamnation.

Il en est revenu affamé, soulagé, souriant
même, mais désolé aussi de n'avoir rien gardé en
contrepartie de son emprisonnement prévisible.

❧

Ce matin, j'étais presque content de retourner
au frigo, de retrouver cette ambiance glaciale
mais combien apaisante. Me donner l'impression
d'une utilité ! En sortant de l'ascenseur, à l'étage du bureau, je me suis secoué, j'ai tiré sur mes
joues pour dessiner le sourire courant de ceux
qui rentrent de vacances, mais le temps d'arriver

à ma stalle, j'ai constaté que les choses avaient changé : mon collègue m'a tapé sur l'épaule et m'a demandé des nouvelles de ma fille. Il s'est aussi souvenu de ma mère et m'a enlacé. Pour de vrai ! La secrétaire m'a embrassé aussi, avec un grand sourire jovial puis contrit, et m'a indiqué le bureau du patron. Je suis passé le voir, le rassurer de mon retour, préparé à toute possibilité, y compris à celle d'un congédiement. Stupéfaction : il m'a présenté ses condoléances en me serrant dans ses bras. Il a poussé jusqu'à me demander des nouvelles de là-bas ; de ce qu'il ne peut ni comprendre ni imaginer ! Et comme j'ai fait une plaisanterie à propos de mon séjour dans ce pays qu'il ignorait jusqu'à me connaître, quelque chose comme « *j'étais en prison !* », il a répondu : « toujours la dérision... »

À midi, ils m'ont remis la carte conventionnelle et collective de condoléances... et nous avons tous tout oublié.

2006

*Il y a des rêves qui font longtemps rêver
et d'autres que l'on oublie dès qu'on ouvre
les yeux...*

MA MÈRE

J e n'aurai plus jamais de peine !

« Tu t'étais pourtant habitué à la solitude, même lorsque la maison était pleine de ses amis !

— Il me semble que ma fille organisait ces défilés pour s'éviter nos têtes à têtes !

— Bien sûr, tu n'es plus dans le vent, tu es trop ancré dans tes vieilleries et, pire pour la jeunesse, tu es un moraliste, un donneur de mauvaises leçons, un rabat-joie, quoi !

— C'est vrai ; je n'ai pas été bon compagnon. Je ne m'étais pas rendu compte qu'elle avait grandi !

— Suffisamment pour te donner à son tour cette leçon ! »

Elle avait déjà, une première fois, fait sa valise, à mon retour de prison et de l'enterrement, il y a presque un an. Et j'avais porté son bagage. Elle était partie faire sa vie ! Certes, elle n'avait pas été loin ; juste là, à portée de voix, habiter avec une amie... Comme toutes les filles d'ici. La liberté, l'Amérique quoi ! C'est moi qui l'ai amenée là !

Pourtant, officiellement, ce n'était pas pour ces raisons qu'elle m'a laissé tomber ; non ! Elle avait utilisé un autre argument : elle a dit vouloir laisser le champ libre à ma compagne : « *Tu as ta vie à faire aussi !* » Ma vie ? Oui ! Mais autrefois... Ailleurs. Plus nulle part.

Et comme si cette distance ne suffisait pas, ce matin, au téléphone, elle m'a annoncé qu'elle voulait retourner au pays ! Elle n'a pas dit lequel, mais j'ai bien compris ! Avec beaucoup de précautions, elle a d'abord parlé de ce garçon – *oui, je vois qui* – puis de son amour – *oui, je comprends bien* – et enfin de son désir de partager sa vie ; du désert aussi où ils iront vivre !

« Mais qu'est-ce que tu connais du désert ? Attention ! Ce n'est pas le même qu'ici ! Ta vie ? Et la mienne alors... »

Dire que j'ai passé plus de vingt ans à l'observer. Toute une vie à sa fenêtre et voilà que je reste stupéfait devant son assurance, admiratif de ses rêveries, terrassé par son obstination à vouloir me convaincre de son bonheur ! Attendri par cet entêtement !

« Tu veux partir ? Retourner sur nos pas ? Tu veux quitter l'Amérique pour cette contrée lointaine qui a seulement vu ta naissance, celle dont je t'ai protégée, dont j'ai tenté, vainement je vois, de te faire oublier le souvenir. Tu veux y aller ? Mais tes grands-parents ne sont plus là-bas ! Et moi, je suis ici... »

Elle me l'a annoncé au téléphone. Le courage devait probablement lui manquer de m'affronter.

❧

Dehors, autour de moi, ils disent que le printemps sera bientôt là. Derrière la chaleur précoce, mais insuffisante, je sens pourtant l'hiver *« qui pousse un peu sa corne... »* À dégoûter de l'été !

Je vais pouvoir penser à rentrer le blé, saler les olives, sécher la viande et me couvrir la tête pour éviter l'insolation. Et quand tout cela sera fini, il y aura encore à faire la peinture du bain, à classer les photos...

Il me restera aussi à chercher les réponses à ces milliers de questions restées en suspens : le sens du regard de ma grand-mère, le jour où je me suis perdu et que le voisin m'a ramené ; le contenu de l'assiette que j'ai porté à la voisine (du couscous aux pigeons, je crois) ; ces pigeons blancs qui ne voulaient pas se mélanger aux gris ; le message de cet ermite, mais aussi l'absence de la fille du quartier et sa parenté avec celle du balcon de mon père ; l'objet secret de mon emprisonnement et la raison de ma libération ; le nom des rues de l'Indépendance... Tant d'autres choses à déchiffrer... J'ai de quoi m'occuper !

Pour commencer à me faire un plan, je suis descendu dans la rue, vide à cette heure ; j'ai fait le tour du parc, seul comme un chien, un revenant ou un itinérant... J'ai réfléchi à mon temps, celui qui me reste, à l'année qui vient de s'écouler, à ce qu'elle m'a apporté, à la mort de ma mère... À part cela, il ne s'est rien passé. Rien !

« Si ! Cette aventure amoureuse qui a failli durer, mais a tourné court. Le temps défait tout ce qu'il apporte ! » Ce n'est pas l'âge qui fait l'épave, mais le voyage. Ce n'est pas la vieillesse qui use le corps, mais le temps qui ronge les années... Ce n'est pas le bateau qui fait naufrage, c'est le capitaine !

« Ce n'est pas la solitude qui t'attriste mais ton incapacité à en profiter. »

❧

Elle s'est assise par terre, sur le tapis, et m'a fait face le dos appuyé au canapé ; elle s'assoit déjà comme là-bas, comme ma grand-mère. Elle a tourné le dos à la télé que je feignais de regarder. C'était clair, elle voulait parler. Parlons donc !

Je n'ai rien dit qui puisse la faire hésiter et n'ai pas répété la plainte mortelle de César* à son fils ; même si, sans le savoir, elle m'en fait subir le sort. Dans mes incertitudes, je n'ai pas évoqué ce qui allait m'arriver ; toutes ces hésitations qui me viennent de ces récentes velléités qui font se heurter, comme des boucs à la saison du rut, mes cultures contradictoires. Elle, ne sait pas cela.

Je n'ai rien dit non plus des dangers qui la guettent ni des drames suggérés par mon mauvais augure, simple précaution de père : si quelque malheur arrivait, elle ne s'en plaindrait pas pour ne pas donner raison à l'aruspice des désastres que je suis à ses yeux. Je la connais maintenant.

Là-bas, elle a quelques projets ; ici, il ne lui serait resté que la frustration de ne pas être allée au bout de son rêve, du mien, de son expérience. Son *défi*, comme on dit ici... Au fond, j'en ai très envie pour elle car je ne la voudrais pas garde-malade ni gérontologue des années tristes

* « Toi aussi, mon fils. »

qu'il me reste. Finalement, je l'ai encouragée !
Je me suis tu et l'ai laissée grandir, s'épanouir,
choisir puis s'évanouir... Seul le destin décide !

❧

La veille de notre séparation, pour éviter d'affo-
ler son regard, je me suis occupé de ses valises ;
elle n'en aurait pas été capable. J'ai plié soigneusement ses vêtements, emballé ses souvenirs en
pensant au douanier qui l'attendait et en appré-
hendant la nuit qui suivrait son départ, la grisaille
dans laquelle je m'endormirais. En repensant à
la petite fille qui ramassait nos affaires dans une
autre maison, un autre pays, une autre vie. Cette
fois-là, elle m'avait semblée plus heureuse.

« Parce que tu partais avec elle ! » me suggère-
t-il comme consolation...

La dernière nuit, je n'ai pas dormi ; j'ai attendu le jour qui allait me la ravir. Pas longtemps ; il
est vite arrivé ! À l'aéroport, je ne me suis pas
senti plus léger en déposant ses valises sur la ba-
lance. Bien au contraire ! Un essaim d'idées
noires est venu se poser sur mes épaules, alourdir ma détresse.

Elle, ne m'a rien montré de la sienne ; moi,
j'ai pris l'air dur et détaché de mon père... Elle
faisait semblant d'être joyeuse tandis que je
souriais béatement à son bonheur. Mais le moment de nous quitter a empli nos yeux de larmes.
« Soliflore, tu as perdu ta rose, mais il te reste le
désert ! »

Avant d'être happée par le douanier, elle m'a
encore proposé : « Ne reste pas seul, viens vivre
avec nous ! Tu verras, c'est un gars bien...

— Je n'en doute pas : tu l'as choisi ! »

Je connaissais ma réponse, elle aussi ; alors j'ai répondu : «Je vais y réfléchir» et elle est partie ! Sans rien prendre : selon la tradition, elle a tout laissé ; sauf peut-être un peu de mauvaise conscience dont je n'ai pas voulu alourdir la mienne. Elle voulait tout recommencer !

Puis notre destin s'en est emparée comme le tapis du temps qui avalait ses bagages.

Une génération, oui ; une génération, non ! Une génération, fille ; une génération, garçon ! C'est ainsi que vont nos vies !

❧

Je n'aurais pas dû la laisser partir... Le pays vers lequel elle vole ressemble trop à la peur. Je tremble encore au souvenir de la terreur d'une nuit assassine au retour d'une soirée d'amis rassemblés pour nos adieux à la fin de ce voyage qui avait vu partir mon père.

J'avais d'abord refusé leur invitation en arguant que je ne disposais pas de voiture pour retourner chez Saïd après leur fête, mais ils avaient promis de me faire raccompagner. À neuf heures, au milieu de leurs rires, presque grossiers au vu de ce qui m'attendait dehors mais ne semblait pas les inquiéter, j'ai commencé à leur rappeler le couvre-feu qui suspend la vie à onze heures trente. Vers dix heures, je ne tenais déjà plus, et vers onze heures, ils ont enfin chargé un taciturne personnage, le seul que je ne connaissais pas, de me raccompagner...

C'était une nuit pleurnicharde et froide d'un mois de mars qui se serait égaré en hiver, une nuit de crachin énervant qui avait commencé au matin. Le gars à côté de moi ne disait rien et la radio était éteinte comme pour rendre interminable le chemin. Sur l'autoroute humide que la proximité du couvre-feu avait vidée, nous n'avions croisé aucun véhicule. Je pensais « c'est une nuit de fin du monde » lorsque nous avons rejoint un long convoi militaire que nous avons dû suivre (j'avais pris l'air de l'innocent imbécile et posé mes mains bien en vue sur la tablette), quand les soldats du dernier camion nous avaient fait comprendre par des mouvements de mitraillettes qu'il était interdit de les dépasser. Nous les avons abandonnés à leur peur lorsque nous avons abordé la petite route obscure dans les virages de laquelle j'avais parfois rencontré en compagnie de ma fille quelques têtes perdues. Alors il a parlé. D'une voix caverneuse d'outre-tombe, il m'a ordonné : «Ouvre ta fenêtre!» J'ai répondu «mais il fait froid» et il a insisté jusqu'à ce que j'obtempère. Alors j'ai senti un mouvement de son côté et vu sa main glisser entre nos sièges. Dans le sifflement énervant du vent froid qui soufflait dans mon oreille (peut-être est-ce ce soir-là que je suis devenu sourd), j'ai entendu un bruit du côté de cette main : le tac métallique et sinistre d'un pistolet qu'on armait. Quelque chose a bougé dans mon ventre et j'ai commencé à regretter cette soirée pourtant bien agréable. Le reste du chemin sanguinaire m'a paru l'éternité mais nous sommes tout de même arrivés chez Saïd ; au paradis! Avant qu'il ne reparte, j'ai posé la question : «Dis-moi, pourquoi m'as-tu fait ouvrir la fenêtre?

— Si j'avais eu à tirer, tu aurais reçu des éclats de verre ! »

Cette explication m'avait tenu éveillé toute la nuit, et ce cauchemar me revient chaque fois que le vieil ascenseur montréalais du bureau s'ébroue vers mon purgatoire dans son staccato sinistre... Ce cauchemar que son départ va éterniser ! Il faudra que je lui conseille d'éviter ce chemin du *bon petit diable !*

❧

Dans le taxi de mon retour solitaire de l'aéroport où je l'avais abandonnée, je crois avoir entendu le chauffeur haïtien se plaindre que ses enfants ne voulaient pas le rejoindre dans son hiver. Pour couvrir sa plainte, j'ai tenté de fredonner, mais seule me revenait la chanson du *« bon petit diable »*, alors je me suis tu. Je n'ai jamais pu chanter que pour elle.

Puis, entre l'aéroport et cette chanson, je ne sais pourquoi, un souvenir ancien est venu s'immiscer qui m'a accompagné jusque dans mon lit : le film d'un jour d'il y a quarante ans, celui de la fête de l'Indépendance !

Drapeaux déployés de n'être plus clandestins, à la bouche une chanson la veille interdite, nous étions des milliers en rangs serrés à parcourir des rues où je n'avais jamais été. Depuis leurs balcons aux portes ouvertes, des femmes déversaient sur nous des parfums – eau de fleur d'oranger ou de rose – en poussant les youyous joyeux qui clamaient leur joie d'être libérées, l'euphorie de la chute de l'injustice, la fin des sacrifices ; mais aussi les espoirs du lendemain...

Le lendemain, nous étions fatigués ; nous avons plié nos drapeaux, les parfums se sont évaporés, plus d'odeur de bonheur... La fête finie, vint le temps de pleurer... les martyrs !

Ils ont bien raison les morts de vouloir ignorer la leçon des saisons, les sanglots de la vie, le grincement des cœurs. Ceux qui partent ne se chargent pas des rires de la maison, de ses odeurs d'appétit. Ils sont sourds à l'air des romances, au claquement des portes scellées par l'oubli. Les morts savent si bien les étoiles éphémères, les sourires délétères, les pas perdus dans la poussière de l'univers. Le rythme de la chanson aussi, cassée au milieu de la vie. Ils ont raison les morts de ne revenir que par les souvenirs anciens, les musiques enfantines, les parfums de jadis.

Quant à moi, j'ai perdu trop de temps à regarder derrière moi ceux qui me tournaient le dos, qui ont ralenti ma marche et accru mon invisibilité. Il m'a fallu tellement de temps pour soigner ce torticolis !

❧

Depuis son départ, tout a si peu changé : je me cherche toujours des inquiétudes, des tares, des poux dans la tête ; enfin, quelques ceci qui expliqueraient cela. La bouteille aussi ! Je ne sais plus où je l'ai rangée.

Depuis ce jour impatient où elle a levé son camp, quand j'ai baraqué mon avenir, ma vie semble se jouer sur deux plans, à deux vitesses. Rapidement sur la lisse de l'étang, la partie insensible de mon iceberg, le côté qui se charge des autres, des événements extérieurs, de mon métier de reporter (c'est ainsi qu'ils me prénomment désormais). Le côté de la visibilité, celui où je m'appelle *Personne* ! Sur l'autre versant, le rugueux, le temps va sournoisement, imperceptiblement, presque au goutte à goutte – à un rythme cardiaque saharien – dans le fond sombre et déchaîné de la bouteille... Il coule, clandestinement, comme la pluie fine de mon hiver sur les plumes de l'édredon ; larmes de l'amant désappointé qui ne changent rien ! Je ne sais plus ce que j'attends, à part ses nouvelles !

C'est une période étrange, comme d'inexistence, où le temps sourd plutôt que ne s'écoule ; où les événements passent sans laisser de traces : simplement le réveille-matin sonne la journée, annonce des chiffres et, après le vide journalier, j'éteins la lumière du soir de mon lit.

Aujourd'hui, je ne sais ni le nom, ni le nombre, ni l'ordre des jours ; les dates ne comptent plus ! Les heures se taisent de ne plus avancer mais c'est par elles que mes années défilent en cohortes pressées. Ce n'est pas l'hiver, le printemps non plus, mais une sorte de soupe de tous les inconvénients. Si le temps qui coule est la vie, alors je ne suis pas vivant !

Deux vies – la même ubiquité que Papa – ont bien suffi, à coups de règle sur le bout des doigts et de punition dans les coins sombres, à me convaincre qu'il ne faut jamais se faire voir ; ni aimer... Rien ! Ni un pays qui vous renvoie, ni une femme qui meurt, ni une enfant qui s'en va ! Notre temps ne nous appartient pas, il est à ceux par lesquels on le mesure ; je n'ai vieilli que parce que ma fille a grandi. Le temps me paraît si court où je l'attendais sur le balcon. Celui du pêcheur est plus lent s'il n'attrape pas de poissons !

« Ici, dans ton nouveau logement, tu n'as même pas de balcon ! »

Hier soir à ma fenêtre d'insomnie, j'ai vu un gars se faire arrêter par la police. Il a eu beau courir, très vite, ils l'ont épinglé. J'ai vu aussi qu'il avait eu le temps d'avaler quelque chose. Encore un malin qui ne rentrera pas ce soir à la maison ! Je suis resté collé à la vitre froide jusqu'au matin pour repenser à la mère de l'autre qui doit encore l'attendre, assise à même le sol au fond du tribunal, à quelques mètres de moi. Comme je l'avais laissée. Une perpétuité !

☙

J'avais subi une déroute en amenant ma fille ici ; je perds une guerre avec son départ... Je sais bien que les défaites ne sont jamais définitives. Ce qui compte est ce que l'on fait des courts instants de paix. La défaite m'importerait peu si je gardais une utilité, mais son départ me laisse sans mission.

Aurais-je pu m'y opposer ? Comment s'opposer à une malédiction ? Sans le savoir, elle est devenue l'instrument inconscient de la punition du crime de désertion que j'ai commis pour elle, la main innocente de cette belle punition ! Il y a encore tant de choses impunies dans ma conscience...

« Aujourd'hui, tu restes aussi seul que ta mère après que tu l'aies abandonnée ; seul sur le pas de ta porte, comme ton père à la sienne tandis que tu t'en éloignais. »

Il faudra que je me remémore la chansonnet-
te des cllés de Papa.

❧

Saïd m'a écrit :

« J'ai été voir ton copain qui travaillait avec elle ;
ce fou qui rit tout le temps au point qu'on peut penser
que ce n'est pas la joie qu'expriment ses grimaces. Je
dis bien travaillait car il a été licencié ! Il ne m'en
a pas expliqué la raison, mais il me demande de
t'informer que l'immeuble a vieilli, qu'il est très pous-
siéreux et qu'il manque des lumières dans les corridors.
Peut-être pense-t-il que ta position pourrait lui apporter quelques lueurs ?

« Avant d'entrer dans son bureau, il m'a averti :
"Je vais te la présenter et je dirai que nous sommes
passés pour voir un ancien collègue que tu connais."
Il a frappé à une porte et sans attendre l'a poussée ; je
l'ai suivi. C'est vrai qu'il faisait gris dans les corridors et plus encore dans ce bureau où flottait l'odeur
de ce produit vietnamien que nous utilisions pour
soigner nos muscles après nos courses d'aviron.

« Debout, elle nous faisait face, penchée sur son
bureau, triant des papiers. Il se sont serré la main et
il a menti en me présentant : « un vieil ami qui revient du Canada »... Je suis sûr que c'est à ce
moment-là qu'elle a pris conscience de notre présence
car elle a brusquement levé la tête. Ses cheveux ont
recouvert son front et à travers ce rideau, elle m'a regardé fixement quelques secondes puis est retournée à
son tri, à son air triste aussi. Son sourire a disparu ;
même l'autre, celui du début, le commercial.

« Souviens-toi que je ne l'ai vue qu'une fois et que
je t'avais dit alors qu'elle était très belle, mais là, ce

n'était pas elle ! Peut-être que ton copain, le fou, s'est trompé ? Il m'aurait présenté le vieil amour de quelqu'un d'autre. Elle est bien trop âgée pour avoir été la jolie jeune femme dont tu m'as demandé d'aller vérifier l'état ; l'existence. Cette réincarnation n'en a pas l'élégance. Mais bizarrement, à celle-là aussi, il manque une phalange au petit doigt de la main gauche !

« Bon, j'ai fait ce que tu m'as demandé mais je n'ai rien vu qui puisse t'intéresser : juste un autre bureau sombre de l'administration, une fonctionnaire éteinte et peu convaincue par son travail. Rien qui rappelle ton passé... Bon, maintenant oublie tout cela ; tu as la chance de vivre loin de cette poussière. »

❧

La maison était devenue trop grande malgré les nombreux fantômes de ma fille, ses amis aussi qui continuent à me rendre visite pour retrouver son odeur. Je me suis installé dans un petit *deux et demi*, trop grand quand même car je suis seul désormais. Je l'ai trouvé très vite, pas très loin de notre ancien logement. Je me suis débarrassé des nombreux bibelots et objets inutiles que je traînais depuis *là-bas*, mais les souvenirs m'ont suivi ; d'autres sont même venus s'ajouter : ceux qui me viennent d'ici !

Autrefois, nous habitions au-dessus du dépanneur qui fait l'angle des rues Desmoines et Lucette ; à la rencontre du vice et de la vertu ! Je n'ai jamais su d'où lui venait ce prénom, ni quel miracle a pu réaliser cette dame pour mériter le sien sur cette plaque au voisinage de ces bienheureux. Pour moi, il reste celui de la danseuse roumaine, « l'amie de cœur » de Galima.

La petite fenêtre à gauche, c'est celle de la cuisine ; l'autre, qui donne vers la rue de la danseuse roumaine, est celle du salon. Les chambres sont à l'arrière ; elles sont plus ensoleillées, du moins en été. La mienne avait un balcon qui ouvrait sur la cour du voisin, cet Italien qui a planté des figuiers et qui les enterre en hiver en même temps que ses illusions d'avoir un jour des fruits. J'aimais faire la sieste sur ce balcon, à cause du soleil ; pour me souvenir aussi de l'autre terrasse, celle du temps de mon service militaire. Mais je n'entends plus les chèvres ! Elles étaient jolies ces chèvres, bien plus que celle de M. Séguin...

C'est là que j'allais, à l'heure bruyante où, là-bas, rentraient les hirondelles, m'asseoir pour voir arriver ma fille, quand elle vivait avec moi. Il y a longtemps...

Un soir, une voiture s'était arrêtée dans la ruelle, juste sous la terrasse. À l'intérieur, un couple s'embrassait... Et ma fille en était sortie ! J'étais dans le noir et n'en avais pas bougé tandis qu'ils montaient... Elle venait me présenter ce garçon : un étudiant qui terminait ses études à Montréal et s'en retournait chez lui... Vers le pays que nous avions fui ! C'est lui qu'elle a épousé pour aller vivre là-bas... Moi, j'ai perdu un pays, des amis, le jardin, etc. Pour le reste, demandez au douanier, je sais qu'il va répondre : « *Tout ça pour rien !* »

Elle avait eu un autre argument pour me faire taire : « Papa, ici je devrai toujours attendre de l'aide ! Là-bas, je serai en mesure d'en donner ! »

À moi ?

❧

« Comme tu es pessimiste, m'écrit-elle !

— Mais, ma fille, sans inquiétudes, la vie ne serait qu'une banale promenade ! Ce n'est pas parce qu'on pressent l'événement qu'il ne va pas arriver, mais on s'y sera mieux préparé.

— Tu es plus pauvre en Amérique, ajoute-t-elle, l'égoïste !

— Je souffre de ce que j'ai fait de mes mains ; je ne suis pas de ceux qui pleurent leur victime pendant ses derniers soubresauts. Moi, vois-tu, j'assume mes rêves, même s'ils n'ont pas été les miens ! »

Alors, elle m'assomme : « On croirait le passage d'une lettre de ton père ! »

Grâce à cette invention divine qu'est l'Internet, nous nous tenons au courant de nos plus petits problèmes. Jusqu'à ce jour, je la bats à plates coutures !

« Ma fille, je ne sais plus faire fonctionner cet appareil, je ne peux même pas l'arrêter ! Les quelques disques que tu y as déposés avant ton départ tournent et retournent indéfiniment, sans pitié pour ma peine. Il est vrai que je les avais choisis moi-même comme on choisirait un endroit pour l'enfer de son éternité. « *L'absence est la même...* » chante Regiani et je sais que juste après, viendra le tour de Nougaro et de sa fille... Céline, je crois... Non... enfin sa fille ! Après quoi, j'attends l'autre dont j'ai oublié le nom ; celui qui va m'assassiner « *avec le temps* » qu'il n'aime plus. Ensuite je vais larmoyer... Tu vois, ma punition continue, mais si tes messages me bouleversent, tes silences me tuent ! Je vais t'avouer une chose : j'ai eu envie de te dire

« *reste* » mais je me suis retenu. J'ai eu envie que tu répondes « *je ne partirai pas* » mais tu ne l'as pas dit. Et tu as eu raison ! »

Je pensais à la longue marche de nos ancêtres inconnus, venus de partout pour se croiser en elle, leurs esprits lui offrant le lait de l'une, le grain de l'autre, les mots de l'un, les chants des autres, et cela sans jamais cesser de marcher. Je pensais à ces aïeux inconnus, effacés de l'histoire par d'autres ancêtres qui ont pris leur sang pour se fondre en eux : barbares envahisseurs ou défenseurs de Cirta, fuyards de Carthage ou de l'Alhambra ; ceux aussi qui se sont cramponnés à leurs montagnes pour y prendre racine puis, comme un barrage qui rompt, se sont envolés vers d'autres horizons...

Nous nous sommes tant croisés, si souvent mêlés dans les champs de bataille ou dans les grands lits de la victoire, croisés par l'épée ou pour l'enfant à naître, que nous sommes désormais de toutes les races ; pécheurs et prêcheurs de toutes les religions. Flux et reflux nous ont donné ces teintes du blond scintillant au plus foncé des noirs, cette sauvagerie guerrière ou ces sages philosophies. Et ce mouvement, qui n'a jamais cessé, a repris de plus belle à l'éruption du volcan vomissant du sang et qui nous a fait partir si loin de la tiédeur du ventre nourricier.

« Va, ma fille, va, tu n'as fait qu'obéir à cette loi ancestrale. Vogue ta galère au mouvement gai des marées si tu baisses tes voiles. Aux vents mauvais, ne les hisse jamais ! Moi, je vais rester là. Je ne peux plus servir à la continuité. Toi, tu vas nous éterniser... Ton enfant naîtra, grandira là-bas, dans le pays que j'ai fui pour te donner l'occasion de choisir d'y retourner. Un jour peut-être, il reviendra me parler de ma mère. »

Zut ! J'ai fait une tache sur le carnet.

❧

J'ai marché longtemps dans cet étrange rêve ; tout le long de ma route, une mélopée ancienne m'a accompagné, semblable aux murmures de ces chants religieux du Sahara profond qui, in-lassablement répétés, aident à se rapprocher de Dieu. Je remontais une côte, le soleil dans les yeux et rien pour faire écran à son éblouisse-ment. J'avançais sans voir d'horizon, sans deviner mon but et, soudain, une profonde crevasse a surgi sur mon chemin. Sans y être tombé, je me suis retrouvé au fond de ce ravin que l'obscurité et le silence ont envahi. Je me suis assis, la tête tournée vers le ciel, espérant qu'avec le jour, le soleil y apparaîtrait. Je serais encore dans cette noirceur si le réveil n'avait sonné.

Demain sera un jour important : je dois pas-ser l'examen qui me permettra – peut-être – d'accéder à un emploi de la fonction publique, et je cherche dans ce rêve dont j'émerge agacé, quelque signe en prédisant le résultat, me refu-sant à admettre ce qu'il impose comme issue.

Je regarde l'heure (deux heures dix-sept) et – expérience de prisonnier – me demande s'il fait nuit ou si je sors d'une sieste. Lorsque je conclus que le jour n'est pas là, je quitte le lit pour l'at-tendre à la fenêtre opacifiée par le givre ; et là, encore dans le noir, je suis pris d'une brusque et violente crise de larmes. Une voix, surgie de mon enfance, tente pourtant de me consoler : « Ça suffit ! Tu es un homme maintenant ! » Mais qu'y puis-je ?

Il y a les veillées longues pour ressasser la solitude, et les nuits nerveuses pour nourrir l'inquiétude... Me dit-elle la vérité ? Au téléphone, je lui trouve une voix trop détachée, trop convaincante, comme pour me faire croire qu'elle est heureuse. Je ne suis pas obligé de la croire ! Je crains qu'elle n'accepte un mauvais sort pour m'éviter de la peine et me prouver ainsi que mes craintes étaient infondées. Elle a pris de moi ce que je tiens de ma mère : toujours sourire, ne pas charger le cœur des autres de sa propre détresse. Chacun la sienne ; aux autres de la deviner pour tenter de l'alléger !

Il y a des jours si lourds, si harassants, si semblables à leur veille...

Elle dit qu'elle est heureuse. A-t-elle déjà oublié ? Mais où donc a-t-elle trouvé ce bonheur ? Comment peut-on croire en ce concept niais, ce spectre imaginaire, cet accident si grave que l'on demeure à jamais paralysé de l'avoir rencontré... Le bonheur ! Une vue de l'esprit, une courte seconde d'oubli, l'étincelle rare d'une luciole dans la nuit d'un désert !

Elle dit que je ne dois pas m'inquiéter ! Mais qui a dit que je m'inquiétais de son bonheur ? Le bonheur n'est jamais inquiétant, c'est sa brièveté qui le fait craindre.

❧

Dans le train pour Ottawa, à peine quitté Montréal et ses petits rappels de banlieue, les flocons de neige se sont mis à tourner, affolés à l'approche du train comme un essaim de criquets à l'odeur de l'oasis. Nous fonçons dans un tunnel blanc percé dans un paysage sans limites où la perspective faussée transforme la moindre tache sur la neige infinie en ville fortifiée dont les arbres isolés seraient les sentinelles ; ces arbres effeuillés, menaçants, se rassemblent parfois en forêt de gibets pour venir tout près de la voie observer un instant nos visages à travers les vitres froides, mais ils s'écartent vite au passage de ce train, seul objet animé par le vent poudreux qui souffle sur la plaine incolore.

Sur le siège à côté est venue s'asseoir une jeune fille pour qui j'avais eu la galanterie de porter la valise et proposer un café ; ce qu'elle n'a pas accepté ! Elle restera donc sur sa soif pour avoir refusé cette honnête proposition : je n'ai pas assouvi sa curiosité malgré l'indélicatesse de ses questions détournées. Nous avons laissé couler nos vies en regardant filer le paysage... Elle ne saura jamais que j'en traversais un autre, très loin, d'il y a longtemps.

Les sièges maintenant ne se font pas face. Tout le monde ici regarde vers l'avant, vers un futur espéré, celui vers lequel le mène un moteur puissant : dans le sens du mouvement imposé par une locomotive coincée sur ses rails.

Dans les trains de mon enfance, j'aimais tourner le dos au chauffeur invisible pour profiter plus longtemps de ce que nous laissions derrière nous ; déjà peut-être pour engranger plus de souvenirs. Grâce à quoi, aujourd'hui, c'est par ces souvenirs que la plaine blanchâtre est devenue un champ de sable, les arbres dangereux, des rochers rougis et que le vent furieux a pris la température de l'étuve désertique... Je redeviens jeune, guidé par une gazelle dans les dunes. Je ne suis plus seul ; nous sommes deux sur le chemin du retour vers une enfant à regarder grandir.

La jeune fille est descendue dans la gare d'un trou perdu... Tant mieux ! Qu'aurait-elle bien pu faire dans le mien ?

❦

La fée des lundis est revenue, juste au moment où je commençais à la regretter. Elle est réapparue pour mon anniversaire après avoir appris le départ de ma fille. Elle venait s'occuper de ma solitude, y étendre ses toiles, faire son nid !

Avant elle, je ne savais pas dire non, et à elle non plus, je ne l'ai jamais dit. Qu'aurais-je pu opposer à son entêtement : « non, tu ne partiras pas » ou « jamais je ne te laisserai » ? Non ! Je n'ai rien dit, rien fait pour la retenir et finalement c'est elle qui est partie. La porte en claquant avait fait voleter les rideaux, réveillé les perruches qui s'étaient ébrouées, et la chandelle s'était éteinte. Ce soir-là, j'ai commencé à m'éteindre et ma colère aussi. Je ne sais plus ce qui est arrivé : la maison s'était vidée et j'étais resté seul dans une faible lumière, allongé sur le sofa, un scotch dans la main ; le disque qu'elle n'aime pas jouait et je chantais avec lui. Vers onze heures, j'avais été au cinéma voisin sans changer de pantalon ; et le lendemain, s'il m'arrivait de penser à elle, je devenais fou furieux d'encore me souvenir de son numéro de téléphone ; d'oublier mon mal ! J'ai eu parfois envie de me pendre pour que se perde cette mémoire !

Je n'ai jamais su lui dire *non, rien ou jamais ;* j'ai toujours – par lassitude ou lâcheté – accepté ses folies et m'étais précipité au devant de toutes ses exigences, jusqu'au bout de leurs exagérations. J'avais pris sur moi le fardeau de ses désirs démesurés et l'avais accompagnée aux confins de ses phantasmes déments. Mais cela ne lui a pas suffi !

Lorsqu'elle m'avait voulu la vie du scarabée poussant sa crotte quotidienne derrière un Sisyphe aventurier, j'avais quitté mes amis et m'étais assis près de la cheminée. J'avais appris à manoeuvrer la télécommande de la télé et n'avais plus pris de scotch. J'avais fait changer les rideaux et les couleurs des murs, acheté un tapis et les perruches bavardes, et nous avons reçu de nouveaux amis tous les vendredis (les fins de semaine étaient pour ses parents)... Au boulot, j'étais monté en grade ! Avant et après quoi j'avais fait les courses, n'étais plus allé le soir au cinéma et m'étais tu lorsque l'on m'appelait, laissant couler mes espérances personnelles. Nous nous regardions à travers des vitrines comme des objets de consolation : nous avions perdu le goût de l'autre si ce n'est en consommation. Il m'arrivait de plus en plus souvent de m'absenter (je profitais pour cela du film à la télé) pour remonter tous les chemins qui s'étaient offerts à moi et dont elle m'avait dérouté ; tout leur long, je me bâtissais les grands destins que m'avaient promis mes rêves de reprendre un jour la peinture et d'apprendre le saxo.

Pas trop souvent, car ces exercices me laissaient de terribles migraines !

Ce matin, lorsqu'elle est revenue – toute en beauté – pour m'assurer d'avoir enfin compris ma détresse, mes désillusions, elle m'a expliqué que je n'avais pas su surmonter mes défaites ; elle m'a accusé de ne lui avoir pas permis de me rendre heureux ; elle m'a reproché au passage l'existence insipide que je lui avais imposée. Puis dans un élan de grande sagesse, elle a proposé : « Nous allons repartir d'un bon pied, nous allons nous imposer des objectifs merveilleux à la mesure de *tes* capacités extraordinaires et blablabla... »

Au fond de mon ventre vide – je n'avais pas fait les courses –, j'ai senti se tordre la boule du serpent qui hante mes cauchemars. En dedans de ma poitrine, une porte a claqué provoquant un ouragan qui s'est échappé dans ces cris « *Non ! Rien ! Jamais !* » Puis le silence est revenu. Je me suis servi un verre et le disque est tombé sur le plateau...

Mon tube de dentifrice ne sera plus jamais écrasé par le haut !

Après son départ, je lui ai écrit un poème que je n'enverrai pas : « *Nous revoici nous-mêmes quand nous voulions être d'autres, à parler du beau temps où il y a de la pluie, à nous dire au revoir lorsque nous nous croisons, à nous donner la main sur ce grand Titanic pour nous noyer ensemble, chacun dans son chagrin... Si la pitié suffit pour que nous nous aimions, si l'habitude fait notre chemin, commun, si nos discours trichent dans notre long silence, que tu dois repartir sans dire à demain, emporte donc avec toi tous nos souvenirs. »*

Pourquoi devient-on si critique à mon âge à l'égard de ces femmes qu'on a si longtemps courtisées ? Leur attribuons-nous nos libidos en détresse, ces rêves en course effrénée qui auraient éparpillé nos jeunesses ? Ou est-ce à cause de leurs bilans éternellement négatifs de ce que nous croyons être nos prouesses, de leurs regards sceptiques à l'égard de nos illusions ?

❧

Dans le genre d'exercice – ces écrits qui finissent toujours avec un « nous » – auquel je me livre depuis plus de dix ans, il est de tradition, pour passer le temps à l'approche de la dernière page, de noter, pour ne pas l'oublier, le jour du plus grand bonheur de sa vie, ce bonheur mythique, objet de la quête qui fait se reproduire les humains. À ce stade de ma recherche, je n'ai pas encore trouvé le mien mais n'abandonne pas.

J'hésite sur ce jour de libération nationale, mais je ne peux retenir les bonheurs commandités, les joies collectives et programmées, les liesses partagées qui nous ont conduits à tant de guerres. J'écarte d'office lesdites grandes occasions – mariages ou naissances – qui m'ont toujours laissé de glace ; les amours intenses d'un instant aussi et ceux, plus longs et moroses, de la précipitation.

Après ces coupes dans l'espérance, il ne me reste plus qu'à aller me coucher pour espérer rencontrer demain ce bonheur intense qui donnerait à ma plate existence une raison évidente.

En attendant mieux, je ne retiens que ce bref instant où, assis sur le pas de la porte de la petite maison toute neuve, bâtie sur dix ans d'efforts, ma fille reposant dans le nouveau monde de sa chambre toute rose, j'ai regardé le soleil prendre la même couleur là-bas sur la mer, avec au cœur comme une douleur, la satisfaction d'un devoir si ardu mais pourtant accompli ! Cette maison que je n'ai pas tenté de revoir ! Sa revente enrichissante au lendemain de notre départ ne m'a fait gagner qu'en dépit.

Mais bientôt, je devrai pourtant la revoir : ma fille habite tout près, dans le même petit village. Curieux tout de même !

❧

Avec sa lampe de chevet, la femme des débuts de semaine a emporté quelques-uns de mes projets, cette crédulité aussi que je pouvais, à mon âge, me construire encore quelques beaux bateaux ; elle a balayé notre court chemin commun et refermé une grande partie de mon passé. Quand elle est partie, j'ai rangé la couverture de laine qu'elle nous imposait, mais le lit est resté chaud. J'ai donné les perruches à l'épicier chinois et le chien est revenu dans ma chambre.

Elle m'a laissé un grand vide dans l'âme, le vide de tout regret, de désir, d'espérance. Je n'ai pas souffert et j'en ai été le premier étonné. Je me suis remis à l'écriture avec un tas d'idées nouvelles que j'ai vite abandonnées tant elles étaient sombres. Je ne suis plus retourné à notre bar de minuit et j'ai acheté une nouvelle bouteille d'Amareto. Il faut bien s'octroyer quelques douceurs dans ce train pour nulle part !

Les soirées se sont rallongées, alors *il* m'a dit : « Voici ton hiver ! »

❧

Quelle que soit la saison ou l'heure de mon insomnie, quand je m'installe à la fenêtre où j'ai l'illusion d'un regard sur le monde, je vois passer un être humain. Pas toujours le même ; parfois il tousse ou elle frissonne, il se recroqueville, et si elle court, je n'entends pas ses pas sur la neige qui garde pourtant leurs traces jusqu'aux lueurs du matin. Où vont-ils, ces égarés ? Pourquoi la nuit ? De quels destins sont-ils victimes ? Quelle compagnie vont ils chercher, ou fuir, dans l'obscurité ?

Parfois excédé par cette solitude injuste, je descends faire le tour du pâté en sommeil (j'espère que quelqu'un me regarde passer pour se poser mes questions) puis m'oblige à mon lit pour attendre le lendemain qui viendra nicher dans mes idées noires, comme ce moineau dans ma solitude.

Ce moineau fidèle qui, malgré l'hiver qui engourdit le monde, vient cogner chaque matin sur mes nerfs à vif au rythme d'un métronome détraqué, d'un chapelet égrainé par une main incrédule ou des doigts nerveux sur la table de l'impatience. Ses cris aigus et brefs dans l'air glacé semblent me demander des comptes. Un jour, je le ferai ! Telle l'âme en peine d'un papillon pressé de gaspiller l'éternité de sa journée, je m'extirperai de la cellule étroite de mon corps et prendrai mon envol pour survoler le pâté avachi, fouiller ses frondaisons, remuer les touffes humides de ses mauvaises herbes et rejoindre enfin ce frère de solitude. J'irai lui tordre le cou pour enfin lancer seul l'appel des solitaires qui n'ont pas migré, des laissés pour compte de leur fixation. Peut-être trouverais-je alors le sommeil, juste avant qu'il n'ait fini sa prière !

Tout jeune, j'ai trop tôt usé les miennes et cessé de solliciter ce dieu insensible. Autour de moi, on chuchotait pourtant ce vieil adage : « qui ne demande rien n'a rien », mais c'est grâce à cette abstinence que j'ai pu atteindre la quiétude de celui qui n'attend rien ! Un peu comme Galima.

À Paris, un soir que nous discutions de destin, il nous avait lancé en exagérant son accent : « Vous les Blancs, vous croyez au destin... ou à rien ! Comme si vous n'aviez pas d'ancêtres : ces âmes qui guettent depuis là-haut pour nous éloigner du chagrin. Vous vous fiez à un code barres attribué à la naissance pour vous déresponsabiliser de vos chagrins. » Ce à quoi quelqu'un avait répondu : « Et le Bon Dieu alors ? Vous les Noirs, vous n'en avez pas ?

— Non, avait rétorqué notre ami sorcier, car il nous aurait faits bons et blancs pour nous éviter l'enfer ! »

En ce temps-là, je ne croyais en rien, et si aujourd'hui je me rejoue cette scène, c'est pour tenter de trouver les bouts de la ficelle qui trace ma vie, en regrettant d'avoir alors ignoré la réalité : nous sommes seuls responsables de notre destin ; l'enfer et le paradis sont bien sur terre, sens dessus dessous !

⌘

Ce qu'il nous reste des oiseaux ? Le sens du territoire, la musique ; le sens de l'équilibre ! L'absence d'assurance aussi qui leur fait ouvrir les ailes pour quémander un peu d'amour...

La fumée monte, monte toujours de ma cigarette qui rougeoie. C'est le sort de ceux qui se sont brûlés en tentant de s'élever au ciel. Pourvu qu'il n'y ait pas de vent la nuit de ma tempête !

« Attends ! Nous avons convenu que tu écrirais une demi-heure par jour. Ça fait deux minutes et tu veux déjà te taire ! Trouve-toi autre chose ! Essore ta mémoire avant qu'elle ne se dessèche. Tu parlais d'oiseaux... »

Oui, ils étaient des centaines sur le toit à deux pentes de cet immense entrepôt que je regardais depuis le septième étage. Pourquoi si haut ? Parce que dès mon arrivée, j'avais appelé mon ami Charif, qu'il était occupé et m'avait demandé d'aller le voir *un jour,* mais très tôt, à son bureau, au septième niveau de sa hiérarchie. C'est un homme important maintenant, un grand cadre de la Nation ! Et me voilà patientant devant le bureau de sa secrétaire renfrognée. En l'attendant, debout à la fenêtre du corridor, je regarde ces oiseaux immobiles sur le toit encore froid de l'entrepôt d'en face. À gauche, la baie fait rêver ; à droite, la rue est déjà enfumée ; en face, la pente du toit côté mer commence à se baigner de soleil... Grâce à quoi je m'aperçois qu'il est couvert de pigeons blancs... Tous tout blancs ! Sur l'autre côté encore à l'ombre, il n'y a que des gris qui se confondent à la nuit qui traîne encore sur ce versant. Charif est toujours occupé, mais je l'ai oublié...

Une pétarade au loin a fait lever les oiseaux. Les blancs sont partis pour un large tour, ont survolé les bateaux se prenant pour des mouettes puis sont revenus à leur place. Trop tard ! Les gris ont pris leur place... S'en suit une bataille qui voit les usurpateurs, malgré leur résistance à coups de bec et de griffe, revenir dans le noir. Ils devront attendre la justice divine qui fera tout à l'heure se lever encore plus haut le soleil pour mériter sa chaleur. Est-ce aussi aux oiseaux que nous devons la discrimination ? Les pigeons qui vivent dans nos villes auraient-ils appris de nous ?

Charif, je ne l'ai pas attendu ! Je l'avais déjà trop attendu à l'enterrement de ma mère ! Ses responsabilités ont coûté cher à notre amitié, mais il doit s'en foutre : il a désormais sa place au soleil...

꩜

L'écriture m'est devenue ardue. Je n'ai plus rien à me dire ; il ne se passe rien ! Je perds et mélange mes mots... Ma langue est lourde de ne plus être pratiquée ! Ma fille partie, celle du lundi l'ayant suivie, il est vrai que je suis seul... La maison s'est tue et rien ne me dit plus rien ! Les plantes se dessèchent ; elles sont mortes et j'ai enterré les pots !

Les mots disparaissent de mes soliloques. J'avais commencé par élaguer ceux, inconvenants et inutiles, tels *désir, fiévreusement* ou *viens,* puis j'ai abandonné dans les marges vides ceux qui, sérieux et savants, comme *méthodiquement, national* ou *rationnel,* n'avaient plus d'usage dans mon langage. Maintenant, se perdent les noms des choses simples et futiles, ceux de tous les jours : *temps, neige* ou *achats,* sans lesquels je ne peux plus faire de phrases et dont les disparitions me valent de perdre mes relations, d'abandonner mes projets et renoncer au prix Nobel !

Il ne reste plus dans cette mémoire fanée que quelques images, quelques personnages d'une vie perdue. La mienne peut-être, ou celle de quelque héros de la mille et unième nuit... Je ne sais plus ! Rien de précis : juste des regards croisés, des sourires affligés, des coups de main gratuits et des au revoir sans adieux (tout ce que l'on fait sans rien dire ni se vanter) qui remontent à la surface d'un destin dont je tente de démonter la troublante mécanique, l'ubuesque tracé...

Désormais, je ne parle qu'au passé, négligeant le présent inconnu et l'avenir hiéroglyphe ; ce passé de gestes futiles, de morts et d'enterrés, d'épisodes fugitifs, rêvés peut-être même et donc sans conséquences, d'une existence que je n'aurais pas pleinement vécue. Un passé sans témoins !

Lorsque j'aurai enfin épuisé tous mes mots, que je n'aurai plus que quelques pensées vagues et inexprimées, une seule demeurera que l'on ne peut nommer sans qu'elle ne vienne !

Maintenant, sur l'écran blanc de mes paupières fermées, sur les murs obscurcis par la lampe éteinte, des lieux, des images, des visages traversent en légions ou en tireurs isolés le cours de mon temps. Comme les prisonniers de ma jeunesse, ils s'expulsent de l'oubli par un fait anodin, un sosie fantomatique croisé dans la rue ou un tremblement de la mémoire à l'excitation de l'amertume ; parfois m'apparaît l'image d'un piton isolé planté dans les sables.

« Tu oublies parfois le nom de tes plus proches amis, mais retrouve fréquemment ceux que tu croyais avoir définitivement effacés. »

Comme au cinéma muet de mon école primaire, ces spectres font quelques pas, lents et fatigués ou rapides et saccadés, avant de disparaître, pour certains, *ad vitam æternam*. Le temps d'une ouverture du ciel, de l'éclat du tonnerre, d'un éclair d'orage, ils bousculent ma conscience, puis s'en vont mourir, entraînés par le flot des regrets. Comme les prisonniers ! Ou le chien !

Vers quel massacre se dirigent ces cohortes, vers quel précipice courent ces pèlerins solitaires ? Où vont-ils donc après m'avoir pilonné de douleur ?

❧

Hier soir je suis allé au cinéma du quartier voir un film mongol. Le désert, du sable, des caravanes ; juste ce qu'il me fallait pour remonter le temps ! Il y était question d'une chamelle qui, après un accouchement douloureux, refusait d'allaiter son petit. Cette mère, furieuse, refusait de se laisser approcher et crachait sur son petit à chacune de ses tentatives de survie. Les éleveurs avaient alors organisé un concert de violon au bout duquel elle a versé quelques larmes et accepté de nourrir enfin son enfant. Dans le noir de la salle, j'en ai versé aussi : j'ai repensé à ma mère, à ces accès de rage récents durant lesquels elle refusait elle aussi de me reconnaître.

Ce matin, je me suis réveillé avec la conviction que ses crises n'étaient que des éclairs de lucidité qui lui faisaient prendre conscience de sa décrépitude, de son incapacité à me comprendre, quand moi, obnubilé seulement par ma propre peine, je n'avais pas constaté mon incompétence face à l'inexorable temps qui rongeait ses neurones ; je n'ai pas appris le violon !

J'ai perdu trois femmes en l'espace d'une année !

« Toi, tu as un peu trop bu. Salut ! »

❧

J'avais un gentil chien qui nous avait suivi jusque dans notre exil ; tout petit, avec des yeux aimants et des coups de langue humide qui ne demandaient rien, juste un peu de visibilité. Peu d'êtres humains ont cette qualité : ils exigent l'attention même s'ils n'ont aucun intérêt. Les humains n'existent que dans les yeux de leurs semblables et ne se mesurent qu'à leur regard !

Avant le départ de ma fille, il dormait avec elle et lorsque sa chambre est demeurée fermée, il s'est couché le long de sa porte jusqu'à ce que j'y migre pour que nos solitudes se tiennent compagnie. Mais ces derniers temps, il ne bougeait presque plus, cachant sa boule noire dans les coins les plus sombres ; il semblait malheureux,

affalé, battu comme le chemin de ces prome-
nades dont il revient les pieds gelés.

Il a vieilli plus vite que moi, puis est mort d'ennui, d'absence de choix, d'un constat d'inutilité,
d'une seringue empoisonnée !

Mais j'y pense, est-ce parce qu'il a cessé de
l'arroser que le figuier de ma mère est mort ?

❧

Hier matin, en sortant de la maison, occupé
seulement à la lecture des signes, je n'ai fait
attention ni à la couleur du ciel ni au temps
qu'il faisait. Je suis sorti sans parapluie, sans me
souvenir de m'être rasé ou habillé. Mais la voisine rencontrée sur le palier n'a pas semblé
effrayée par mon aspect. En m'arrêtant sous le
porche pour la laisser filer et éviter ainsi la redite
de nos politesses insignifiantes, j'ai noté un autre
nom que le mien sur ma boîte aux lettres, mais
j'ai fait comme elle : je n'y ai rien vu de stupé-
fiant.

Rien de particulier non plus dans le métro
somnolent, au point que je n'ai pas eu conscience
d'avoir traversé la ville, d'avoir raté mon arrêt !
J'ai donc rebroussé chemin... Près du café li-
brairie, j'ai lu à l'horloge lumineuse de l'hôtel
voisin, « 11 h 05 », et me suis dit : « Je ne suis en
retard que de cinq minutes ; qu'est-ce que ça peut
faire ? »

« Dis *an* ; dis *seconde* : quel est le plus long ? »

Je suis entré, ai traversé la boutique mais ne
les ai pas aperçus. Au moment de repartir, je me
suis souvenu qu'ils nichaient par beau temps sur
la terrasse. Pour les rejoindre, j'ai retraversé les

rayons de livres sans me laisser accrocher par les titres au cynisme tapageur qui rappellent la guerre que j'ai fuie, toutes les autres aussi, aussi injustes. J'ai tout de même pris le temps de vérifier que le mien était encore exposé ; la pile était intacte !

L'arrière-salle qui sert de café était vide ! J'ai fait un signe à la serveuse qui faisait moudre du café derrière le bar : « Ce n'est pas encore ouvert ? » « Si, si ! » m'a-t-elle répondu sans sourire. Oubliant la terrasse, je me suis installé à ma place coutumière d'hiver où, contrairement à son habitude, ma chaise était tournée vers le mur. Après cela, je ne me suis inquiété de rien. Je suis resté là une demi-heure environ, dans cette position de puni, puis, constatant leur désertion, je suis ressorti en maudissant l'amitié. Dans la rue ensoleillée, je me suis encore rappelé qu'ils étaient sur la terrasse où je les ai enfin rejoints, comme tous les samedis, pour cette séance de spiritisme où nous convoquons des fantômes.

Ils sont ce qui me reste de ce passé qui sombre peu à peu dans l'amnésie générale. Je les connais si bien ; je suis plus sensible à leurs états d'âme qu'à l'image qu'ils se donnent derrière leurs rires ou leurs indifférences. Je sais où se cachent leurs douleurs.

Quand je leur avais annoncé que ma fille partait, les amis du samedi m'avaient regardé tristement ; puis l'un d'eux avait proposé d'organiser la fête. Ils ont tout fait (moi, je n'aurais pas pu) comme chez nous : leurs épouses, leurs enfants, la musique, la danse, les gâteaux, le henné, les photos, l'amitié, etc.

C'est ce soir-là que j'ai commencé sérieusement à boire.

❧

« Il est des moments inattendus, cavaleurs et sournois, qui viennent nous briser comme la vague sur la jetée, comme le visage de l'Amour à la fenêtre du train qui vient de s'ébranler. Il y a des heures qui regrettent de ne jamais sonner et qui préfèrent la neige aux silences des étés... »

J'ai écrit cette phrase sans savoir ce qu'elle voulait me dire. Mais le calepin était posé sur mon ventre depuis trop longtemps ; un temps que je ne peux décompter, que je gaspille à ne pas savoir quoi m'écrire ! En attendant, je suis allongé sur le lit, le corps raidi par le froid, la tête bien droite sur le dur oreiller et les yeux entrouverts dans la pénombre lourde de la lampe blafarde.

J'observe la rosace de plâtre collée au plafond qui prend autant de place dans mon esprit qu'un minuscule bouton sur le nez d'un adolescent. Je vague lentement sur ses méandres savants et complexes tracés par les doigts d'un artisan disparu, comme on flotte sur un calme océan lorsque le typhon est passé.

Je refuse encore la conscience naissante de la matérialité qu'impose le froid dans ma couche, mais je note l'épaisse odeur de poussière des milliers de petits points qui scintillent dans le rai de lumière qui scie verticalement les lourds rideaux tachés de fleurs rouges. Je n'aime pas la lumière des jours !

Je perçois les roucoulements des pigeons et le piétinement de leurs pattes griffues sur l'appui de ma fenêtre. Ils sont probablement là pour se protéger de la pluie qui gicle sous les roues des premières voitures. Je discerne maintenant les bruits lointains et les rumeurs sourdes de la foule matinale encore engourdie par les vapeurs nocturnes de la ville endolorie par le froid.

Alors, brusquement, je prends conscience de la nouveauté de ces choses ! Je réalise la disparition inquiétante du gazouillis des hirondelles qui nichent habituellement sous la galerie et celle, inquiétante, des grillons dans les plantes assommées de soleil. Même le parfum enivrant du chèvrefeuille dont la sève attire le bourdonnement des abeilles ne me parvient plus. Absents aussi les bruits de la cuisine dont j'ai l'habitude à l'heure du réveil. Étrange !

Quand je commence à sortir de cet engourdissement mémoriel, je ressens la douleur vive des rhumatismes qui se rallument. Je m'y arrête un instant et m'étonne d'endurer cette souffrance étrangère et pourtant anormalement familière... Puis je comprends : ce savoir nouveau, ces douleurs nouvelles, seul le discernement d'un vieillard a pu me les faire acquérir !

Le jeune garçon que j'étais est déjà un adulte !

❧

Chez ma grand-mère, nous connaissions la sérénité plus souvent que les anniversaires ! Elle s'installait les soirs d'été, lorsque la canicule nous avait retenus sagement dans les chambres du haut et que, cousins-cousines, nous avions laissé nos tantes faire calmement leur sieste. Elle nous inondait lorsque, reposées, elles commençaient à arroser les dalles du patio. Nous attendions sagement que des volutes de fumée s'en échappent et que le marbre blanc prenne cette brillance qui le rend translucide, et qu'elles le recouvrent de tapis surgis d'on ne sait où. Alors nous courions prendre la meilleure place et nous nous y étendions, les mains sous la tête et les yeux dans le carré parfait de la découpe des galeries sur le noir du ciel, pour regarder naître les milliers d'étoiles.

« Il ne faut pas les compter, les enfants ! »

Alors ma tante cadette, ma préférée, usant de plusieurs voix, nous racontait les choses merveilleuses qui nous arriveraient lorsque nous deviendrions grands, lorsque, guidés par les ancêtres, nous avancerions pour les rejoindre parmi les étoiles.

Profitant que tous regardaient le ciel, moi je rampais traîtreusement sur le dos, tel un serpent, pour aller poser ma tête sur le genou de ma grand-mère ; elle glissait alors sa main dans mes cheveux et ses ongles sentinelles grattaient la peau attentive de mon crâne. La caresse rugueuse du vent de sable !

« Tu n'as même plus besoin d'aller à la pêche aux souvenirs ; ce sont eux qui t'attendent, tels des prédateurs sur la remontée fatale du saumon vers son origine. »

❧

« Tu l'aimes bien cette maison ! »

Ma maison est une chanson et la solitude sa musique ; le silence en dit les paroles. C'est une prison où je me condamne à l'isolement ; une île où le vendredi n'est pas admis, car jour de piété incendiaire et de légendes trafiquées, jour de prières hypocrites pour une place au paradis ; une île sans dimanche, car j'y suis en congé à perpétuité. J'y ai fait taire les horloges : je n'aime pas le bruit du temps ! J'ai abandonné la montre qui semblait contrôler ma tension au poignet : je n'apprécie pas qu'on me surveille ! Mais j'aime les surprises que me fait la nuit, lorsque détournant mon regard de la rosace, je découvre qu'elle est à ma fenêtre givrée. Le jour provoque aussi les mêmes surprises pour interrompre mes insomnies, et tout cela va si vite !

Autrefois je vivais et le temps m'appartenait... En ce temps-là, ma mère disait « *Le temps est un ruisseau indolent qui brusquement sort de son lit.* » Ce à quoi elle ajoutait systématiquement : « *Le temps, cet étalon fougueux, est un âne stupide !* » C'est peut-être pour cela que j'ai si peur de la vieillesse.

Ma vieillesse ici ne ressemblera pas à celle que l'on m'avait apprise, lorsqu'elle n'était qu'une étape vénérable où l'on gagnait en puissance, en sagesse écoutée ; une simple marche sur le chemin de l'éternité ; lorsqu'elle portait cet autre nom, qu'elle s'appelait *respect*. Même si l'ancêtre divaguait quelque peu, on faisait mine de l'écouter ; on posait un baiser sur sa joue, deux bébés sur ses genoux avec mission de les endormir par quelque chanson. Ainsi se transmettait la mémoire.

Devenu solitaire, je crains un jour d'atteindre l'âge que l'on dit d'or pour ne pas se faire peur. La vieillesse maintenant ressemble tant au sort des arbres de Noël! Non pas celui couvert de dorures des vitrines de magasins aguicheurs ni celui que l'on élève devant sa cheminée pour qu'il nous récompense ; non, celui-là est jeune, solide et vigoureux ; il s'élève droit, plein de promesses ! Il n'a pas encore épuisé son utilité.

La vieillesse aujourd'hui survient après cette fête, imbécile mais inexorable, où l'on choisit un nouveau roi et où l'on sort celui devenu chauve et inutile dans la neige dont il va prendre la teinte. Quand survient l'heure fatidique où le sapin superflu est déposé sur le trottoir dans l'attente du camion de son Charon et que ses aiguilles rognées par le froid des cœurs jonchent le sol boueux où traînent quelques étoiles, des bougies éteintes, des angelots damnés et de bien tristes lutins.

Le chien a connu le même sort.

❧

Ce soir je suis soulagé, j'ai pu écrire une lettre de vrai père à ma fille.

« Il est de notre tradition qu'un père, dans l'occasion heureuse que tu m'as fournie, donne quelques conseils généraux que, par lassitude, ses enfants n'écoutent pas. Il faut pourtant que je te transmette ces secrets de vieux singe.

« Le principal est celui-ci : tu devras tenter d'être l'amie de ton mari plus que son amante ; jamais son épouse. Il te faudra être complice et non accusatrice. C'est le grand secret de la vie commune. L'amour peut fondre comme beurre en bouche mais l'amitié jamais, elle garde sa chaleur si tu la couves.

« Il ne faut rien attendre d'un mari ou d'une épouse car, il ou elle sont là pour prendre, attendre,

surprendre... Mais on n'attend rien d'un ami sinon qu'il ait toujours l'envie d'être à nos côtés. Un ami, c'est comme la lune, une présence immense dans la nuit des désillusions.

« Il te faudra regarder ton époux comme on regarde la lune dans la nuit : ça ne fait pas beaucoup de bruit la lune, mais c'est là quand il fait noir, chaque nuit. Ça ne brille pas beaucoup, c'est si petit, et dans le noir, et ça donne moins de lumière qu'un soleil. Mais un soleil-roi, c'est bien trop aveuglant !

« Le plus souvent, un ami, ça ne sert pas beaucoup parce qu'on ne le choisit pas pour sa valeur, sa force ou ses capacités ; si l'on choisit son époux ou son épouse en étant bien conscient, en ayant tout pesé, l'ami, lui, est le fruit du hasard.

« Un ami, ça reste là, à t'attendre, attendre que tu aies besoin de lui ; ça n'attend rien d'autre de toi ; ça pleure quand tu souffres, ça souffre quand tu pleures. Un ami, c'est un miroir qui ne refléterait que le beau côté de ton visage. C'est inouï ce que l'on en reçoit : un rien, un sourire, une larme, un silence, une absence pour le regretter et prendre conscience de sa nécessité... Dans l'obscurité, la lumière de la lune !

« Un ami, des fois, alors que tu as faim, ça te ramène un savon ou du cirage. Et toi, tu te dis « c'est exactement ce que j'attendais. » Tu cires tes vieilles chaussures, tu te laves les mains ; tu te sens propre et tu oublies la faim pour la vie. À un mari, on dirait « tu as oublié le pain ! »

« On ne compte pas avec un ami car on est toujours gagnant dans ce partage ; même en cas de séparation. Si ! Avec un ami, on a encore à partager le regret de l'absence, l'amitié. Avec le mari, il y a le problème des objets en nombre impair, celui de la garde du chien, ceux des frustrations anciennes.

« On ne compte pas avec un ami, on ne triche pas, on ne cache rien ; on n'a rien à cacher. De toute façon, il sait tout, prévoit tout et souffre de ce qui nous manque. Mais pour cela, on doit se mettre à nu, dévoiler le côté sombre de ses nuits : c'est la seule manière pour l'éclairer sur ce que l'on est, sur ses besoins, ses attendus.

« Si tu attends de ton mari le pain et l'amour quotidiens, tu t'ouvres une prison, avec des heures fixes et des attentes déçues. Je connais la prison. C'est très dur. Le mariage ne devrait pas être l'union de deux geôliers. Ni une cuisine où chacun tente de modeler l'autre selon ses convictions culinaires, mais une table où on apprécie le plat que l'on vous a servi ; même mille fois.

« Il ne faut rien attendre d'un mari, sinon il devient le catalogue d'un commerce lointain : on attendrait un paquet qui ne sera jamais livré ! Alors, pour le garder en ami, tu dois lui offrir des choix, des envies, l'accomplissement de ses rêves ; comme un catalogue de voyage. Tu dois lui donner la patience de l'espoir et non la contrainte du manque et remercier chaque jour de vous avoir permis de le traverser comme une épreuve. Démontrer ainsi que le bonheur existe, qu'il est chose simple et non pas objectif lointain éternellement reporté. Mais surtout, et le plus important est là : tu devras, d'abord et avant tout, vouloir son bonheur ; le sien d'abord. Tu trouveras là la source du tien. Alors seulement, là-bas, dans la nuit, tu n'auras que lui comme bonne étoile. Soyez heureux ! »

Ouf, j'ai pu !

« Je l'avais bien dit : donneur de leçons ! »

Avec l'âge s'accroît l'intérêt pour les photos !
Je regarde sa photo où je crois voir sa mère : ma
fille est mon passé après avoir été les yeux par
lesquels je me jugeais... J'aimais son regard, il
était si patient, si compréhensif... Jamais je n'y ai
vu de condamnation, moi qui pourtant évite de
me regarder dans le miroir trouble de la désillu-
sion !

Il y a longtemps, les soirs où mon père ne
rentrait pas, ma mère sortait aussi les photos.
Intimité exquise qui me faisait aimer le triste
climat qui habitait alors chez nous. À la lumière
tendre de sa lampe de chevet, elle me les passait
une à une pour me raconter leurs légendes. Je
n'en ai conservé qu'une : en costume de spahi,
moustache à la turque et sabre à la hanche, un
homme est debout qui domine une belle et
frêle jeune femme en pantalon bouffant ; c'est...
c'était Tayeb, son frère aîné, officier de l'armée
coloniale, tué dans un duel d'honneur à Marseille au début du siècle dernier. Cette photo,
nous restions longtemps, serrés, à la regarder à
la lumière des souvenirs de ma mère... Longtemps. Et moi, par ce frère et cette photo, par sa
légende aussi, je devenais héros de toutes les
guerres de ce général !

Les photos n'ont qu'un inconvénient : elles
sont les terribles témoins de l'infortune humaine ; nul n'apprécie de se voir vieillir dans leurs
yeux implacables, et elles n'acquièrent de valeur pour les survivants que par cet intérêt

documentaire et morbide : elles jalonnent la lente décrépitude des disparus sur le chemin de la Mort.

Est-ce ma fille ou ma mère qui disait qu'une dent morte annonce un décès et doit donc être enterrée ? Cette nuit, j'ai rêvé que je perdais une dent et ce matin, j'ai perdu du temps à la chercher dans mes draps... Résultat, j'étais en retard au bureau, mais le regard de mon patron était moins menaçant que l'avertissement matinal de cette défunte égarée !

Légendes de sorcières, dit mon hémisphère cartésien ! L'autre, qui veille à la mémoire, se souvient : chaque fin d'après-midi, une fois terminée la corvée du ménage, juste avant de débuter celle de la préparation du repas du soir, mes tantes et ma mère se partageaient un dernier café qu'elles avalaient rapidement pour en arriver au plus intéressant : son fond de marc ! Ce n'était pas considéré comme de la sorcellerie ou de la divination, choses dangereuses et interdites : Dieu seul sait où il nous mène mais nous fait parfois des signes pour nous avertir...

La plus inspirée choisissait celle dont elle voulait lire le proche avenir ; toujours beau et sans inquiétudes ! Jamais n'étaient annoncées de mauvaises nouvelles... En cas de doutes, on allait chercher le plomb : fondu dans une cuillère puis jeté dans de l'eau, il prenait d'étranges formes dont il ne restait plus qu'à étudier les circonvolutions et boursouflures pour y confirmer l'avenir que l'on espérait pour l'autre... Cela se passait donc dans les rires, certes un peu tendus de l'intéressée, mais lorsque c'était son tour de lire leur destin de plomb, ma mère les faisait taire : toutes savaient que cela devenait sérieux.

Un jour de ramadan qu'elles ne pouvaient raccourcir ou alléger par ce jeu, à cause du jeûne qui les privait de café, elles avaient surpris mon cousin, alors âgé d'une vingtaine d'années, qui rentrait en plein midi, un petit sac à la main. Son regard gêné l'avait trahi : il revenait pour faire en secret un repas interdit ! Rien n'avait été dit, sinon les salutations d'usage, mais lorsqu'elles avaient senti qu'il était hors de portée de voix, elles avaient éclaté de rire et l'une d'elles avait conclu : « Ce pauvre enfant vaincu par la faim ! »

Ni condamnation, ni anathème, ni excommunication ! Juste le constat d'une faiblesse bien humaine dont le jugement relevait de Dieu !

Il faudra que j'en parle à Galima.

❧

Galima n'avait jamais fait l'amour avant de quitter son pays ! Il était pourtant fils de roi, du moins nous le faisait-il croire. Mais Galima a trop tôt abandonné son rôle de prince, et toutes les vierges qui lui étaient promises sont aujourd'hui de bien vieilles filles ! Il avait à peine quatorze ans lorsque son père, grâce à sa position, lui fit obtenir une bourse de cet autre pays africain qu'est le mien. Il y étudia les techniques occidentales de construction : le roi rêvait de palais depuis qu'il avait vu dans un livre en couleur celui de ce monsieur de Versailles !

De sa vie de prince, Galima ne se souvient pas de choses extraordinaires. Il eut la même existence, les mêmes jeux et misères que les enfants roturiers de son âge. Il se rappelle pourtant avec fierté des voyages qu'il faisait sur la mule royale, entouré de sa suite de guerriers, vers les villages vassaux où il allait prélever l'impôt en nature. Il se rappelle avec tendresse des réceptions fastueuses qu'organisaient pour lui les chefs locaux ; des fêtes sans fin à l'occasion de ses retours glorieux, chargé de trésors en bétail, céréales et objets divers dont il n'a pas eu le temps d'apprendre l'usage. Il a quitté trop tôt son royaume, sans même savoir laquelle de toutes ses mères, épouses de son père, l'avait mis au monde.

Il est vrai que cela lui évita de sombrer dans la nostalgie dont nous souffrions dans cet internat et lui permit d'acquérir ce détachement qui nous le rendait inhumain. Mais la question commença pourtant à le perturber lorsque – ignoblement – nous lui apprîmes qu'un être humain normalement constitué n'avait qu'une génitrice ! Trop loin de son pays, son ignorance lui devint supplice durant ce séjour au lycée technique, puis torture insupportable lorsqu'il nous rejoignit à l'université parisienne. Quant à nous, presque adultes, nous étions trop occupés par le plaisir.

Galima était encore notre camarade de classe lorsqu'une révolution dans son pays le priva de sa bourse. Il dut alors apprendre à gagner sa vie et pour cela, interrompre ses études. Il a vécu de courses de chevaux qu'il allait suivre dans de sordides cafés sombres et sans espoir, mais où ses connaissances en sorcellerie lui permirent de s'enrichir et de vivre sur un meilleur pied que les enfants bénis des nouvelles aristocraties africaines. Ces gains importants lui permirent même d'épouser deux femmes avec lesquelles il dit avoir eu quelque sept enfants, conçus durant les retours nombreux qu'il fit vers sa terre, son trône... sans jamais savoir laquelle était la mère desquels !

Nous étions en dernière année (lui traînait derrière) lorsqu'une contre-révolution éphémère le rappela brièvement sur son trône. Brièvement, car la réaction fut si rapide qu'il dut quitter promptement femmes, enfants et charge de préfet, lorsqu'un messager vint le prévenir que l'ancien régime – revenu au pouvoir grâce à l'ancienne puissance colonisatrice – s'apprêtait à l'arrêter. Cette nuit-là, il abandonna le village de son père et mères, les prairies et les collines de sa gloire, les troupeaux et la case de son héritage, pour ne jamais y revenir.

Mais Galima est africain, c'est-à-dire grand marcheur et bon nageur, bon funambule, têtu et beau parleur, et il décida de retourner en France. Pour cela, il dut traverser trois pays sahariens, négocier avec les douaniers rapaces du chemin, puis s'embarquer furtivement sur un bateau pour une traversée épique de la Méditerranée. Son retour à Paris ne se fit ni sur une mule ni sur un bouclier porté par sa garde, mais dans la clandestinité. Il conservait tout de même cet avantage sur nous : son détachement de tout ! Son bonheur pouvait se suffire d'un après-midi dans sa chambre sordide, allongé dans des rêveries secrètes. Il ne s'inquiétait même pas de son repas du soir et encore moins de son déjeuner du lendemain : il goûtait simplement au temps qui passe, essayant de le retenir par l'immobilité.

En France, Galima a vécu dans le noir, bricolé dans l'absence de lumière et de papiers d'identité, avant de se lancer dans le toc : « *Fabriquer des bracelets en peau de faux serpent me permettait de ne pas réfléchir !* » Mais les contrôles policiers accrus l'obligèrent à se réfugier au Havre qui fut pour lui un paradis : c'est là qu'il trouva, trois années plus tard, son chemin d'Amérique !

Comment a-t-il pu traverser l'océan, changer de continent ? Je me le demande encore et l'ignore sincèrement.

Étrangement, sur son chemin du Nord, il aurait pu, à Paris, rencontrer Jerzy le Polonais qui marchait vers l'Ouest en jouant du violon. Il aurait pu croiser le chemin du Marin qui habitait depuis son divorce dans le quartier des Halles. À cette époque, Galima y travaillait : il transportait des bœufs sanglants dans la rue des Bouchers, tandis que le Polonais venait y jouer de la musique pour attendrir les touristes qui commençaient à se risquer dans ce quartier alors peu à la mode. Mais ces trois-là ne se sont pas connus à cause d'une bête histoire d'horaire : Galima travaillait tôt le matin, le Marin sortait l'après-midi vers sa taverne tandis que le Polonais débutait ses concerts à la nuit tombée.

Galima vit maintenant à Montréal avec Lucette, une Roumaine de trente et nombreuses années qui ne se déhanche plus que pour lui :

avant leur idylle, cette diplômée en électronique en était venue à la danse. Nue, pour gagner sa vie, après que ses ailes eurent été brûlées par les lumières américaines ! Simple marchandise de la traite des blanches, elle se déshabillait sur de pauvres scènes de quartiers malheureux, sous les regards libidineux de quelques vieux clients égarés eux aussi dans la vie. Elle le faisait plus tard dans l'arrière salle pour améliorer le quotidien de son importateur, avant de retourner se saouler et se faire battre par lui parce qu'elle gâchait la marchandise !

« *Service à la table, service au lit, je n'avais pas besoin de parler avec les clients ni de les écouter : ils parlaient dans leurs rêves et mes restes leur suffisaient* », m'a-t-elle confié un soir d'ivresse alors qu'entre deux danses, elle s'inventait des circuits pour fuir.

Lucette s'en est pourtant sortie lorsque Galima, qui fréquentait le bar aux heures où la clientèle est rare, l'a emmenée sur son bouclier. C'est même pour elle qu'il a commencé à travailler.

Cheveux blonds et *Mine de plomb*. Ces deux-là formaient un couple étrange mais incontestablement amoureux ! Ils l'étaient d'une passion étonnée, je veux dire étonnée d'être, et cela donnait cet amour timide, discret, chaud comme un gâteau du ciel, inattendu comme le cadeau perdu d'un enfant de pauvres que l'on retrouve enfin dans le noir d'un fond de ruisseau ; un amour inquiet comme en éprouverait cet enfant pour la beauté d'une étoile de mer dont il ne saurait si elle représente un danger, ou pour la fragilité d'un poussin dont il craindrait de briser les ailes, les pattes, et qu'il laisserait libre malgré son envie de le serrer dans sa main protectrice...

Pour Galima, Lucette représente un rêve ancien, oublié, et brusquement exaucé. Pour elle, il est une étrange créature venue à son secours du fond des mille et une nuits. Ils sont allés l'un vers l'autre au crawl des naufragés vers un radeau aperçu sur l'horizon lointain, le radeau d'une méduse quelque peu inquiétante. Ils s'embarquèrent dans leur aventure sans en connaître la destination, sans même s'inquiéter de sa fin. Ils la vivent dans une bulle, une île loin de nous.

Ils n'ont pas d'enfants : avec le temps, Galima s'est aperçu que son père était bien trop vieux au moment de sa naissance pour l'avoir engendré, et ne sachant toujours pas qui avait été sa mère, il a fini par comprendre qu'il n'avait jamais eu de parents ! Alors, fils unique de l'enfant unique de son grand-père unique, il a décidé d'interrompre la saga de son nom.

Mais je n'ai rien dit de son travail : il s'est fait *marabout, diseur de bonne aventure* après avoir échangé son identité avec celle d'un vieux Marocain venu à l'Expo 67 et qui s'était fait oublier après la fête. Sans même changer la photographie (nul ne verrait de différence entre ce jeune géant noir et le vieux sombre maghrébin) qui accompagne l'annonce publicitaire de son prédécesseur, il en a repris la charge de sorcier en contrepartie d'un pourcentage secret sur les recettes; il a aussi repris le box lumineux et la clientèle angoissée et principalement féminine dont il fait l'avenir fantastique. « *Elles paient mieux !* » dit-il. C'est du moins ce qu'il affirme lorsque son humeur ne voyage pas.

❧

J'ai bien tenté de calquer son insouciance pour endiguer la dépression, mais n'ayant pu, j'ai adopté sa voisine, l'indifférence.

Je vois bien venir les dangers, mais lorsqu'ils surgissent devant moi, je ne tente rien pour me dérouter. Même lorsqu'ils se présentent sous l'aspect d'autres humains et que nous nous heurtons en boules de billard multicolores dans l'indifférence égoïste, que nous détournons mutuellement la trajectoire de nos destinées. Je ne réagis jamais à ces rencontres : je sais que nous resterons collés jusqu'à ce qu'un obstacle ou un autre humain nous heurte à son tour pour nous écarter de la direction que nous avons partagée.

Qu'y puis-je ? Le temps, les autres et moi-même sommes étrangers les uns aux autres. La vie des autres est théorique, étrangère... Chacun ressent sur sa peau, sous ses pieds, l'usure que provoque la progression du temps tandis que les miroirs lancent des signes pour lui indiquer qu'il avance : ces poils qui brillent dans la moustache ou, sur le front, ces sillons blanchis par les moissons des années...

❧

On ne sait jamais... Dans l'enveloppe que j'ai glissée dans le cadre au-dessus de mon lit, j'ai écrit quelques ultimes volontés :

« *Pour vous... Je ne veux pas de grand dérangement quel que soit l'endroit où me rencontrera la Mort.*

Je veux être mis en terre en ce lieu quelconque où m'auront guidé les dieux aveugles et les hiatus du destin vertigineux mais implacable qu'ils m'ont mijoté. Je veux être enterré où m'auront mené mes derniers pas hésitants et ces désirs imbéciles auxquels je reste redevable. Je veux que l'on me dépose dans le trou où m'auront détourné de la route tracée par mes ancêtres, les boules de billard indifférentes du hasard. Je veux être enterré à l'emplacement même où m'abandonnera la vie, celui vers lequel aura tendu mon arc désaccordé, où se fichera la flèche du bref jet de mon existence. »

D'écrire son histoire m'a donné l'envie de revoir Galima.

« Oui, je vivais dans cette saleté qu'un célèbre club de mer vous fait payer très cher pour aller regarder. J'avais moi aussi une raison, j'avais une petite maison, j'avais un nid, un tas d'amis. J'avais une rue et des voisins, y avait des figues et du raisin. C'est vrai, y avait pas de pain tous les jours. Mais... je connaissais l'amour ! J'avais un père et une mère... Mais la misère... la misère ! »

Et Nasser, Adel, Aïssa, Petit Poucet... Où en sont-ils de la vie ? Qu'a-t-elle fait d'eux, la chienne, pour qu'ils attristent ainsi mes plus beaux souvenirs ? Existent-ils encore ?

« Oui, au chaud de l'enfer de ta mémoire qui fout le camp et qui te les garde jeunes pour les refaire toujours beaux et souriants... Comme avant ! »

J'aimerais, un jour, avoir de leurs nouvelles, ou qu'ils demandent des miennes... Il n'y a rien de pire, de plus déplorable, lamentable, de plus énervant car injuste, de plus assassin, que le silence des gens qu'on aime ! Et je ne rencontre plus personne !

Comment finissent les amitiés ?

« Par la mort ! Pour d'autres raisons que tes amours qui, elles, se terminent pour rien, comme ça, mal ! Dans le regret ou l'invective, dans la haine ou la douleur, la compréhension refusée, le jugement hâtif des couleurs par l'aveugle ! Dans l'habitude, cette aptitude de l'âne à refaire toujours le même chemin ! Avec un mauvais goût dans la bouche et le cœur, la nausée de tout ce en quoi tu as cru, l'envie de tuer tes années passées à imaginer, à aimer ! Les amitiés, elles, finissent bien ! »

« Lorsque tu remontes ta mémoire en saumon exilé, quand le courant tragique du cours de ta vie, vaincu et alangui, parvient à la sagesse, ramasse ces petites pierres comme le Petit Poucet qui en jalonnait son destin pour ne pas oublier... Leste-en tes poches pour les temps de sécheresse car elles ont plus de poids que toutes les richesses. »

Juste au moment de tourner dans ma rue, je me suis souvenu des courses, celles du dimanche de chaque semaine. J'ai rebroussé chemin. Dans la grande surface repue, la foule agaçante des dernières heures de liberté n'arrêtait pas de tourner en guêpes affairées, inconscientes de l'importance des autres. J'ai longtemps erré dans cette abondance et lorsque je me suis enfin décidé, ils fermaient les portes.

«Pourtant le dimanche vous fermez à sept heures ? » ai-je dit à la caissière antipathique. Elle m'a répondu sèchement : «Il est sept heures et nous sommes samedi ! »

La maison était vide, ma fille n'était pas rentrée. J'ai dû transporter les sacs jusqu'à la cuisine, mais il n'y avait plus de place où les déposer : le frigidaire était plein ! Il y en avait partout, jusque sur la cuisinière !

Elle avait fait les courses ! Elle aurait pu me prévenir...

« Mais ta fille ne vit plus ici depuis un an », a dit quelqu'un dans ma tête.

Un autre s'est alors mis en colère, insultant ma mémoire tandis qu'un troisième n'en finissait pas de me reprocher de l'avoir laissée partir. Puis une voix plus puissante, imposante et dangereuse, a réclamé la parole depuis le fond de mon malaise pour nous rappeler que nous ne pouvions nous opposer au destin. Elle a mis fin à cette cacophonie. J'ai conservé une grande frustration de ce débat interrompu.

Mais le silence m'a permis de reprendre mes esprits : j'avais déjà fait les courses le matin même !

❧

Voici enfin de ses nouvelles ! Voici enfin le beau temps, un goût de printemps dans mon solstice d'hiver ! Ma fille m'attendait dans le génie ordinateur pour me faire plaisir :

« *Papa,*

« *J'ai fait un tour dans ton village natal ; j'avais besoin de ton extrait de naissance pour obtenir une*

carte d'identité... Je ressens un peu mieux ce courant
de fond qui nous attire vers de mystérieuses origines.
Je l'ai déjà expérimenté et ressenti là où était né ton
père. Ce monde manque décidément de direction,
d'encadrement, de référence. Un oiseau trop tôt envo-
lé du nid, un membre cassé dont on a trop vite retiré
le plâtre. La mission de rééducation n'a pas encore
pris fin ! Il aurait bien besoin de toi !

« Je sais maintenant que maman m'attend quel-
que part ; il faudra que tu me montres où. Il me semble
important qu'elle fasse plus attention à moi... Bonne
santé à toi ! »

Ils sont nombreux désormais à habiter en moi...
Comme chez ma grand-mère dans les coins secrets ou chez Virgil, ces Roumains clandestins !
Et pour se trouver une utilité, ils me donnent
des leçons !

Le plus sensible ne cesse de répéter : « Arrête,
pauvre imbécile ! Tu vas nous faire pleurer et
nous ne serons pas plus avancés. Arrête ce flot,
cette marée, tes jérémiades, tes plaintes et tes
vomissements... Ben quoi ? Tu vis en Amérique,
tu as un appartement et tout et tout ! L'eau chaude, une fenêtre qui ne donne plus sur la cour...
Tu as des voisins qui ne font pas de bruit ; un bus
qui compte les heures précises... Tu devrais commencer à vivre maintenant que tu es libre ! Mais
non, Monsieur s'entête à rester sous la glace, dans
son whisky ! Si tu n'es pas content, tu peux
retourner d'où tu viens, là où tu nous as promis
de mourir. Tu pourrais faire construire la case
de tes rêves sous les palmiers, dans le morceau

de jardin que le vieux Chambi t'a promis. Et puis tu serais tout près de *la* tombe ! »

Celui-là perd la mémoire ! Il ne sait plus que le Chambi est mort depuis l'éternité et que sa palmeraie est devenue un cimetière... Que *la* tombe a fondu dans le sable !

« Je n'y retournerai pas ! Là-bas, c'est l'heure du grand pardon et les prières ont cessé. Ceux qui avaient la main dure ont convoqué les assassins pour un grand festin de réconciliation. Je n'y retournerai jamais : je refuse de toucher la main qui a privé Abdou de la sienne ; de rencontrer sur la terrasse d'un café ensoleillé, l'assassin de Hamid ou celui de Jean ; oui, celui de Jean aussi ! Même s'il s'est lui-même donné la mort. »

Mais il y a l'autre, celui qui rechigne toujours et refuse mes écrits :

« Alors tu préfères camper sur ta malédiction, devant ta feuille blanche ! Écoute, il n'y a pas plus de malédiction que d'eau dans ton verre... Bois, bois encore ! Il n'y a plus que l'ivresse pour te sortir de ta peine... Descends prendre une bière, tiens, je te la paye ! Peut-être une fille aussi. Non ? Tu ne veux pas ! C'est vrai, il y avait cette femme que tu aimais bien, mais toi, avec tes malheurs, tu as tout foutu en l'air ! Tu ne t'y envoies même plus ! Tu veux juste rester là, dans ton enfermement, l'oisiveté du cœur, quand personne ne te reproche rien ! Ils t'ont libéré, n'est-ce pas ?

— Je verrai demain... Nous en reparlerons lorsque j'aurai tout oublié... »

Je crois que je vais arrêter là ; je n'ai plus de goût pour le soliloque. Peut-être suis-je en colère contre moi-même : je trouve depuis quelque temps que je traîne, que mon écriture me fatigue ; il a fallu que je déchire quelques pages refusées par ma censure.

« Tu ne vas tout de même pas jeter le carnet de tes silences chinois ! Tu n'as pas rempli toutes ces pages de remugles, tes soirées de solitude et la bouteille de vide, pour charger la poubelle. Avant de jeter, il faudrait que tu résumes tout ça en une seule lettre ; c'est plus facile à lire !

— Oui, et je commencerai comme cela : c'est l'histoire d'un gars né sous la colonisation (c'est important de ne pas l'oublier) et qui termine sa vie, mais il est encore jeune pour la relativité. Il n'a plus d'envies ni d'avenir (cela ressemble à la sérénité ; je trouverai un autre mot) et il est assis sur le pas de sa porte : à droite, il voit la mer recevoir le soleil qui se couche, mais il ne veut pas rejoindre son lit. Il veille ! Il a peur de la nuit pour sa fille...

— Attends, attends, je sais : il va chercher son fusil (et là, ça s'emballe), assassine son père, puis sa mère (pour ne pas leur faire de peine). Il prépare un baluchon de presque rien, brûle le reste, ramasse sa fille et se met en route vers un désert... Ils traversent des mers, coupent par des montagnes et finissent sur une banquise.

— Mais c'est trop tôt pour qu'ils meurent, non ?

— À la fin, sa fille ouvre une bouteille et trouve un génie qui la ramène sur le pas de la porte de la petite maison construite autrefois par les ancêtres mais qui a changé (il faudra que tu expliques). Elle, elle s'en fout : elle y a très peu vécu, et le génie lui a enlevé ses souvenirs pour qu'elle ne sombre pas dans la nostalgie.

— Je devine la suite : son père fait une tentative pour la suivre, ne retrouve plus sa rue et se fait remballer par un douanier. Alors, il retourne dans le désert, s'assoit à l'entrée de sa masure et attend le soleil qui tarde à se lever.

— Tu pourrais ajouter qu'il ouvre la bouteille laissée par sa fille et boit au goulot pour faire plus vite passer son temps. Tu vois, un bon résumé vaut mieux qu'une longue narration ! »

❧

Hier soir, très tard, je ne sais plus, j'ai oublié le décalage, ma mère m'a appelé. Elle m'a demandé de m'occuper de ses visas. Elle aimerait enfin nous rendre visite, mais elle voudrait aussi passer quelques jours avec son frère Tayeb, à Paris... Je demanderai au mien de l'accompagner à l'aéroport ; on ne sait jamais avec les douaniers ! Et puis, quand elle arrivera, nous irons l'attendre avec le chien. Elle l'aimait bien, celui-là.

« Mais qu'est-ce que tu racontes ? Tayeb a disparu, ton frère et le chien sont morts !

— Non, mon frère est vivant. Mais plus âgé que moi !

— Et puis, ta fille est partie. Non ?

— Ah bon... Depuis quand ?

— Peut-être dix ans ? Moi aussi, je ne sais plus...

— Mais alors qui est cette femme qui vit avec moi ? »